后浪出版公司

[美] 乔纳森·富兰克林 著
谭图 译

Jonathan Franklin

438天
DAYS

An Extraordinary True Story of Survival at Sea

在死寂与鲨群的阴影下

江西人民出版社

献给我的父亲汤姆·富兰克林，
他在我很小的时候就教育我要行文规范、
做事用心、幽默乐观，他始终是积极向上的典范。

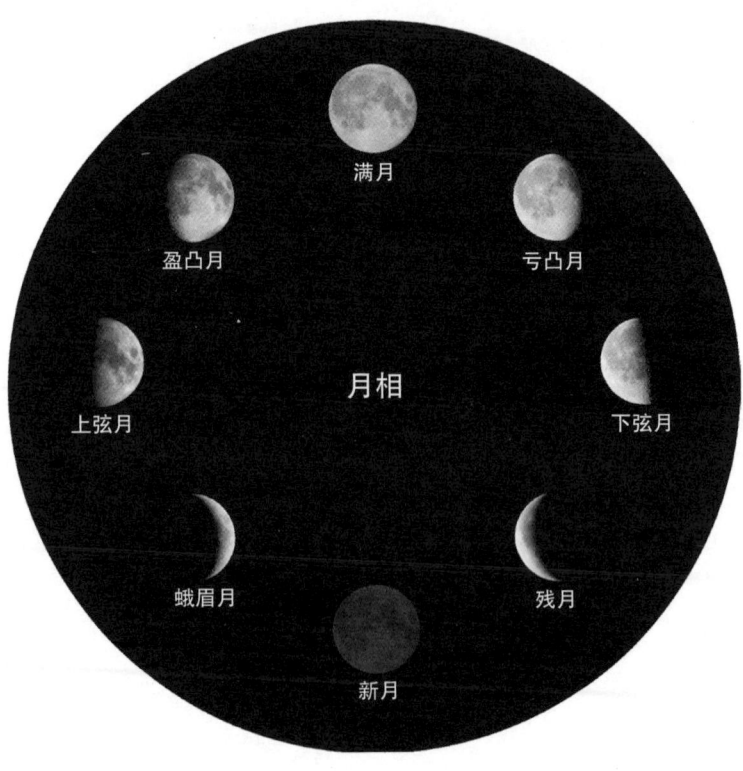

目录

第1章
捕鲨高手 / 1

第2章
风暴来袭 / 17

第3章
受困海上 / 33

第4章
搜救无果 / 49

第5章
海上漂流 / 57

第6章
狩猎采集 / 77

第7章
挣扎求生 / 95

第8章
与鲨同游 / 113

第9章
邂逅鲸鲨 / 125

第10章
原地打转 / 139

第 11 章
海上一年 / 151

第 12 章
生不如死 / 155

第 13 章
雄鸡啼晓 / 169

第 14 章
海上来客 / 181

第 15 章
迷失人间 / 197

第 16 章
"蟑螂"之灾 / 207

第 17 章
海的呼唤 / 217

作者后记 231
关于时间和地图的说明 235
关于西译英和粗口的说明 237
致　谢 239
致谢名单 243
出版后记 246

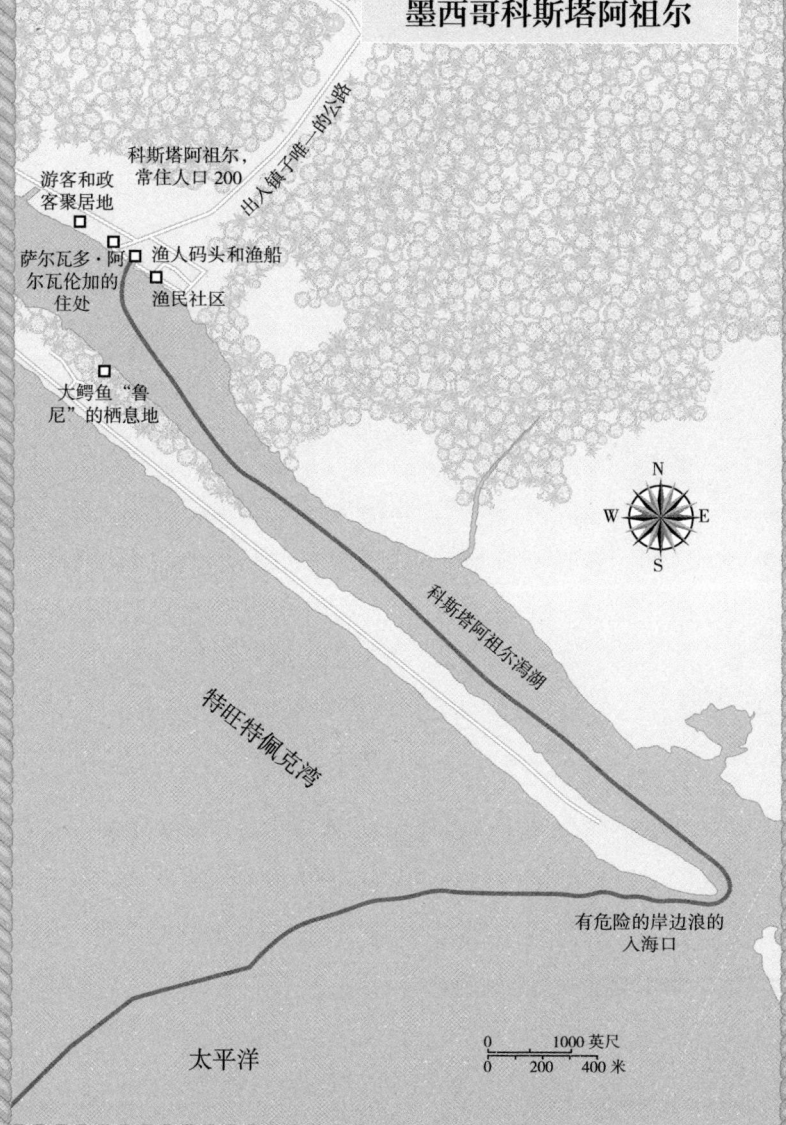

第 1 章　捕鲨高手

他名叫萨尔瓦多,来到这里时一双脚早已磨出血泡。据说他在找工作,随便什么活计都行,但在外人看来,这个外来客十足一个亡命之徒。

萨尔瓦多·阿尔瓦伦加(Salvador Alvarenga)沿着一路都是石头的墨西哥海岸线走了整整 6 天,来到海边村庄科斯塔阿祖尔(Costa Azul)。他衣衫褴褛,随身只背着一个小包。那是 2008 年秋天,一进入科斯塔阿祖尔,他就如释重负。红树沼泽,附近的麦田,波涛澎湃的大海,还有保护完好的潟湖,都让他想起位于萨尔瓦多共和国(El Salvador)的故乡;可是在这儿,没有人会伤害他。这座临海村庄里只有几百口人,候鸟触目皆是,每年都有很多鸟儿从加利福尼亚南下,长途迁徙 3 200 多千米后在这里落脚。成千上万的海龟在岸边繁殖孵化,并从这里开始漫漫的迁徙之路——一些海龟要游近 2 万千米,穿越太平洋,抵达中国。这个小镇既是生态旅游的天堂,又是无法管束的西部荒野,对于企图逃离过去、重启新生的人来说,堪称理想的所在。

圆脸、浅色皮肤的阿尔瓦伦加很机灵,总是笑呵呵的,也乐于助人。由于没有护照和工作证明,他假装自己是墨西哥人。要是有人打听他的底细,他总能想方设法隐瞒过去。有一次,墨西哥警察截住他,说他是外国人,他灵机一动,索性高唱几句墨西哥国歌。

战争,战争不息地针对着妄图玷污国徽的任何人!战争,战争!让爱国者的旌旗浸泡在血海的波澜中。

阿尔瓦伦加急切地想表明自己是墨西哥人,他唱得声嘶力竭,虽然跑调,但爱国热情溢于言表。墨西哥警察们被他声情并茂的即兴表演折服,放了他一马。

恰帕斯(Chiapas)是墨西哥东南部的一个州,而科斯塔阿祖尔是恰帕斯州的一个不起眼的角落,移民们不会在此停留,而会继续北上,跋山涉水奔赴美国。但30岁的阿尔瓦伦加的心思不在陆地上,他全心向往太平洋,要知道,11岁起他就逃学和朋友们在海滩上讨生活了。他可以从此地出海,到达最丰饶的渔场,展开持续数日的捕捞活动,在开发过度的墨西哥沿海生态系统中,这些捕鱼胜地还保持完好。鱼群源源不断地游进这个美不胜收的潟湖,便万难逃出生天,要么成了蓝鹭的喙下美味,要么命丧鳄鱼的利齿。和候鸟一样,阿尔瓦伦加也被这个受到完美保护的潟湖所吸引,数不尽的鲜鱼唾手可得。远远看去,它像避难所一样熠熠生辉。有时风狂雨骤,巨浪滔天,恶劣天气往往会延续几个星期,但科斯塔阿祖尔的红树林总能从容地保护这座小村落安然无恙。科斯塔阿祖尔犹如飓风之眼,有一种神奇的魔力,能将近在咫尺的来自大海的威胁化解于无形。

"出海看上去很简单，可大海是个怪物，你必须面对它。"阿尔瓦伦加认识的一名外号"狼人"的渔民解释道，"如果你身处大海之中，就得做好被它凌虐的准备，风暴，能把你吞掉的大家伙——很多很多的危险。人们会沿着海边短途旅行，但这跟与大海打交道是两回事。要走出 120 千米，才能见识大海的真面目。乡亲们在这片海滨过得很舒坦，睡得很踏实。可是在大海深处，你才会感到害怕。你会从心底里感到害怕，连心跳都变样了。"

科斯塔阿祖尔的村民们从墨西哥的 200 号高速公路下来后，还要再走一段石子铺就的小路才能抵达村庄；但阿尔瓦伦加走了另一条路，他穿过嶙峋的石头，蹚过长满密不透风的红树林的海边湿地，才来到村里。这段 11 千米长的支线公路从干线中分出，尽头就是临海的科斯塔阿祖尔，并把村子分成两部分。右转是别致高雅的生态度假区，供应食之无味的墨西哥菜、12 美元一杯的玛格丽塔①及为私人定制的观鸟路线，这种观鸟之旅迎合英语国家游客的喜好，让他们可以尽情欣赏奇鸟异禽。沙滩雪白，棕榈树摇曳，环境私密安静，风景原始，蜂鸟、玫瑰篦鹭、鹦等十多种鸟儿来去自如，这一切使游客感到仿佛身处世外桃源。孩子们在潟湖边嬉戏，侍者们觉得这很危险，那里常有旅行车般大的鳄鱼出没。但人们都不鼓励他们警告游客或将此类危险广而告之，他们只好将担忧吞进肚子里。酒店和民居错落相间，大多数民居都被当地商人和政客买下了，在这些买家看来，当地旅游业

---

① 用龙舌兰调制的墨西哥特色鸡尾酒。——编者注

实属金矿。墨西哥暴力充斥，毒品泛滥，酒吧时常发生爆炸，女侍者死于非命。而在此处发展旅游业，恰好可以展示墨西哥美好的一面。

村子左侧有一排简陋的钓棚，一座船坞朝向大海，十多条近8米长的独木舟形状的船泊在一起。如果配备两个75马力的雅马哈舷外机，这些渔船时速就能达到80千米。阿尔瓦伦加就是从这里进入村子的。他打鱼已经有10年了，一直梦想成为一名船长，驾驶自己的小渔船。他希望找到一个老板或是赞助人给他机会，帮他实现这个愿望，但这可急不得。这个地区民风彪悍，陌生人一来就会被注意到，就会有人上前问话："你是谁？你想干什么？"和在爱尔兰共和军的酒吧或者波士顿北角区的意大利餐馆一样，科斯塔阿祖尔保留着一种忠诚的部落遗风，男人们因此同仇敌忾，随随便便地去这些地方是行不通的。一名当地渔民道出了此处气氛如此紧张的原委："你想知道恰帕斯发生了什么吗？凌晨两点钟到岛上，你会看到所有缉毒船都在朝北开；在这片海岸，一个晚上就能把价值200万美金的可卡因转移出去。瓦哈卡州（位于恰帕斯以北邻）的警察大多都被收买了。"

阿尔瓦伦加不是毒贩，更不愿掺和这门一夜暴富的毒品生意。在墨西哥海岸附近，他曾目睹铤而走险、冲撞毒枭的渔民的悲惨命运。他曾经开船靠近一艘半沉的渔船，发现船体满是枪眼。他本想把这条船拖回家，可它沉没了。船上没有人。那些船员应该是被鲨鱼生吞了，对他们而言，这或许是最人道的死亡方式，至少鲨鱼不会像人一样折磨他们。

初到科斯塔阿祖尔，阿尔瓦伦加沉默寡言。行动胜于言语：

他默默地找来一把扫帚，开始清扫街道，捡起码头上的垃圾，在一棵树下安家。他向当地人敞开怀抱，热情、慷慨，随时帮助当地渔民，辛勤地保障村里旅游区的卫生，这一切都悄悄地打动了当地人。"没有人指使他，他就自己做这做那，老想着给别人搭把手。就这样，大家都喜欢他了。"夏洛楚回忆道，他是科斯塔阿祖尔的一名老渔民。阿尔瓦伦加干净体面，怎么看都不像流浪汉，虽然他很少透露自己的过往，但要是他愿意讲述自己的海上冒险，就会立马眉飞色舞，急切地想要感染听众，实际上他的故事也的确引人入胜。

一名当地厨师看在眼里，开始送给阿尔瓦伦加啤酒和饭菜，后来给了他一些 50 比索①（价值 4 美元）的纸币。快一个月的时候，阿尔瓦伦加谋得一份工作，成为渔民的帮手。"整理钓线的活儿挺烦人的，可他喜欢把这些活儿做到极致。"夏洛楚回忆道，"他说：'老板，老板，这里少了 20 个铁钩。'要是渔网收得不利落，他会把渔网展开，再妥当地叠起来。他说：'钱就是这样赚到的。这里丢一个那里丢一个，铁钩会越来越少。'他就是这样的人，很重视细节。"

阿尔瓦伦加在科斯塔阿祖尔的目标是融入渔民群体，成为百名渔民中的一员。在潟湖的庇护下，他们躲过季风的肆虐；这些季风在大西洋和加勒比海上形成，但受到地形影响，在墨西哥靠近太平洋这一侧变得最为猛烈。风暴始于墨西哥湾，然后旋向西南，在那里穿过马德雷山脉（Sierra Madre）的狭窄通道。这种瓶

---

① 约合 17 元人民币。——编者注

颈地形会使风速加倍甚至变成三倍——也就是说,加勒比海上的风速起初是每小时30千米,穿过马德雷山脉后就变成了每小时90千米,被科学家们形容为"风急流"。

风暴呼啸着扑向临近科斯塔阿祖尔海岸的特旺特佩克湾(Gulf of Tehuantepec)。数年来,阿尔瓦伦加一直向南捕鱼——靠近危地马拉边界,可他明白这些风暴极其致命,渔船会失踪,渔民下落不明。他听说过深夜受困风暴的故事,当地人简单地称这种风暴为"北方佬"。北风不时光顾,本地媒体都懒得给它们起"卡特里娜"或"桑迪"这样的正式名称,仅仅简单地称之为"冷锋6号"或者"冷锋26号",以此警示渔民不要出港。

这一风暴声名狼藉,在航海图上格外醒目,因此帆船一般会绕道数百千米驶入大海,以避开令人生畏的海湾风。"冬天,基本每天都刮大风……50～60节(93～111千米/小时)的大风也很常见。"声誉颇高的在线旅游指南"人迹罕至"(*Roads Less Traveled*)如此描述,"每年,当300千米宽的海湾展现出狰狞一面的时候,都有倒霉的大小船只陷入其中。即便大型船只也无法抵抗风暴和瞬息万变的大海。船只别无选择,只好转向顺风,硬着头皮劈波斩浪,向南航行三四百千米,直到特旺特佩克风暴减弱。"

如果说在哪个地方,你万万不可驾驶易翻的小船出海,那么非此地莫属。可是在恰帕斯,工作稀缺。在整个墨西哥和中美洲沿岸,过度捕捞导致鱼类数量急剧减少,剩下的价值颇高的鱼种被迫游往大海更深处。于是渔民紧随鱼群,距离恰帕斯海岸越来越远,80千米,120千米,甚至160千米,这样方能打到更多的鱼来塞满冰柜。经过 5 个小时的艰难航行，他们才停船作业，放出 3 千米长的钓线，上面缀满多达 700 个钓钩，期待金枪鱼、鲯鳅、马林鱼和鲨鱼上钩。他们最希望捕到的是鲨鱼。和在某些国家只卖鱼鳍不同，在墨西哥的餐馆里，鲨鱼排是家常菜。尽管鲨鱼数量剧减，人们也开始采取措施试图保护鲨鱼，但每年在特旺特佩克湾的危险海域里仍有成千上万吨鲨鱼被捕杀。

回报与风险不成正比，渔民得到的薪水少得可怜。他们位于全球经济长链条的最末端；在科斯塔阿祖尔景区的餐馆里，220 克金枪鱼要卖到 25 美元，可渔民拿到手的钱只有 40 美分。鱼群越来越远，捕一次鱼要花 60 小时，但出海一趟就能进账 250 美元现金，然后就能尽情狂欢，因此很容易理解，为什么科斯塔阿祖尔左岸的人们如此热衷于享乐。通过职业猎人的行为准则和非同寻常的本能，一帮混混和社会边缘人紧密团结成一个整体。"狼人"的话很简单，但充满绝望："贫穷会让你干很多怪事。为了填饱肚子，穷人什么都干得出来。要是只有出海打鱼这条路，你还能选什么？"

和世界各地的渔民一样，科斯塔阿祖尔的渔民的前路也十分黯淡：休渔，或者适应过度捕捞的现实，航程越拉越长。阿尔瓦伦加选择了后者。他不认为这是冒险。他宁愿在海上谋生。在过去的 30 年里，陆地上的生活让他愉悦，也让他烦恼——一些问题是致命的，他的头上和胳膊上两处深长的伤疤就是明证。

酒吧斗殴就是其中一个失误——那天晚上，在萨尔瓦多的一个酒吧里，阿尔瓦伦加喝多了——一个人对付四个人？还是两个人对付六个人？结果可想而知，阿尔瓦伦加被打倒在地，对方还

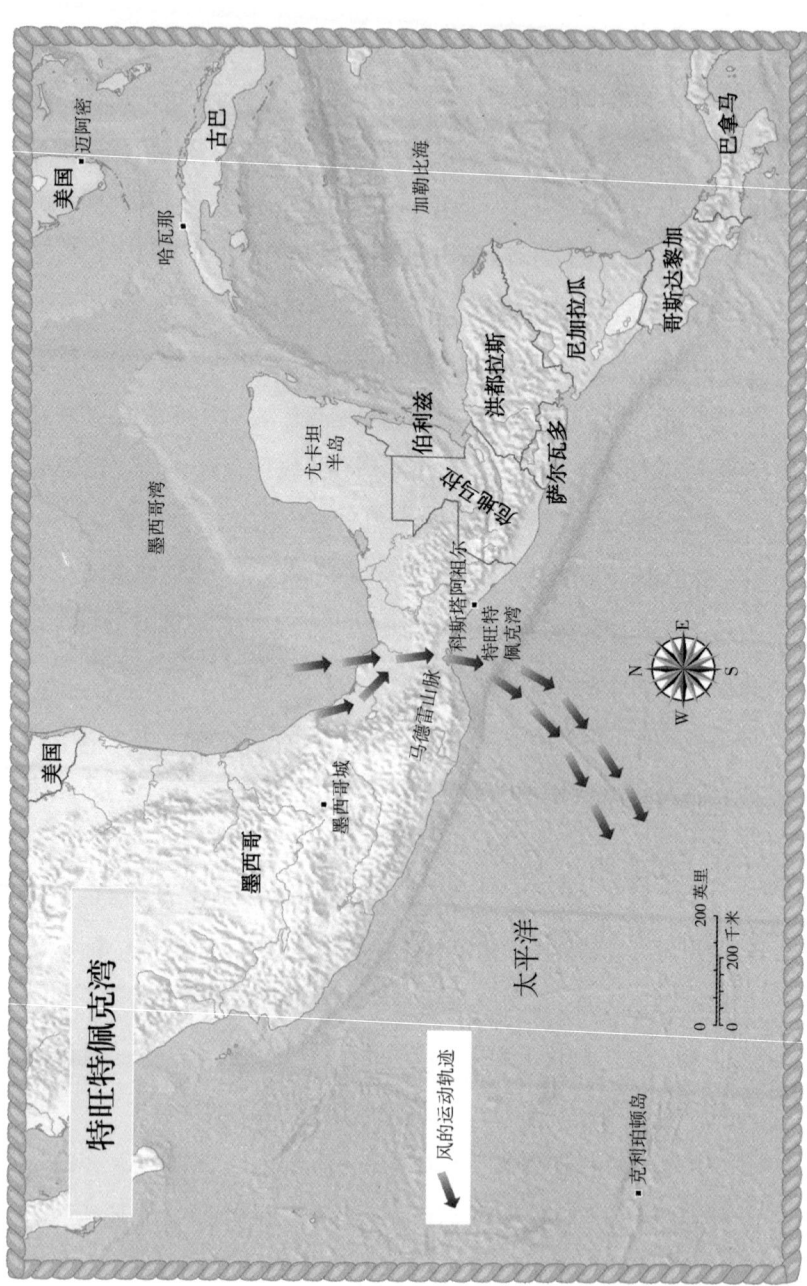

不解恨，把他拖出酒吧，捅了他好几刀，并把他丢在街头等死。他的母亲找到他的时候，不停地祈祷——很明显，她不知道儿子能否挺过这一遭。阿尔瓦伦加倒是没有失去意识，反而安慰妈妈，让她不要灰心，他说自己死不了。

阿尔瓦伦加挨了七刀，断了三根肋骨，还有脑震荡。他记不清那个晚上发生了什么，醒来时只发现自己躺在病床上，缠满绷带。他竟然大难不死，医生都很诧异。三个星期后他出院了，回到家乡，一个叫加里塔帕尔梅拉（Garita Palmera）的小村子，但一回家就面临更凶险的威胁。在他住院的时候，有人割断了袭击他的一个流氓的喉咙。复仇之战打响了，据说阿尔瓦伦加就是下一个。萨尔瓦多的谋杀案发生率远超巴格达和喀布尔。阿尔瓦伦加太明白那句西班牙谚语的含义了：小城镇，大地狱。他害怕自己不到年底就会没命。朋友们劝他逃命，说傻子才会多在这里待上一天。他想和解，但暴力的阴影从未远离。他开始亡命天涯——不仅逃离了小镇，而且逃出了祖国。他在危地马拉停留，在那里隐姓埋名生活了一段时间，然后来到墨西哥。他抛弃了所有，连女友、父母和刚刚1岁的女儿法蒂玛都顾不上了。

他继续逃亡，在船上安身立命。在陆地上，阿尔瓦伦加没有丝毫安全感，就好像对转动的地球来说，稳定的地面不过是个错觉。家不过是艘颠簸不停的船，与海岸相距甚远，所谓的稳定不过是虚幻。在海上他才会感到自由。

在科斯塔阿祖尔生活四年后，阿尔瓦伦加的社会地位逐渐提高；有几次他愤而辞职，换了一个又一个老板，在独立、金钱和尊严之间求得理想的平衡。"听我说,我很重视家人的安全,一般不会带生人来家里,可我会邀请他来吃饭。为什么?他的言行举止表明他就是一个好人。我还留他在家里过夜,给他留了一个吊床。"夏洛楚说。最终,阿尔瓦伦加在渔民部落中获得了罕有的特权,得到了自己的私人居住空间。

渐渐地,一些渔老板出高价想挖走阿尔瓦伦加。他们许诺,只要阿尔瓦伦加答应"转会",就会给他一条新船、新钓线和新装备。可是阿尔瓦伦加安于现状——他没什么妄想,挣得也够多,而且跟他的家乡萨尔瓦多不同,墨西哥的犯罪一般只有毒品交易及其衍生暴行。只要别沉溺于毒品,他完全可以作为一个无名小卒,在科斯塔阿祖尔逍遥度日。

阿尔瓦伦加的生活除了寻欢作乐,就是奋力工作。在科斯塔阿祖尔的四年里,阿尔瓦伦加几乎没有动手打过架,也没有其他恶行。他的老搭档雷说:"一些家伙把当地一家餐馆里的家具弄坏了,除了那一回,我没见他打过架。动手的人不少,能看出来这家伙很会打群架。可他总是在找乐子,天生就是一个喜欢派对的家伙。"

阿尔瓦伦加劣迹斑斑的过去,再加上十年来目睹一些同行由于酗酒进监狱的事实,都让他对此深信不疑——与经常在酒吧里猛灌龙舌兰酒、寻衅滋事的其他渔民相比,跟几个值得信赖的朋友出来喝点小酒更加省心省事。在阿尔瓦伦加眼里,理想中的生活就是这样的:在酒吧里连泡四天,随后出海十天;或者连续出海十天,回来泡酒吧好几天。在阿尔瓦伦加生命中的这个阶段,宿醉无关紧要——他要么喝个痛快,要么两天滴酒不沾,用短期戒酒的方式排毒。尽管每次需要30～60个小时的出海都格外艰辛，可他从不抱怨。"乐天派"是他的标签。"如果打到的鱼非常少，很多人都会垂头丧气，可他从来都是笑呵呵的。"贝拉米诺·罗德里格斯·贝兹这样说。在岸上由他给阿尔瓦伦加分配活计，他们一起打鱼，还成了好朋友。"就算一点收获都没有，回到港口时他照样兴致勃勃。'没问题，绝对能搞定。'"无视世间悲苦，或者说对多舛的命运具有了免疫力，阿尔瓦伦加活得潇洒平和，像他这种人可以在公交车上鼾声如雷，看电影时脑袋随意靠在别人的肩膀上，还能在公园里的一棵树下呼呼大睡。

从科斯塔阿祖尔出海打鱼，不需要什么技术含量，但危险丛生，需要渔民赌上身家性命，还得碰运气。如果天气预报说会有"北方佬"风暴突袭，没有一个渔老板会让人下海。和墨西哥沿海更加商业化的大型港口不同，在科斯塔阿祖尔，没有港务局长能在天气恶劣的时候阻止渔船出海，任何人都可以自己计算（或误算）成本和收益，自己决定是留在岸上还是驾船出海。阿尔瓦伦加是个朴实又大方的人，他不认识几个字，除了自己的名字以外基本都不会写，但这个古老的水手世界让他怡然自得。他能在朴素中发现美：挂满700个铁钩的长长的钓线，小渔船，一位伙伴，散落在甲板上的对他的工作生活而言必不可少的东西——刀子、桶、血迹斑斑的器具等各式物品，还有人与自然。这些都与他的生活方式相符。"如果你是一名真正的渔民，那么你会爱上大海。"阿尔瓦伦加说，"一些渔民喜欢出海一天，第二天回到岸上，我可不喜欢这样。我会尽可能留在海上，直到老板让我回来。这就是爱，因为大海赐给我食物，让我赚钱，大海就是我安身立命的地方。如果热爱大海，你就会喜欢肾上腺素的感觉，精力充沛。你和大海周旋。她是你的对手。你得搏斗。她能要了你的命，可你照样也能藐视死亡。"

阿尔瓦伦加经常无视泊船停港的警告，冒着生命危险出海打鱼，希望能有额外收获。他有自信能够从容地驾驭波涛，像平常一样回家：冰柜塞得严严实实，半吨鲜鱼足以证明他的技术和勇气。一旦有同行落水、下沉或失踪，阿尔瓦伦加总是一马当先地舍命相救。他的勇敢吸引了许多当地的女性。女孩们路过阿尔瓦伦加海滩上的陋室时总是吵吵闹闹的，他描述着这种情形，忍不住哈哈大笑。"米诺，我老板，那时候就在岸上用对讲机呼叫：'警告！警告！你的小草屋外面，有几位美女出没！'那时候，还不如待在海上呢。"

2012年11月15日，周四傍晚，这是一个值得铭记的时刻。两辆卡车满载4 000吨覆着冰块的深海鲜鱼：金枪鱼、马林鱼、鲯鳅、锤头鲨和长尾鲨。在最勇敢的渔民才能到达的离岸160千米处海域，这些鱼应有尽有，市场价每千克20比索，约合150美分，减去老板的50%和庞大的汽油开销，每名渔民平均可分得150美元。在当地，两个人吃顿饭需要4美元，海景房一夜7美元，这笔钱对所有人来说都是不小的数目。

伙伴们聚在一起，海滩狂欢开始了。这一次，大家没有狂欢数日，而是都收敛了许多。那里的鱼实在太多了，大多数人都想着玩到早上两点，睡上几个小时，吃过早饭后再次出海。预报有"北方佬"，也就是说，阵风干燥，有时会达到飓风级别，但没有雨。这次出海需要好几天，回来后可以等着冷锋过去，有大把的时间开怀畅饮。

海边的棚舍里，阿尔瓦伦加和朋友们慵懒地躺在吊床上。科罗娜啤酒罐、龙舌兰酒瓶、容量约为半升的格查尔（一种廉价米酒）的塑料瓶在院子里散落着，一部手机孤零零地放着雷鬼乐，大家哀叹着打光棍的时光。他们购买了大量马德雷产大麻，足以使墨西哥陆军第六十一营目瞪口呆；由于反毒品形势严峻，该营就驻扎在附近。屋子里满是雪茄——好比吉米·克里夫（Jimmy Cliff）[①]的雷鬼电影里的道具。两个光秃秃的灯泡随着夜风摇荡。鬣蜥爬过屋顶的声音在室内回荡。夜鹰和猫头鹰在捕食，狐蝠在棕榈间盘旋。体形庞大的鳄鱼"鲁尼"照例在午夜穿过潟湖，它的双眼迎着码头上的灯光，反射出闪亮的红光。

渔民们源源不断地讲着俚语、粗话和内行人才懂的笑话。拜阿尔瓦伦加的好胃口所赐，他得到了一个外号"禅查"，在土话里是"小猪"的昵称。在阿尔瓦伦加的上司米诺眼里，随便什么食物，还没等放上烤架，就都被阿尔瓦伦加吃掉了。"我们刚烤完金枪鱼，他已经把鲯鳅切成片开始烧了……他吃个不停，但从来不发胖。我说：'禅查，你肚子里肯定有寄生虫。'"还有同事认为阿尔瓦伦加的昵称很适合他的肤色。和大多数本地渔民咖啡棕色的皮肤不一样，阿尔瓦伦加的皮肤更接近粉红色，让人想起小乳猪。

他们吃一会歇一会，几大盘食物早已被一扫而光，但大麻又让他们感到无比饥饿。大家还想吃，集体起哄，求船东威利再买

[①] 牙买加雷鬼音乐家和电影人。——编者注

些吃的。威利寡言少语，留着八字胡，他盯着他的团队，好像一名老教师被一班淘气孩子纠缠不休。但威利还是答应了，让一个少年跑去再订一桌菜。

他们等着烤鸡和冰镇啤酒，阿尔瓦伦加打开一个玻璃钢冷藏箱，里面存着明天打鱼用的鱼饵。他们计划放出2 800个鱼钩，因此在冷藏箱里存了几百千克沙丁鱼用作鱼饵。禅查当时饿坏了。"菜什么时候送来，得等到地老天荒吗？"他不耐烦地说，一只手抓出一条沙丁鱼。沙丁鱼的双眼呆滞地瞪着，经过氮气速冻后鱼身冰冷。屋里有一张平时大家围坐吃饭用的桌子，中间有一摞30厘米高的玉米饼。阿尔瓦伦加拿起一张玉米饼，把沙丁鱼放在上面，像卷蛋糕一样卷起来，在众目睽睽之下，一口咬掉了鱼尾。他的一张圆脸开心地绽放出笑容，开始咀嚼半冻的生沙丁鱼。

"你这样就不怕食物中毒？"威利嘀咕着。

"到肚里，胃液就把它消化了。"阿尔瓦伦加笑道，拿起第二条沙丁鱼。

烤鸡一送来，他们又开始大吃大喝，把空罐扔进潟湖。不必担心醉驾——他们基本没有车，也不用坐车。他们的世界就是海洋，他们要从墨西哥海岸进入太平洋。潟湖里捕捞甲鱼和比目鱼的渔民更少了，捕虾人要航行20千米开辟渔场，而这群深海猎人要开足马力向着大洋深处进发，直到海岸都消失在视野中。船开出80千米，有时甚至160千米，他们才开始下网。他们自称"捕鲨高手"，虽然他们捕获的金枪鱼和鲯鳅往往要比鲨鱼多得多，但这并不会影响这一名号，重要的是，他们是在和海洋中最声名狼藉的食肉动物打交道。沿海渔民这一群体等级分明，捕鲨人在其中属于顶层，在别人眼里多少有点不可理喻。他们讲着自己的俚语，开着别人听不懂的玩笑；再加上长年在深海里驾着小船，饱受风吹浪打，不是伤疤深长就是缺了手指，全身上下早已伤痕累累。捕鲨高手收入很高，当然，也有不少人年纪轻轻就去世了。

第 2 章　风暴来袭

日出时分，萨尔瓦多·阿尔瓦伦加醒了。他翻身下了吊床，只穿着冲浪短裤，走下四级台阶，进入通往潟湖的丛林。此刻最大的噪音就是远处野狗的狂吠，暴风中棕榈树顶端隐约传来鸟鸣。阿尔瓦伦加光着脚，肩膀上文着骷髅头，在身后的沙地上留下一串脚印；他要去查看他那 7 米多长的小渔船，此时，小船正沐浴着黎明前的微光。

阿尔瓦伦加想早点动身，因此就得对渔船进行清点。小偷老是偷工具，卸掉螺旋桨，拿走火花塞，有时还偷走整个发动机。偷发动机得两个人来干，晚上在沙滩上偷发动机并不容易，所以小偷一般会偷容易偷的东西，到手就跑。阿尔瓦伦加的老板买了一条看家狗，拴在一根木桩上，指望它吓唬小偷，不到一个月，狗死了。"一天晚上，我听见外面有动静，就在潟湖边上；我走出来，看见那条鳄鱼在撕咬狗，接着就是一阵凄惨的哀号，狗就咽气了。"阿尔瓦伦加说。鳄鱼咬着狗，把它拖进了潟湖。根本没法救——跳进水里跟近 3 米长的鳄鱼大战一场？这太离谱了。出了这件事之后，威利再也没有买过看家狗，阿尔瓦伦加再也不在潟湖里长距离游泳了。

阿尔瓦伦加走过去一看，发现锚和链条不见了。拿走这些东西的可不是小偷，原来是一个渔民，正拿着锚在岸边的浅水区里叉鱼，阿尔瓦伦加就没当回事。甲板上额外的空间是用来放一些备用汽油和饮用水的，还有一些有一辆小轿车大的浮标，通过这些浮标，钓线可以漂在大海上。另外，他负责指挥这次深海任务，要去的地方水深数百米，一个锚无济于事。

阿尔瓦伦加喜欢他的玻璃钢船的简洁身线：没有船舱和顶篷，身段狭长，类似独木舟，一些墨西哥人叫它"香蕉船"。它的设计目的是像巨型冲浪板那样劈波斩浪，灵敏，快捷，但容易倾覆。甲板上一个冰箱大小的玻璃钢箱子开口向上，盖子在下。箱里空无一物，但是散发着死鱼味。这个箱子就是他的财富所在。如果鲜鱼装满箱子（680千克），他就挣够了整整一个星期的生活费。但阿尔瓦伦加从来不是那种满足于生存的人；他要尽情享受生活——请朋友吃海鲜自助餐，通宵喝科罗娜啤酒，同时跟三个女人约会，在当地餐馆彻夜狂欢后替其他渔民埋单。

如果打不到鱼，或者风暴太猛，他就去爬山打猎。要么借一把猎枪，要么带上心爱的弹弓，阿尔瓦伦加会消失几天；这几天里，他在茂密的山林里追踪动物。海岸边是红树林，深入陆地后就会出现这些山。山野之中，阿尔瓦伦加偷得浮生半日闲，与一两个好友打猎和露营，享受这份远离俗世的静谧，同时还有数不尽的美味——浣熊、负鼠、长鼻浣熊、鬣蜥和候鸟，这些都是政府允许捕捉的猎物，让他大饱口福。这些猎物无须储藏，他用弹弓打下后就吃掉。他也没什么生活成本。他所在的打鱼公司"海岸捕虾人"会给他提供住处和日常用品。他没有健康保险，他知道，要是受伤了，其他渔民会给他包扎；如果伤势危及生命，他们会把他送到最近的医院。当地的医生经验丰富，擅长接断指和缝补被鱼钩豁开的皮肉。在海上出现事故属于家常便饭，但只要人离船不远，通常都能活下来。然而，要是船沉了，恐怕鲨鱼就是一切的终结者了。

阿尔瓦伦加的船有 7 米多长，有两辆皮卡货车的长度和一辆的宽度。没有隆起结构，没有玻璃，没有灯光，在海上几乎隐身。小船吃水不到 60 厘米，引擎挂在船艉，等开足马力，船艏和船身前三分之一就斜出水面，穿越波浪，在红树林里开辟狭长的水道。在公海上，警察一般会截停这种船只，怀疑他们在向北方走私毒品或者偷渡，在这段法外海岸线上，打着捕鱼的幌子进行贩毒和偷渡是个传统。警察会要求船员掀开衬衫，然后摸摸他们的腹部，检查他们是否吞食了用塑料裹起来的毒丸。一般情况下，真正的渔民都会服从警察和海军的突击检查，即便要剖开鲜鱼证明其中没有毒品；而走私船就会夺路而逃，企图闯过浅滩，那是他们最容易脱身的地方——最坏的情况是直接撞向茂密的红树林，而后弃船逃进丛林。至于货物——毒品、酒和非法移民，他们是顾不上那么多了。在红树林里，富有攻击性、致命的矛头蛇和不停游动的蝰蛇正等着他们。这些蛇很会伪装，看起来就像林地上带褐斑的枯叶，咬一口就能致命，走私犯对这些情况当然心知肚明，他们知道警察不会跟踪任何嫌犯进入红树林。执法者往往会留在水面上，截下嫌疑船，拖回军事基地，扣在那里等待赎回，好比拖走一辆非法停靠的车。

阿尔瓦伦加纵情享乐，他也热爱这种一天半或者三天的轮班制捕鱼。他成就斐然，一般要比其他船多带回 200 多千克战利品。

这些时候，一旦有鱼上钩，他就有把握和上回一样大丰收了。他决定早点出发。昨夜他几乎没花钱，还剩下差不多 150 美元。可还是觉得手头紧。如果想尽兴，他会倾囊相送，为朋友们买啤酒，请情人吃饭，为所有人买龙舌兰。

阿尔瓦伦加打算上午 10 点启程，加紧工作，然后第二天下午 4 点返回。这次出海需要 30 个小时，还得在海上过夜，他为此做了精心准备：把一面小镜子、一把剃须刀、牙刷和两件换洗衣物仔细裹好，放进一个容积 18 升的灰桶里。在海上，他要削掉金枪鱼头，浑身沾满鲨鱼的污血，即便如此，他仍然每天都刮胡子。他每天都不忘刷牙、照镜子，确信自己保留了一丝文明人的气息。当然，他的工作方式允许他脱下脏兮兮的工作服扔到角落，从来不洗，每次出海再穿上，可阿尔瓦伦加并没有这样做。要是衣服弄破了或者染上了血渍，他就扔掉，再买两件便宜的衬衫和一件 T 恤，这样够用一个月，等下个月又开始换新的。快到港口的时候，他会整理头发，喷点香水，擦亮鞋子，刮脸剃须。

阿尔瓦伦加和他的大副各司其职，有条不紊地收拾好渔船，整装待发。在海钓的渔民中，船长和大副的角色就像军队里那样等级森严、纪律严明。阿尔瓦伦加是船长，稳坐船尾，操纵发动机和掌舵，而雷·佩雷斯是他的大副，雷 20 来岁，身形瘦削，在船上跑来跑去，调整工具、钓线和各种设备。在陆地上，他就是个混混，跟其他渔民干架，四处惹是生非；但到了海上，他就成了忠诚的伙伴，干起活来很卖力气。出海打鱼的时候，阿尔瓦伦加和佩雷斯两个人配合默契，笑声不断。

装船需要两个小时，涉及几百千克物资设备，包括近 300 升汽油、60升水、用作鱼饵的45千克沙丁鱼、700只钩子、数千米渔线、3把刀、3个往外舀水的桶、1部手机（装在塑料袋里防水）、1部GPS导航仪（不防水）、1部收发两用无线电（电池充满一半）、用来调整发动机的几把扳手和90千克冰块。在堆积的工具上面放有大量漂白剂和洗涤剂瓶子——蓝色、白色和粉红色的容器，色彩缤纷，看起来洋溢着节日的气氛。其中最沉重的就是油桶了，把船身压得很低，小船只高出吃水线50厘米。前段时间他刚用环氧树脂进行过加固，把开裂的支柱密封起来，因此前部控制台上有一抹崭新的白色。

船上最大的物件当属1.5米长、1.2米高的冰柜，盖子可以拆卸。如果装满冰块和鱼，冰柜会非常沉重，船在转弯或变速的时候容易倾覆。出于基本的安全需要，他们把冰柜置于船中央。阿尔瓦伦加尽可能使用最大的冰柜；这么大容积的冰柜不仅是用来炫耀的，也证明了他不俗的捕鱼本领。

10条船沿着海岸摆开，准备同时出发。就像装卸码头上的卡车一样，这些船肩并着肩，紧张地做着最后的准备。船队启航离岸，阿尔瓦伦加挂挡后退，驶离海岸。他掉转船头，向着汹涌的碎浪驶去，那是河口与广袤的太平洋交汇的地方。在沙堆和激浪中驶出潟湖是个技术活。此前已有几名渔民命丧海底，就在半年前，阿尔瓦伦加在船上，但是没有掌舵，船从一波海浪上翻落，翻滚的船、四处纷飞的设备和激浪差点夺去他的性命。

这支小船队又开了5分钟，进入公海，然后挂空挡。船挨着船排成一列，如同运货马车准备穿越沙漠，这些水手在举行一场仪式，为自己送行，然后便开始听天由命。对这些渔民来说，这场仪式是市政厅会议与办公室闲谈的集合体。这个地方无人监管,酷爱大麻的他们一支接一支地抽着雪茄大小的大麻卷烟。谁都不知道这种"最后一口大麻"的传统是如何兴起的,但现在它已经固定成型。他们喊叫着,大声笑骂,时不时爆发出一阵哄笑。

抽完大麻,阿尔瓦伦加向西航行,凭手持 GPS 驶向他和雷昨天大捞特捞的位置。船开了 6 个小时才赶到那里。现在,他们位于特旺特佩克湾的中央,还得再花两个小时下钩布线,然后静静等待。下午 7 点的时候,他们在身后放出整整 3 千米的渔线。星光熠熠,东北风有点猛烈,但令人感到惬意;阿尔瓦伦加和雷又抽了几根烟卷。他们有说有笑,讨论着成功、失败和上次的发动机故障。4 天前,发动机熄火了,阿尔瓦伦加通过频道 2 呼救——特旺特佩克湾的渔民都使用这个频道,幸好附近有渔船,听到求救后把他们拖了回去。他们并不害怕,因为附近肯定有出来打鱼的人。"我们一块经历了太多的风暴。海浪大得很,我们被从船的一边掀到另一边,他说:'睡觉吧,盖上毯子。'我问:'浪这么大?'他轻描淡写地继续说:'打个盹。'"雷这样说。

晚上 10 点,他们顺着渔线把船开过去,急不可耐地查看有多少收获。又是大丰收。鱼钩深深扎进口中的锤头鲨在水面下徒劳地挣扎,试图脱钩。他们等到凌晨 2 点,雷开始收线。他把锤头鲨拉到船边,阿尔瓦伦加钩住渔线,不让它逃脱。接着雷用一根手工做的木棒猛击锤头鲨的头。不管是鲨鱼还是金枪鱼,只要鱼在水里,渔民一般都得把它杀死。其他渔民使用自制的电击枪——非常残忍,车载电池接上两根电线,再连上夹子,夹子插进鱼的身体，释放致命电流。和屠宰牛和鸡的工厂类似，这种电鱼的方法是惨无人道的业内做法；消费者把金枪鱼罐头放进购物车，或是在餐馆点一份新鲜的鲯鳅鱼排时，根本看不到也想象不出盘中餐曾经受到如此残忍的对待。对阿尔瓦伦加和雷来说，把鱼全部杀死然后拖上船是极其重要的步骤。乱跳的鲨鱼会扯掉渔民的两根脚趾或小腿上的一大块肉。旗鱼和马林鱼的尖嘴同样格外恐怖。

忙活了两个小时后，雷收起渔线。这个活计一般人难以胜任，需要极其发达的肩部和前臂肌肉。这次又是满载而归：青枪鱼、锤头鲨、长尾鲨和旗鱼塞满冰柜，估计有540千克。渔线只布了一次就把冰柜塞满了，当然没必要再放一次。回港还需要5个小时，他们回去就要洗澡，换衣服，吃东西，把渔船整理好，然后再次出海，那将是最后一轮。平常30小时的出海捕鱼现在变成几乎不曾歇息的60小时连续作业。如果一切顺利，他们会迎来第三次大丰收，运气实在好得出奇。

回程的路上，两个人都半睡半醒，过去几天不过是零星打了几个盹而已。他们都想抽大麻提神，可是一根都没有了。上岸后，他们很快就会把这些东西装备齐全。他们感到飘飘然，满心欢喜，决定让老板先不付报酬——和扑克玩家一样，他们想先存起来，等完成第三次丰收后再一次性支付。两个人每人300美元，足以保障两天两夜的狂欢了：无数的大麻、龙舌兰和啤酒。阿尔瓦伦加会毫不迟疑地挥霍一空，大家对此都毫不怀疑。阿尔瓦伦加崇尚享乐，他是一个美食家，尤其喜爱用大盘盛虾。无论独自一人还是呼朋引伴，他都是"光盘一族"。他经常请伙计们吃饭，总能讨得本地人的欢心。

靠岸后,雷说出的话让阿尔瓦伦加大吃一惊。他得去当地监狱签署缓刑文件。因为持枪抢劫和小偷小摸,他现在是保释在外的。雷总是偷窃成性,麻烦缠身。他后腰里掖了一把手枪,卧室里还藏着22毫米口径的子弹,他还向所有人宣告这些事实。

他向从来没蹲过监狱的阿尔瓦伦加表示,每次回监狱都有好处拿,每回一次都能领到一部分保释金。他这么说,是为了让阿尔瓦伦加多等他一会。"我们的钱会更多,玩得更开心。"雷一边急急忙忙地收拾渔船为下次出海做准备,一边对阿尔瓦伦加说。

"我告诉他,让他等着我。"雷说,"我打扫渔船,收拾冰块和鱼饵,都收拾好后,我就朝法院跑……我们都知道鱼群就在那里,绝对不能错过。"雷不在身边,无法立即出发,阿尔瓦伦加有点等不及了。他怀疑这个长期合作的大副中午回不来,因此打算找个临时工。他去劳工市场转了转。就在潟湖边上,一帮汉子吵吵嚷嚷,包里放着干粮和衣服,或许还有一把用惯了的刀,他们急切地想得到一份临时工作,打一天鱼上岸后他们就能拿到50美元。

阿尔瓦伦加找到了一名急于工作的小伙子;他的朋友狼人一直在培训打鱼的新手,只要打一声招呼,就能随时招到水手。狼人要伊齐基尔·科多巴(Ezequiel Córdoba)跟着阿尔瓦伦加出海。伊齐基尔·科多巴22岁,昵称"皮纳塔",住在潟湖另一头,是当地村里足球队的明星。阿尔瓦伦加和他在球场上偶尔见过几次,但是从没说过话,更没共过事。阿尔瓦伦加担心皮纳塔给他打下手还远不够格。科多巴习惯了潟湖的静水,出海经验不到两年。阿尔瓦伦加知道带新手出海是要冒风险的——很多旱鸭子朋友央求他带着他们出海捕鱼，可是到了海上，他们除了呕吐不停就是求他赶快回去。但是时间很紧，阿尔瓦伦加也顾不得那么多了。虽然刚开始就拒绝了科多巴，他最后还是忍不住，发了善心，答应了科多巴的恳求。他先去吃饭，要科多巴在码头上候着。

渔民的食堂没有墙也没有窗户，屋顶是锡板搭的，下面放一张长长的蓝色木桌，这就是餐桌，他们平时就在这里天南海北地聊天、商量事情。没有茶，没有点心，早餐就是成堆的鸡蛋、土豆和洋葱，蘸着厚厚的奶酪和胡椒酱。阿尔瓦伦加喝掉早餐咖啡，听大家谈论正在酝酿中的风暴。北风即将肆虐特旺特佩克湾，这种危险警告作用甚微。和阿尔瓦伦加一样，大多数渔民更中意富贵险中求的论调：成群的金枪鱼，捕食的鲨鱼群，还有墨西哥城兴旺不衰的鱼市，在那里，每天从早上2点半开始，被贩卖和运输的鱼虾价值几百万美元。

"我带这个菜鸟出去，还能赶回来参加派对。"在海边吃早餐的时候，阿尔瓦伦加告诉他的上司米诺。米诺提醒他，次日傍晚，他得带着食物来聚会。他必须记住：他的任务是为米娜太太的生日派对买15只鸡。米娜太太是当地大厨，慈母一般照顾着许多渔民。

"风暴就要来了。"船东威利提醒他的雇工们。经验告诉他，除非是飓风和宿醉，几乎没有什么可以阻止阿尔瓦伦加和其他渔民出海；尽管如此，他仍然要警告他们。

更让阿尔瓦伦加担心的是，他能不能带上柠檬和盐做他钟爱的酸橘汁腌鱼。"我一般都会多买东西以防万一，有时候迷了路，或者风大偏离了航线，只能在海上多待一天。为了出海，必须准备充分。我比其他人在海上待的时间更长，早已经习惯了。要是两手空空，他们就回来了。我不会这样。我会多待一段时间，多试试，在另外一个地方放线。要知道，我是一名出色的渔民。"

捕鲨高手们到了海上，几乎没有做饭的机会——没有灶，没有炉子，在船上生火很危险。为了这次连续两天出海，阿尔瓦伦加让一名厨子给他做了牛肝。他带了足够多的烤肉和几斤玉米饼，可以用玉米饼卷着烤肉吃。在海上，他用一个凳子当案板，用来切香菜、洋葱和西红柿。（出海的时候，西红柿很受欢迎，虽然等不到吃饭时就早被挤碎了。）只需金枪鱼的鲜肉、一把快刀和一捧盐水，他就能做一顿大餐。出发的时候，他预计风暴会减缓打鱼的进度，迫使他多待两天而不是一天，因此他又多带了一些柠檬。他又花了 200 比索① 买了两包拳头大小的大麻嫩叶，用报纸包好。每次出海都是一种仪式。在海上，尤其是夜间静候鲨鱼、金枪鱼和马林鱼上钩的时候，他会一边数星星，一边一支接一支地抽着又厚又粗的大麻卷烟。

怀着对天气预报的共同蔑视，10 条渔船径直驶向科斯塔阿祖尔的入海口，那里饱受来自太平洋的碎浪的拍击。渔民们开足马力，伏身，计算着波浪起伏的节奏。波浪相激，涌现白沫，漂浮如雪。碎浪之间会有短暂的平静，关键就在于抓住这个间歇灵活地加速穿过。几个浪打来，渔民们早已全身湿透；海水浸没了双眼，近乎半盲的萨尔瓦多·阿尔瓦伦加左手掌舵，右手紧握一根

---

① 约合 70 元人民币。——编者注

粗杆，免得自己被弹出渔船。一天或两天之内，他就能返航，冰柜里照例满是战果。他又算计着最近几天的工资。"我喜欢钱。"阿尔瓦伦加说，"但任何人都不能说我是个混蛋。我是贪杯好色，要知道，我是拿命来赚钱的。无论走到哪里，我都昂头挺胸。"

阿尔瓦伦加戴着巴拉克拉瓦式面罩，只露出眼鼻。"恐怖分子。"其他渔民取笑他。阳光曝晒，烤着他的白皮肤。阿尔瓦伦加没有他们的古铜色皮肤，对炙晒更没有天然的抵抗力。阿尔瓦伦加的家族最初来自西班牙的大山之中。他们适应暴雪和严寒，但不适应这种热带酷热，用不了3个小时皮肤就会晒焦起泡。

阿尔瓦伦加扫视着波浪，把航道设定在西－西北280度。水桶里的无线电吱啦作响，可阿尔瓦伦加充耳不闻，因为无线电上面盖着几件他的衣服。很多渔民总是把玩无线电，就像卡车司机通过民用波段聊天那样，但在阿尔瓦伦加眼里，海上生活意味着远离尘世，往往在海上两天也用不着向岸上呼叫一次。在海上，他可以完全躲避陆地生活的日常无聊与乏味。

阿尔瓦伦加追逐着波浪，眼看着岸上的大山越来越远，他的心开始放下来。他没有意识到的是，在他向西航行时，庞大的"北方佬"正以相似的速度神不知鬼不觉地从东北逼近。风暴还在山后，很快就会露面。阿尔瓦伦加如果多停留一会儿、吃个午饭的话，肯定能注意到虽然天空碧蓝，但东北方向有一抹灰色薄云正向前推进，这是不易觉察的风暴前兆，看到这种警示，有经验的渔民会在陆地上的人们觉察到危险的气息之前几个小时确认天气变化。风暴的阴影笼罩着阿尔瓦伦加，现在气象专家已经在气象地图上将其标注为"冷锋11号"。它还在陆地上酝酿力量，伺机横行海上。

　　阿尔瓦伦加比大多数人都了解风暴的危害,可他只想一口气捞完——刚刚捞了半吨鱼,还有更多的鱼要捞。今年的这次风暴一直在他意料之中,11月总是令人格外暴躁。他向科多巴解释,诀窍在于辨识风浪和云彩。一般只要看几眼海浪和天空,得到的信息足以帮他计算风暴的强烈程度。今天的大风利刃一般——东边山头上浓云密布,他能体会到这次变天不可小觑。但阿尔瓦伦加接受挑战,并没有调整计划。要是能上网或者看到天气预报,他们肯定会就此作罢。由于缺乏明确的警示信息,两个人各就各位:阿尔瓦伦加掌舵,科多巴卧在船头,探着身子,四处寻找那些会撞击船体、造成破坏的残骸:漂浮的椰子在大浪中几乎看不见,一旦撞到船身就会发出轰隆巨响;树干能够摧毁螺旋桨,使渔船瘫痪;废弃的渔网能毁掉发动机;水下的海龟可以破坏螺旋桨。

　　开赴特旺特佩克湾的捕鱼作业区需要5个小时,容不得丝毫懈怠;不到一个小时,科多巴就开始晕船,嚷着要回去了——他是来打工挣钱的,可不是来遭罪的。他的胃已经揪到嗓子眼,舌头不停地打战,眼珠随着海浪乱转。把胃里的东西吐干净了,他就开始干呕,嗓子像着了火。"新手总会呕吐,紧紧抓住扶手。他们头晕目眩,不知道要做什么。他们什么也做不了。"同是渔民的拉·瓦卡说,"那天我告诉伊齐基尔别走太远,风暴非常猛。我都没出海。"

　　阿尔瓦伦加驾着小船跟大海打了20年的交道,对波浪序列的掌握和对波浪类型的预测几乎成为他下意识的本能。"要成为一名出色的渔民,必须思维清晰,想办法对付大海,知道怎么打鱼。

一看到海水变绿，我就知道能打到鱼。只要有鸟，肯定有鱼，因为那些鸟在找鱼填饱肚子。"

不出 5 分钟，新手就会驾船陷进近 3 米高的巨浪。阿尔瓦伦加对惊涛骇浪熟视无睹。和经验丰富的冲浪高手一样，只要看到一个浪头，他就能明白它意味着什么。他不停地调整油门，不停地转舵变向，在大浪中灵巧前行。一个大浪打来，科多巴一个趔趄，重重摔在甲板上，他赶忙回到原位，阿尔瓦伦加知道需要不断提醒这个第一次出海的甲板水手。阿尔瓦伦加坐在船尾，稳定性更好。他们几乎与海浪平行，海浪很容易从右侧冲过来，把小船掀翻。如果海浪把小船冲离了航线，阿尔瓦伦加就得加大油门，赶紧一个 360 度急转弯，再调回前行角度。

视野之中看不到一条船——能见度只有 800 米。没有雨，但眼前波浪滔天。"船剧烈颠簸，我告诉科多巴挺住。"阿尔瓦伦加说。"我们在海浪里穿行，波浪不是特别大，可小船仍然会腾空，然后重重摔落。"阿尔瓦伦加知道恐怖的"北方佬"正在蓄势。"风暴很明显，你能嗅到它的气味。我当然感觉得到，但我以前经历过很多次。"这类海岸风暴的特点是风大少雨，持续数日，阿尔瓦伦加想起了过去的一次经历：海风呼啸，没有雨，高空中云层稀落。"那一天，天空晴朗，阳光明媚，可是非常热。"

他们磕磕绊绊着冲向大海深处，风速从 30 千米/小时慢慢增加到 48 千米/小时，远远小于一级飓风的 115 千米/小时标准，但足以使科多巴失魂落魄了。"风声尖厉，波涛四起，任何方向都有浪头砸过来，每个都有两米高，相互撞击。"阿尔瓦伦加说。风力逐渐提高，两个人不再交谈。科多巴躲向船头，紧握栏杆。

下午 5 点，两个人到达指定的作业地点，放出 3 千米长的渔线，沿着渔线均匀挂设 700 个鱼钩。渔线上每隔 18 米系着一个空的漂白剂塑料瓶，保证渔线漂在水上。渔线在小船身后的海面上蜿蜒曲折，看上去好像一条垃圾线。"把渔线布置好后，我们聊了很多。"阿尔瓦伦加说。

晚上 8 点，渔线完全延展开来，在他们身后漂浮，产生强大的拖力，为小船提供稳定性，抵御四面八方的海浪。二人无事可做，只有等待大鱼上钩。阿尔瓦伦加抽着大麻，留意着渔线。大家都知道，附近萨利纳克鲁斯（Salina Cruz）港口的集装箱船会把渔线切断。即便在这些集装箱船经过的线路上使用闪光灯也无法保证它们变道。很多集装箱船都是无人驾驶的，一看到有这些大船靠近，小渔船的船长就尽力躲到一边。

大约 1 点，阿尔瓦伦加感受到一股强烈的危险。风声加紧。波涛汹涌，力量更强，小船开始左倾右晃，好像游乐园里的电动摇马。科多巴吓坏了，有点失控。"赶快离开这个破地方。我们回去。我们这就要没命了。"他冲阿尔瓦伦加嚷嚷。

"闭嘴。"阿尔瓦伦加呵斥他。风浪越来越剧烈，小船开始进水。阿尔瓦伦加让科多巴向外舀水。科多巴用一个削掉上半部分的空瓶子拼命舀水倒回大海，无论科多巴舀得多快，灌进来的海水都比他倒出去的多——阿尔瓦伦加也和他一起舀水。

"我们必须收线了，这次的'北方佬'很不一般！"阿尔瓦伦加向年轻的大副喊道。科多巴无动于衷。"傻瓜！赶快动手！"阿尔瓦伦加怒吼，"发动机加速！开始收线！"

平时，甲板水手收线的几个小时里，船长一般只是观望，可风暴越来越猛,阿尔瓦伦加戴上厚厚的手套,提防着鱼钩,开始帮科多巴一码又一码地收线。有时候,海水涌进小船,有 5 厘米深,因此科多巴收线的时候,阿尔瓦伦加舀水。两个人合力收回了一半渔线。他们筋疲力尽,但特别开心,因为收获喜人:金枪鱼、鲯鳅和鲨鱼一共 10 条。小船上鱼血四溅,继而在甲板上聚成深红色的血泊。此时,渔民们要时刻谨防鱼钩误伤和被鱼撕咬,连鲨鱼的皮肤也很危险:会像锉子一样把裸露的大腿和胳膊割得皮开肉绽。"会成片地撕掉皮肤。再加上海水里的盐分,很疼。它会撕碎你的皮肤,就像骑摩托车出了车祸,在公路上严重擦伤。"阿尔瓦伦加说。

阿尔瓦伦加操纵着发动机,继续收起渔线;海水迸溅,模糊了他的视线。7 米小船一拉一放,剧烈晃动,只有紧抓栏杆才能站稳。备用油桶、木箱和收起的渔线占据了大部分甲板空间,阿尔瓦伦加的活动空间很小。阿尔瓦伦加随即做出了一个疯狂的决定。既然没有时间把渔线全部收起,不如把剩下的丢掉。他知道,必须放弃数千美元的渔线和鱼钩,上钩的鱼还值几百美元,但风浪更加狂暴了。阿尔瓦伦加拿出鱼刀,割断蓝色绳索。他们自由了。但是失去了渔线的稳定作用,他们开始伴着巨浪上下颠簸。科多巴厉声喊叫,阿尔瓦伦加打着手电照亮指南针,将航线设定为东向 70 度,向着家的方向冲进风暴和暗夜之中。阿尔瓦伦加心想:如果一切顺利,日落之前,他就能享用鸡肉和啤酒了,然后就是长达一个星期的狂欢,等待风暴离去。

第 3 章 受困海上

2012 年 11 月 18 日
位置：距墨西哥海岸 160 千米
N 15°13′51.26″—W 94°13′30.36″
第 1 天

阿尔瓦伦加蜷缩在船尾操作舷外机，脸上戴着滑雪面罩，头上扣着夹克帽兜。他驶向看不见的海岸。他身边是科多巴，正跪着徒劳地不停舀水。视线时而清晰，时而模糊。借助月光，阿尔瓦伦加能看见几百米远处，接着浪头排山倒海，他看不见地平线，眼前只有旋转的星空，他觉得自己就是在漩涡里打转。"海水一直往我们身上浇。但我觉得船沉不下去。海浪没有灌到船里，只是把我们顶起又放下。"他说。

风速达到了 80 千米/小时，海面上满是白沫，海浪的不断冲击让小船偏离方向。如同一名职业运动员在为大赛做准备，阿尔瓦伦加掂量着对手的实力。还得鏖战 5 个小时，尽管在这些水域有着多年的航行经验，但他没有丝毫侥幸心理。每次风暴都有自己的特殊之处，当务之急是掌握眼下风暴的节奏和形势。加大引擎，接着猛然提高油门，两相交替，阿尔瓦伦加在 2～3 米高的大浪里闪转腾挪。风浪交加中，阿尔瓦伦加摸索着对付风暴的诀窍。他不能停下来，不能把船头放得太低，不然船就会被水淹没。阿尔瓦伦加小心翼翼地抬高船头，把船当作后半截负重的冲浪板。

如果船开得太快，就有可能从浪头跌落，一头扎进海里，第二个浪瞬间就能填满小船。小船只要有一半进水，注定会沉船，无论如何舀水都无济于事，两个人肯定无处可逃。他们会死——无论哪种死法都无关紧要了。要么是可怕的迅速死亡，要么耽搁数天，在折磨中死去。鲨鱼近在咫尺。他们将死无葬身之地，尸骨无存；死因是"海上失联"，唯一的线索就是漂到岸边的设备碎片。

大浪从侧面击来同样危险，不仅小船会进水，人也很可能从船上摔出去落水。即使身着救生衣——阿尔瓦伦加倒是有一件——从船上被甩出去也是无比痛苦的经历，许多活着回来的墨西哥渔民都详细讲过。船随风向西，而渔民随浪向东。阿尔瓦伦加水性极好，但是在怒海惊风中则另当别论了。他能游回渔船吗？如果科多巴无法迅速适应紧急情况并掌住舵，他只能游回渔船。要是科多巴从船上被甩出去了呢？阿尔瓦伦加得驾船拐一个大弯，靠近科多巴，好让他抓住栏杆。可是这至少需要2分钟，科多巴漂在海上，再加上血水，对鲨鱼很有吸引力。等阿尔瓦伦加回来的时候，科多巴没准已经溺亡，要么就已经被鲨鱼撕成碎片了。"人们都以为鲨鱼咬人只需要一口，嘎嘣脆，那不过是好莱坞的电影。你得知道，这些鲨鱼有七排牙，一咬住人就往回扯，被它们咬剩下的部分就像又长又细的奶酪片。"阿尔瓦伦加说。

船中的水已没脚，阿尔瓦伦加视若无睹。缺乏经验的船长会一阵恐慌，开始舀水，进而注意力脱离了首要任务——与海浪保持平行。阿尔瓦伦加需要保持定力。他已经被风暴伏击了。他在波涛汹涌中披荆斩棘,一旦发现自己开得过快,就放慢速度。精确性远比速度重要。

为了保持渔船的稳定,他要科多巴放下"海锚"。船尾拖出一串浮标,形成长长的尾巴,使船头与海浪保持平行,提供拖力,从而更加稳定。此时,再从木箱里拿出备用的渔线,系上一些空瓶子。"要是不摆出浮标,几个浪后船就沉了。即便有浮标,船头受到的海浪的冲击力也非常大。"阿尔瓦伦加说。波浪连天中,他自有一套应对方法。尽管有海锚的作用和阿尔瓦伦加高超的航海技艺,小船里依然灌进了几百升海水。阿尔瓦伦加掌舵,科多巴拼命地向外倒水,时不时稍作休息,让肩部肌肉暂时放松。

阿尔瓦伦加一门心思地向着海岸艰难前进,科多巴开始崩溃了。天气越来越糟糕,他的意志被瓦解了。有时候他拒绝舀水,双手抓住栏杆,不停呕吐并大喊大叫。科多巴为了挣得50美元签了合同,不过两天的工钱。如果有需要,他能杀鱼、剖鱼,再把它们储存起来,他可以这样干一整天。他能连续工作12个小时,毫无怨言,精力充沛。可就这样冒着千难万险返航?他明白小船会支离破碎,他们会葬身鲨鱼腹。他开始疯狂地大喊大叫以发泄恐惧,尤其是被鲨鱼吞噬的恐惧。打鱼的时候,他们目睹那些三角形的鱼鳍破水而出;两个人都害怕,一旦翻船,他们很快就会送命,那时候就知道谁会第一个被鲨鱼生吞活剥了。

突然间,一道闪电照亮了他们的困境。可是阿尔瓦伦加眼里满是带盐的海水,没有一滴雨水,在这不过数毫秒长的闪电中,他收获的信息极少。他没有足够的清水可以洗净双眼。海水越多,他的双眼肿得越厉害，视力更差了。

　　没有光亮，也没有大功率探照灯，阿尔瓦伦加全靠直觉在茫茫黑暗中航行。汹涌的波涛似乎拍打得漫无章法，实则有自己的复杂规律。大浪狠狠地撞击船体，像摩尔斯电码那样发送信号，阿尔瓦伦加的任务就是解读其中瞬息万变的模式。在波利尼西亚，老道的舵手会教给孩子们类似的技巧，他们让孩子们仰卧在海面上，日复一日地漂流，连续数月后，就能辨识每一道波浪蕴含的微妙含义了。波利尼西亚的独木舟水手就是这样熟悉海浪、掌握各种情况的，他们能从海浪中获悉自己距离陆地有多远——这是穿越风高浪急的太平洋时要用到的求生技能，广阔的太平洋上散落着的诸多岛屿仿佛游泳池中的米粒。阿尔瓦伦加从来没有认为自己的航海技术有多么高超或特别，只是觉得熟能生巧成了本能。他在海上奔波10年，累积行驶大约57万千米，相当于从墨西哥抵达月球后返程一半的长度。

　　黎明的曙光刚刚升起，潮水上涨了，阿尔瓦伦加紧紧盯着指南针；尽管风起浪涌，他依然信心十足，认为4～6小时就能安然回港。海浪劈头盖脸地打来，他依然娴熟地驾驭小船。危险从未离去，恰恰是这些危险让人斗志高昂。某种程度上，正是这些棘手的挑战使得海上生活让人如此振奋。阿尔瓦伦加厌恶墙壁的桎梏，格子间办公室对他而言好比监狱。船在3米巨浪间翻滚跳跃，他眼睛生疼，掌舵的手又僵又硬，即便如此，他依然倍感自由。

　　他曾经在恶劣的天气中翩翩起舞许多次，极少失手。当职业运动员的注意力高度集中、浑然忘我的时候，整个竞技过程是以慢动作呈现的,因此常人很难理解足球运动员犹如神助的鱼跃和头球破门。在阿尔瓦伦加眼里,铺天盖地的风浪就是他的竞技场。在自己的脑海中,他宛若明星,满身荣耀。一回到科斯塔阿祖尔的小窝棚,这段经历肯定会变成另一番令人难以置信的传奇,是他辉煌的船长生涯中浓墨重彩的一笔。

科多巴越来越害怕,他根本体会不到阿尔瓦伦加的自信,开始变得暴躁易怒,拒不服从,公然违抗阿尔瓦伦加要他向外舀水的吩咐。"我知道我能做什么!用不着你来指使!"科多巴嚷道。他的恐惧掺杂着高度紧张,脑子里满是"船要沉了"的念头。阿尔瓦伦加对科多巴的顶撞怒不可遏,愤而回应:"等回到岸上,我再也不跟你说话了。这辈子都别让我见到你。"

然而一转念,阿尔瓦伦加换了一种方式,试图安抚这个歇斯底里的年轻人。"你喜欢钱吧?"他打趣道。

"对,我爱钱。"科多巴承认。

"那么好吧,让我们过了这一关。这次风暴不是我的错,它是大自然发动的,碰巧我们俩赶上了。现在我们虽然在受罪,但死不了。"

阿尔瓦伦加后悔没有等着雷,那可是他过去一年中的伙伴。他们如此亲密,互称"伴侣",这个称呼通常用于夫妻之间,证明了他们长期交往所养成的默契。"我们俩心有灵犀,我根本用不着告诉他做什么。"阿尔瓦伦加心说,想象着雷一边用双手舀水,一边喋喋不休地讲着各种笑话和段子。这时候,雷的嘴里还有可能叼着大麻烟卷。

科多巴越来越虚弱,他特别紧张,几乎动弹不得。阿尔瓦伦加不能松开舵,也不能看着船里进水而无动于衷。船上的水几乎有30厘米深,小腿肚都没在水里。这些水是不稳定的压舱物,人在船上很容易歪来倒去。大浪排空,几乎让人无法立足,在船上跟跟跄跄。一个巨浪拍过来,科多巴重重摔倒,撞在凳子沿上。阿尔瓦伦加看着这个毛头小伙在船上翻滚,感到有些沮丧。他倒是佩服这个小伙子的体格。科多巴摔了四五次,换作别人早就昏迷不醒了。阿尔瓦伦加在心里说:"还是身体姿势有问题。这孩子不知道怎么稳定重心。"

  阿尔瓦伦加稳坐船尾,紧握舵柄,一心要冲出风暴的包围;面对如此强烈的风暴,岸上的港务局长早就下令禁止任何船只出海。所有船只都接到紧急通知留港。阿尔瓦伦加根本不听无线电;相反,他脑子里满是回到潟湖港口时人们的欢呼。禅查的又一次壮举!科多巴的又一声惊叫把他从幻想中拉回现实。这个缺少经验的小伙子似乎失去了理智。他站立着,对着大风狂喊:"上帝啊,为什么这样惩罚我?为什么?"

  接下来的3个小时里,阿尔瓦伦加平稳地向东航行。他斜穿海浪。向北转的时候,他就把舵柄朝着自己的身体拉得更近,这样可以向左急转;手臂用力撑开舵柄,可以右转偏向南方。

  阿尔瓦伦加把GPS导航仪放在桶里,用衣服盖好——这个价值8美元的设备不防水。他时不时地检查一下导航仪,每次都是令人振奋的好消息——尽管逆风且洋流向北,过去几个小时里他们已经向着海岸前进了64千米,向着陆地至少走了一半航程,但剩下的才最为艰难。过去的风暴只是小试牛刀,给他们一个警告,现在才开始全面发威——在陆地上积聚力量,然后形成风墙,开始翻江倒海。

　　在如此恶劣的情况下，前行消耗的汽油远远多于制造商预估的每升能完成的里程。好在阿尔瓦伦加额外准备了两桶汽油，每桶 56 升多。以前出海他都会多储备一些汽油：援救同行，搜寻遗失的渔网，追踪鱼群。"一些家伙出海时尽可能少带汽油。用不了多久就能听见他们在无线电里嚷嚷：'嘿，老板，我没油了。'他们不为回程做计划，没脑子。"

　　科多巴刚才还在相对安稳的船尾，现在挪到了船头。他浑身颤抖，哭喊着求救，行为疯狂，阿尔瓦伦加甚至以为他打算跳海。"他简直疯了，好几次他都躲进了冰柜。"阿尔瓦伦加说。他这样形容：向冰柜瞥了一眼，就看到科多巴圆睁双眼，吓得身体僵直，在鲨鱼尸体堆上瘫作一团，就像刚捕上来的鲜鱼一样。

　　科多巴又哭又叫，四处躲藏，阿尔瓦伦加驾着小船向着海岸乘风破浪。一边舀水一边开船非常困难，但科多巴一点忙都帮不上，跟雷比起来就是个累赘。一道浪打过来，他们从浪头重重跌落，感觉大浪击穿了船体。阿尔瓦伦加说："小船刚做了维修保养，真是幸运。一个月前的那次风暴弄弯了小船的主架，让它不堪重负。我们进行了加固，让小船能抵御持续的重击。"船体完好无损，可装着通信工具的塑料桶底部开裂了。几分钟后，他决定向岸上报告越来越糟糕的情况和自己的新方位，发现桶里全是水。无线电是湿的，还能用，GPS 导航仪浸在水里，几乎浮起来，已经坏了。把它吹干也不起作用。幸运的是，他们离海岸越来越近，阿尔瓦伦加很快就能根据岸上的地标来航行了。

　　与波涛赛跑既需要头脑又消耗体能。早上 7 点，两个人又饿又累，阿尔瓦伦加下令吃早点，稍事休息。当时的海浪不甚高，现在回想起来，他们当初做出的这个决定简直不可理喻。一心奔向安全的陆地的时候，到底是什么驱使他们中途懈怠了哪怕一分钟呢？可是一旦饥饿难耐，人有时会做出奇怪的决定，在一心多用的阿尔瓦伦加的脑中，某个区域决定他们要拨出这奢侈的15分钟来吃一顿早餐。

阿尔瓦伦加拿出玉米饼、洋葱和西红柿。塑料袋里有2千克血量十足的牛肝。要是平常出海，他会把玉米饼烤一下，现在不行了，凉玉米饼裹上切碎的牛肝和西红柿就是美味的三明治。吃过东西，科多巴缓了过来，阿尔瓦伦加要他继续舀水。两个人狼吞虎咽地吃着又冷又硬的玉米饼，同时，阿尔瓦伦加还不忘开开停停，以躲避风吹浪打。

阿尔瓦伦加吃完所谓的早点，加大油门，继续向着海岸疾驰。他留意到能见度有了变化。云层升高：他能看见几千米开外的水面了。他看不到陆地的迹象，于是缓慢前进。首先映入眼帘的会是地平线上的一些点，那是山，然后逐渐延展开来，这时他们就离陆地不远了。即便不能如愿停靠在科斯塔阿祖尔的潟湖边，他知道至少还有6个地方可供靠港。

早上8点左右，阿尔瓦伦加听到了第一声异响，仿佛有人咳了一声。那听起来不像发动机清脆的抗议声，更像有人打了个嗝或者低沉地清喉咙。雅马哈发动机一直很稳定，可是前几天照样出过问题。不到10分钟，发动机开始连续卡壳了。

科斯塔阿祖尔的渔民对村里新换的发动机多少有些不放心。使用这些发动机出海之前，他们一般会先在陆地上进行测试，挂在架子上开足马力，让它们不停转动。"得把它们磨合好，有时候它们会卡壳。发动机修好后其他人往往会让它先转上至少几个小时。我从来不做这种事。"阿尔瓦伦加说。

发动机的声音继续变化，两个人讨论着问题出在哪里。是渗水了吗？他们觉得火花塞问题不大——火花塞要是有问题会噼啪作响，阿尔瓦伦加或者科多巴只要关掉引擎，用新油清洗，几分钟后就能修好。这种喀喀声来自发动机深处，造成了动力浪费。

大概早上9点，视野之中山头隐隐浮现。阿尔瓦伦加和科多巴这时距离陆地32千米。阿尔瓦伦加从夹克衫里探出脑袋，寻找熟悉的地标。这时候用不着电子设备了，这片海域他跑了几百次。在他心里，真正的、最后的危险来自巨大的岸边碎浪。在飓风中靠岸格外危险，渔民们会坐在船边上紧握栏杆，准备跳进海里，他们宁肯被海浪冲到岸上，总比被船撞死好。

发动机的喀喀声从轻微变为持续的巨响，阿尔瓦伦加仍然在品味看见大地的愉悦。油管堵住了吗？哪个地方松了？"我不敢相信。我都看见海岸了。离海岸也就20千米，发动机却开始罢工了。"

阿尔瓦伦加决定关闭引擎，稍作调整，然后继续向着岸上进发。不检查发动机的危险性是很明显的。3年前，阿尔瓦伦加遭遇过严重的发动机故障，发动机散了架，螺旋桨转得极慢，1个小时才走出1 000多米。费了3天的劲才蜗牛一样爬回岸上。这次，经过10分钟的大修（猛拉和清洗火花塞）后，发动机彻底没了动静。

似乎没有火花也没有汽油，或者是火花打不着汽油。阿尔瓦伦加越来越焦躁不安，他一次又一次猛拉舷外机的拉绳，食指和中指开始起泡。仿佛吉他手换掉满是老茧的手指一样，阿尔瓦伦加开始使用无名指。他拉动拉绳，小手指都磨破了，又疼又麻。最后拉绳也断了。没有拉绳启动发动机，阿尔瓦伦加面对风暴束手无策。他拆开发动机，徒劳地打算做一条新的拉绳，最终大发雷霆。"我对着发动机不停咒骂。"他突然一把抓起无线电呼叫老板。"威利！威利！威利！发动机坏了！"阿尔瓦伦加对着无线电大喊。

"禅查，禅查！冷静，伙计，告诉我你的坐标。"在科斯塔阿祖尔的船坞中的威利应道。

"导航仪也坏了。"阿尔瓦伦加越来越灰心丧气。威利知道他们离岸边不远，于是想出了一个简单方案。

"放锚。"他命令道。威利以为阿尔瓦伦加可以用放锚的方法冲出风暴。既然离岸这么近，只要天气略微好转，他马上就能派出船队把他们救回来。最坏的打算是，先把人救回来，以后再把抛锚的船拖回来。

"没有锚。"阿尔瓦伦加对着无线电说。

"好吧，禅查。我们去接你。特鲁姆皮洛很快就出发。"威利答道。

"你们要是来找我，现在就来，这里浪太大了，船里进了很多水。现在就来，我可顶不住了！"阿尔瓦伦加喊道。这是他们最后一次通话。

阿尔瓦伦加把注意力转回风暴，要科多巴调整海锚——发动机是否失灵，对一条小船完全是天壤之别。现在只能靠他们自己了。在这种天气下实施救援同样分外危险——两个人在这一点上达成了一致。情急之下，阿尔瓦伦加告诉了科多巴一些简单的求生知识。"我告诉他要追踪浪潮，要集中注意力。在船上要稳。我试着告诉他接下来会发生什么，告诉他应该怎么做。"

海浪猛击小船，阿尔瓦伦加和科多巴开始携手同心对抗厄运。求生的本能克服了心力交瘁的疲惫。旭日初升，海浪在眼前涌起，高过头顶，然后分开。两个人都紧靠没有浪的那一侧船身。眼看着浪打过来，赶紧跳到另一侧，依靠体重控制平衡，预防翻船。可是风狂浪恶，两股浪在半空中相互撞击，形成巨大漩涡，把他们高高抛起，足有3层楼那么高，然后就像坐电梯一样瞬间下落。两个人都穿着沙滩鞋，缺乏抓地力。波浪滔天，科多巴就像碰撞试验中的假人一样颠来倒去。"他的脑袋猛地磕了一下，没出血，很明显疼得不得了。又摔了一次，差点断了肋骨。我告诉他要稳住，这里可没药没大夫。"阿尔瓦伦加说。

阿尔瓦伦加意识到他们捕获的鱼有近500千克，这让小船的顶部很重，加大了不稳定性。根本没有时间请示老板，阿尔瓦伦加自作主张，把这些鱼全都倒进了海里。他们一点一点地把滑溜溜的鱼拉出冰柜。大多数鱼不过20千克，每个人拎起一条鱼就扔到海里。还有两条金枪鱼和几条鲨鱼，每条都有三十几千克，他们只得一人提起鱼头，另一人抓住鱼尾，把血迹斑斑的死鱼抛到海里。这时要格外小心，一不注意就容易掉到海里。死鱼会引来鲨鱼——狂风巨浪还不够，还要引诱鲨鱼，这实在太疯狂了。

狂风大作中，他们站在摇摆不定的小船上，花了差不多1个小时把鱼从冰块下面掏出来扔到海里。风大浪急的时候，他们要先等 10 分钟，然后放开栏杆，冲到冰柜边上，从中拉出一条鱼。"我们得让小船高过水面。那样我们抗击风暴时就更有力量了。"阿尔瓦伦加说。他们把冰块和备用汽油也扔掉了。为了加固稳定性，阿尔瓦伦加又串起了 50 个浮标。"就是浮标帮我们度过了那个早上。"

大约早上 10 点，无线电不能用了。电池没电了。他们无法再给搜救人员提供信息了。阿尔瓦伦加明白一次风暴往往能持续 5 天，现在还不到中午，只是这场风暴的第二天。丢了 GPS 导航仪略微不便，发动机坏了可是大灾难。没有无线电联络，阿尔瓦伦加唯有依靠自己。

小船像跷跷板一样漂浮于海上，给人的感觉只是上下起伏，而不是在任何方向上移动。一段时间过后，他们才发现已经朝西北方向被风吹进大海很远了。有时候小船连续打转，然后在风和洋流的作用下继续漂移。水涌进船内，深达 60 厘米。他们一个劲地舀水，同时还得观察洋流变化。海水里的盐让阿尔瓦伦加双眼生疼。科多巴半蹲在船尾附近，一只手抓着船帮，另一只手尽力泼水。科多巴一起身，水几乎淹没了他的膝盖。

接近正午的时候，一股恶浪从左舷扑来，托起船底，小船倾斜，差点倒扣，就像汽车冲上护栏一样。阿尔瓦伦加刚从船尾挪到船中间，立足未稳，摔在甲板上。科多巴早已消失在惊涛骇浪中。

"所有东西都被冲走了。"阿尔瓦伦加说。科多巴随着钓线、备用水和食物一起落水。他一只手紧抓栏杆，海水没胸，他的身体紧紧靠着外侧的栏杆,一时间险象环生。"他惊叫着,我知道他坚持不了多久。我抓住他的头发,把他扯到船上,就像把一条大鱼拽上船一样。"

科多巴浑身湿透,惊恐万分,在甲板上不住地哆嗦,无言地感谢船长的救命之恩。"水从他的嘴和鼻子里冒出来。"阿尔瓦伦加说。几乎半艘船都进了水。

阿尔瓦伦加木然而立,以为船要沉了。科多巴一动不动,刚才差点淹死,他还没回过神来。但阿尔瓦伦加很快就恢复了求生的本能。

"帮帮我!帮我舀水!"他冲科多巴喊道。

"还不如沉下去呢。"科多巴咕哝着。

"撑住!很快就会过去的,很快就会过去!"阿尔瓦伦加恳求道。

风暴肆虐了整个下午,两个人拼命倒水,船才没沉下去。连续几个小时,一直重复同样的动作,两个人清除了差不多一半的海水。两个人都筋疲力尽,几近昏厥,可阿尔瓦伦加仍然狂躁不已。他抄起平常用来杀鱼的沉重的木棒,盛怒之下把无用的发动机砸了个稀巴烂,然后抓起无线电和导航仪,愤怒地投进海里。

太阳下山后,科多巴和阿尔瓦伦加浑身冰冷。他俩把冰柜扣过来,在里面挤成一团。风从冰柜底下呼啸而过,他们用舷外机的玻璃钢外盖挡风。大海逐渐平息。两个人都湿漉漉的,只能攥紧双拳,紧紧相拥,四条腿互相纠缠。但是小船入水更深了,低于吃水线,两个人只好轮流离开冰柜,发疯般地清理船内积水 10~15 分钟。清除几升水后,他们便周身酸疼无力。进度虽慢,但脚下的积水在逐渐变少。

科多巴开始啜泣。"哭什么！我们必须倒水，把水清出去！"阿尔瓦伦加喊道。

黑夜降临，风从岸上刮来，把他们吹得更远了。现在回到昨天打鱼的地方——离海岸有 150 千米了吗？没有导航仪，只有星星，他们无法计算距离。

那些葬身大海的同行们的身影开始在阿尔瓦伦加的脑海里浮现。艾尔·印迪奥，维基，拉·瑟利亚，皮哈索，理查德。他们中的一些人永远地离开了自己的亲人。想起那些英年早逝的伙计，他尤其伤感——如果现在就离开人世，阿尔瓦伦加至少知道自己不曾枉活，他第一次为带上年轻的科多巴而内疚。科多巴只有 22 岁，刚刚度过青春期。阿尔瓦伦加相信破晓之前会有一支搜救队出发。以前他就参与过类似的任务。"有一些朋友的发动机坏了，就通过无线电呼救。我在岸上。我知道他们在哪里捕鱼，就说：'走吧。'我卸掉船上多余的东西，只保留最基本的装备，带上足够多的汽油，让小船尽量轻便。我组织搜救，然后找到了他们。我们系上绳索，把其中一条船拖回来。哇，大家很兴奋，冲着我大喊大叫：'禅查，好样的！'上帝呀，大家多么高兴！"

然而，入夜后，更多的危险接踵而至。没有光亮，看不见眼前的海浪，很容易翻船落水。冷风从水面上刮过，生还的希望越来越渺茫。两个人蜷缩在冰柜里，咬紧牙关轮流向船外倒水，做最后一搏。他们的眼里不再有滚滚浪涛，也不用为大浪的冲击而做准备。他们像软木塞在洗衣机里翻滚一样在船上来回晃荡。"人们总是忘记，在大海上所有东西都是三维的。身处海洋中并非一种线性体验，而更像一种弹球游戏。"位于加州圣迭戈的斯克里普斯海洋学院（Scripps Institution of Oceanography）的洋流专家卢卡·琴图廖尼（Luca Centurioni）说。

科多巴支持不住了。"我们为什么要这么折腾？"

"听话。听我的，我说了算。要是你负责的话就不是现在这样了——没准现在我们早不知道死在哪儿了。"阿尔瓦伦加恼怒地说。

"老大，别冲我发火。"科多巴恳求道。

"那就听我的，我们会渡过难关的。"阿尔瓦伦加鼓励他。但一股不易察觉的恐惧正从他的心头升起。"什么时候是个头？最后我们会怎么样？"他不禁问自己。

第 4 章　搜救无果

2012 年 11 月 19 日，墨西哥科斯塔阿祖尔

早上 9 点，一收到阿尔瓦伦加的求救电话，船坞里就开始争论不休。几名渔民打算立即发起救援——派出几条船开始搜寻，其他人认为这太危险了。这是一场没有多大实际意义的辩论；那天早上几乎所有船只都出去捕鱼了，都困在那场风暴里，挣扎着返航。除了阿尔瓦伦加，还有两艘船也失踪了。岸上的水手少得可怜。船队已经向海岸警卫队和港务局汇报了，可大家都不指望有什么帮助。两天前的那场风暴里有一条船没回来，他们微薄的搜救力量还在忙着找那条船。

到了中午，一个孤注一掷的搜救计划终于成形：只派出一条船。饱经风霜的舵手特鲁姆皮洛负责这次救援，阿尔瓦伦加的老搭档雷自愿加入这次临时救援。他们从船上卸下捕鱼设施，装上几桶汽油，穿上专门应付恶劣天气的服装，配备充满电的无线电，带上两天的口粮和几升淡水，还有结实耐用的绳索，以便把阿尔瓦伦加二人拖到安全地带。救援人员仅仅模糊地猜测，他们会在某个地方找到搁浅的小船。阿尔瓦伦加的发动机毁掉了，在海上漂着，他在最后一次通话里说能看到"天堂口"后面的山。这一

地标说明他距离岸边只有 32 千米。如果获得他们的精确坐标，这将是一次危险但直接的救援；但没有了 GPS 坐标，救援人员只好凭猜测行动。阿尔瓦伦加他们距离海岸是 20 千米还是 40 千米呢？两者的搜救区域可是相差了 300 多平方千米——这一区域差不多是旧金山城市面积的 4 倍。海浪干扰了视野，或许搜救船要和阿尔瓦伦加的船迎面相撞后才能发现对方。

"很残酷。浪太高了——有 5～6 米。"雷回忆起那天中午发起的初次救援，大概在接到阿尔瓦伦加信号的 3 个小时之后。"我们开出去 40 千米，大浪就差点把我们打翻，淹死在海里。船里进了一半水，我觉得船快沉了。船长特鲁姆皮洛说实在太危险了，还没等把阿尔瓦伦加救出来我们就会先死了。所以我们就掉头回来了。"雷说。

白天，特鲁姆皮洛和雷在海岸附近搜寻，晚上 9 点回到潟湖。他们没有找到阿尔瓦伦加和科多巴，空手而归。天色已晚，什么也做不了，只能等到天亮。渔民们无法尽情畅饮，庆贺米娜太太的生日，而是围坐在海滩临时营房里的桌边，一夜未合眼，听着无线电，希望阿尔瓦伦加能够恢复哪怕几秒钟的电量。或许他的无线电只是被海水打湿了，一晾干就能用了。还有 2 条船没有回来，4 名渔民失踪，同样毫无音信。

消息越传越远，人越聚越多。关于禅查遇到了什么情况，或者禅查可能遇到什么情况的猜测，众说纷纭。大家聊起阿尔瓦伦加的故事，有时会笑起来。大家喝着科罗娜啤酒，吸着大麻，刻意不去提起过去的阿尔瓦伦加——他肯定能安然归来，讲述他的这次冒险经历，逗得大家哈哈大笑。这伙人聚在一起，深切怀念心目中的海上英雄。"记得他照看萨洛蒙的屋子的时候，人家没给他钱也没给他吃的，他就吃狗粮，就是那些小方块，还记得吗？"威利笑道，"我看见他端着一碗，倒上牛奶，就像麦片一样吃起来。我对他说：'伙计，这样你会生病的。'他看着我，说：'你知道吗？狗可不会死。'"

人们都相信阿尔瓦伦加会活着回来。每次举办大力士比赛，阿尔瓦伦加总是冠军。他能连续 6 次将 60 升的油桶举过头顶。还有谁什么都吃，从浣熊到狗粮？

溺水更不可能，阿尔瓦伦加可是游泳健将。他是一名专家级海员，头脑冷静，还拥有能助他海上逃生的全部工具。"我们在无线电上听见他说话了，船也没沉。这是好兆头。可我后悔没跟他一起去。在他最需要我的时候，我没跟我的船长在一起，他带着一点经验都没有的新手出去了。"雷说。

阿尔瓦伦加富有感染力的幽默感俘获了众多粉丝，其中既有打鱼的同行，也有两名五十来岁的女性，她们就是希丽亚太太和米娜太太。阿尔瓦伦加打鱼回来后，往往会慷慨地送给她们一些新鲜海货——主要是虾和刚打回来的金枪鱼。大家都知道，他对待温迪和因德拉很和善，悄悄地给她们零花钱买泡泡糖。他跟同行的交情也不浅。"我的小妹妹——上帝保佑她，我的卡梅利塔快死的时候，只有他帮了一把。他给我钱，我才能去看我妹妹。只有他才能做到。"雷说。

大部分村民都把阿尔瓦伦加当成朋友，对他年轻的搭档科多巴则知之甚少。在科斯塔阿祖尔，很少有人听说过他，也没碰见过他。把各种碎片汇集在一起后，大家发现情况并不乐观。狼人解释他如何把新手科多巴介绍给经验丰富的阿尔瓦伦加，从而组成不可能的二人组合。狼人和科多巴共事了一整年，科多巴熟悉海岸边的潟湖，但在深海里没什么经验，刚开始学习跟大海打交道。狼人把自己看作一所培训学校的校长，年轻的科多巴就是校内唯一的学员。可是至于能否把年轻气盛的科多巴变成深海渔民，他没有把握。"他是个快活的孩子，跟谁都和和气气的，是妈妈眼里的好孩子。可我担心他村里一个信基督教的女人的预言。那个女人斋戒半月，出来后说科多巴会死在大海上。科多巴经常提起这件事。"

  狼人描述了过去几个星期科多巴在这种深深的恐惧中惶惶不可终日的情形。"科多巴被这个预言吓坏了。我能看出他很伤心。"

  科多巴来自埃尔福庭，一个单调乏味的小村子，不到 200 口人，在科斯塔阿祖尔以北半个小时路程。埃尔福庭四周是红树灌木，基本上与世隔绝，生活节奏从早到晚都是老一套，即使通了电也没什么变化。这个村子靠海吃海，拥有摩托艇的家庭比有车的多得多。

  科多巴的家人听到消息后操碎了心，那天晚上也赶到了科斯塔阿祖尔的钓棚。不到两年前，皮纳塔的一个兄弟在街上斗殴时被捅伤，刀刃割断了手臂动脉，流血过多，命丧街头。现在科多巴的家人很可能又要面临一次死亡了。科多巴的兄弟们催促威利和米诺这两名级别最高的渔民抓紧营救。狼人说，当时的情况很紧张。"科多巴的母亲骂我，说都是我的错，是我把他送给死神的。我妻子很担心，说他的家人会要了我的命。但我没什么好怕的。我没做错什么。"

米诺后悔没有掌握阿尔瓦伦加的更多细节。他联系不上阿尔瓦伦加的家人。"他很健谈，可是对他在萨尔瓦多的生活和过去守口如瓶。他谈论的都是这里的海上生活。萨尔瓦多？至少他从来没有对我说起过。他就没打算回去。他对所有人说他是墨西哥人。"

渔民们一整夜都在喝酒、商量，等着天亮。晚上，船东威利和他的得力干将米诺开车沿着海岸线购买了大量储备汽油。厨房里，渔民专属厨师和阿尔瓦伦加的红颜知己雷娜蒸了米饭，多做了一些鸡肉和鱼。阿尔瓦伦加的同行们想象着他的遭遇：受困海湾，发动机熄火，无线电失灵，大副毫无经验。

港务局给每一名渔民都发了一块 GPS 芯片。很多人把芯片绑在船上的柱子上，但是政府根本就没架设天线来捕捉信号。"唯一真正管用的安全设备就是我们带上船的一个桶。船要是沉了，可以把自己绑在上面，漂在海上。"阿尔瓦伦加的同事何塞·瓜达卢普说。和许多渔民一样，瓜达卢普对在特旺特佩克湾打鱼的危险深有体会。"每年 3 月 19 日，我都会想起我爸爸。13 年前他在海上消失了，我成了孤儿。我爷爷何塞·路易斯同样是在海上失踪的。我叔叔也是。"瓜达卢普说。

早上 5 点半，天一亮，4 条船整装待发，每条船上 2 名水手。搜救队最后一次调试装备，带上足够 24 小时的干粮，其中 2 条船还加装了第二个舷外机。每条船都携带 450 升汽油——沉甸甸的汽油把船压得更接近吃水线了。谁也没有强迫谁参与这次救援——全是自愿参加，虽然只需要 8 个人，可是愿意出海搜救的远不止这个数目。阿尔瓦伦加的好朋友太多了。饱经沧桑的船长们，包括威利和米诺，都亲自上阵带队。

次日一早，天气更加恶劣——天气预报说风力最高可达到96千米/小时，浪高4米多。然而为了救回阿尔瓦伦加，没有人退缩。当地的安全措施少得不能再少了。虽然海上事故频发，全村只有12套救生衣，而且极少使用。一些渔民甚至不会游泳。在风暴最为迅猛的时候出海，简直是一场豪赌。

搜救船队一离开安稳的潟湖，大浪就从四面八方袭来。"海浪以几乎跟我们平行的角度铺天盖地地拍过来，我们尽全力避开。"一名渔民说，"我们开着船，要躲开浪再加速，以防止翻船。这些浪头能把你掀翻，让你沉船。我必须找到穿行的路。我们做好防守。这项任务很难，可我还是开出去40千米。浪有4米高。禅查要不是发动机坏掉，早就回来了。"

阿尔瓦伦加最后的那句话让同事们忧心忡忡——"现在就来，我可顶不住了！"话里透着绝望。在随后的18个小时里，阿尔瓦伦加音信全无。大海似乎吞噬了他、小船和一切。"一般情况下我们会找到船，至少找得到设备。尸体是找不到的，早被鲨鱼吃了。"狼人说。

他们找了一整天，4条搜救船通过无线电保持密切联系，确定每条船的搜救海域，万一有船倾覆，好做出紧急应对。"到处都是浪，不知道会从哪个方向拍过来。"威利说，"浪一个接着一个，没得躲，两个浪头相撞的情况太常见了。你眼里全是白花花的浪头，涌起来又落下去。很容易翻船。"威利和米诺找了12个小时，满心希望能发现阿尔瓦伦加的身影，可是他们大失所望，没有设备被冲上岸，搜救队更是连一样设备都没发现。4条船聚在一起，相互交换信息，沮丧地发现他们一无所获。

现在回想起来，威利认为他的雇员们面临的最大困难不是天气而是几十年的过度捕捞。"以前，我带着渔网开船出去，不用开 30 千米就能找到鱼。现在必须开出去 200 千米了。以前鱼更多，距离也近。"

大风咆哮了 3 天后开始平息，渔民们可以开小型飞机了。托纳拉的搜救机构开着小飞机例行公事地搜了 3 天，也没发现在南边失踪的渔民。现在，他们开始从空中搜寻科多巴和阿尔瓦伦加。考虑到风、洋流和最后已知位置的不确定性，飞机从南向北，从恰帕斯港口向萨利纳克鲁斯搜寻，几乎覆盖了整个特旺特佩克湾。"那架小飞机只有两个发动机，我上去了。情况令人泄气。海面上白茫茫一片，气流很强，感觉飞机随时可能坠落。我从来没有见过这种北风。"米诺说。

被搜救飞机发现的机会非常小。"船太渺小了，就像一滴水那样。"墨西哥埃斯孔迪多港（Puerto Escondido）的搜救调度拉斐尔·古铁雷斯指着海岸线地图说。地图分成很多正方形，每一个代表 96 千米见方的人迹罕至的海域。古铁雷斯在太平洋上有着 30 年的搜救调度经验，负责协调飞机、直升机、军舰和热心的渔民。"从空中看，非常难。要是海浪汹涌，会什么也找不到。"

阿尔瓦伦加和科多巴失踪 4 天了，雷娜依照传统为失联的渔民举行仪式。她买了一些蜡烛，放在阿尔瓦伦加海边棚舍的门外点燃。她还留下一瓶水，免得他口渴。米诺买了一些花，船队出海，在公海上举行仪式。"每个人都把一束花扔进大海。我不信这些事情，禅查知道这点，但其他人说我必须这么做。"米诺说。

这种仪式象征着希望，而非认命。在墨西哥这一地区失踪的渔民有一种令人不安的传统，这些人经常会在几个月后突然出现在几百千米以外的地方，被路过的集装箱船发现并解救，他们饥饿不堪，讲述的经历令人难以置信。然而这些船只往往会沿着既定的航线继续前行，最后就把这些幸存者留在巴拿马运河区、加州的长滩（Long Beach）或者哥伦比亚的布埃那文图拉（Buenaventura）。即使获救，这些渔民也要好几个星期后才能返回墨西哥，其中有一些根本就不愿回家。"渔民失踪后出现了大量保险诈骗。实际上，这些人中有的是到其他村里找情人去了，还有的偷渡到了美国。"古铁雷斯解释道。

一般而言，搜救行为只会持续 3 天，但是对于禅查这种情况，只要天气允许，一群戮力同心的渔民组队出海找了差不多半个月。但是北风大作，暴风雨交加，再加上油费猛涨，正式搜救逐渐结束了。并不是渔民们放弃了希望——恰恰相反。大家都认为在船队的全体成员中，禅查是最不可能死在海上的。但是北风凛冽，日复一日，连续 16 天风高浪急。大家不知道阿尔瓦伦加他们是否还在人世，是否已经穿越风暴，随风漂出特旺特佩克湾，被吹往荒无人烟的地方。

第 5 章　海上漂流

2012 年 11 月 23 日

位置：距墨西哥海岸 450 千米

N 12°47′51.93″—W 97°25′39.14″

第 6 天

连续 5 天的狂风巨浪终于平静下来。现在阿尔瓦伦加和科多巴离岸差不多 450 千米，早就超出墨西哥海岸警卫队有限的搜救范围。"他们应该动用远程飞机。"美国海岸警卫队（US Coast Guard）搜救指挥官阿特·艾伦说，"雷达根本发现不了这些带舷外机的玻璃钢小船。只有两个人？作为雷达目标也不够大。找不到他们一点也不稀奇。而且他们还可能这样想过：'我们搜了多长时间？他们的生存概率有多大？他们还能站起来吗？'每秒 20 米的风够强了。墨西哥海岸警卫队很可能认为这两个人活不过第一天。"

堪称奇迹的是，两个人没有落海。船尾的海锚使船头和拍来的浪保持平行，两个人就这样在风浪中一天又一天地熬了过来。现在两个人很清醒，出奇地冷静。阿尔瓦伦加和科多巴查看着地平线，风平浪静扰乱了他们对深度的感知。海平如镜，太阳似乎更近，很容易出现错觉，以为到了大海尽头，不幸的渔民会在幻

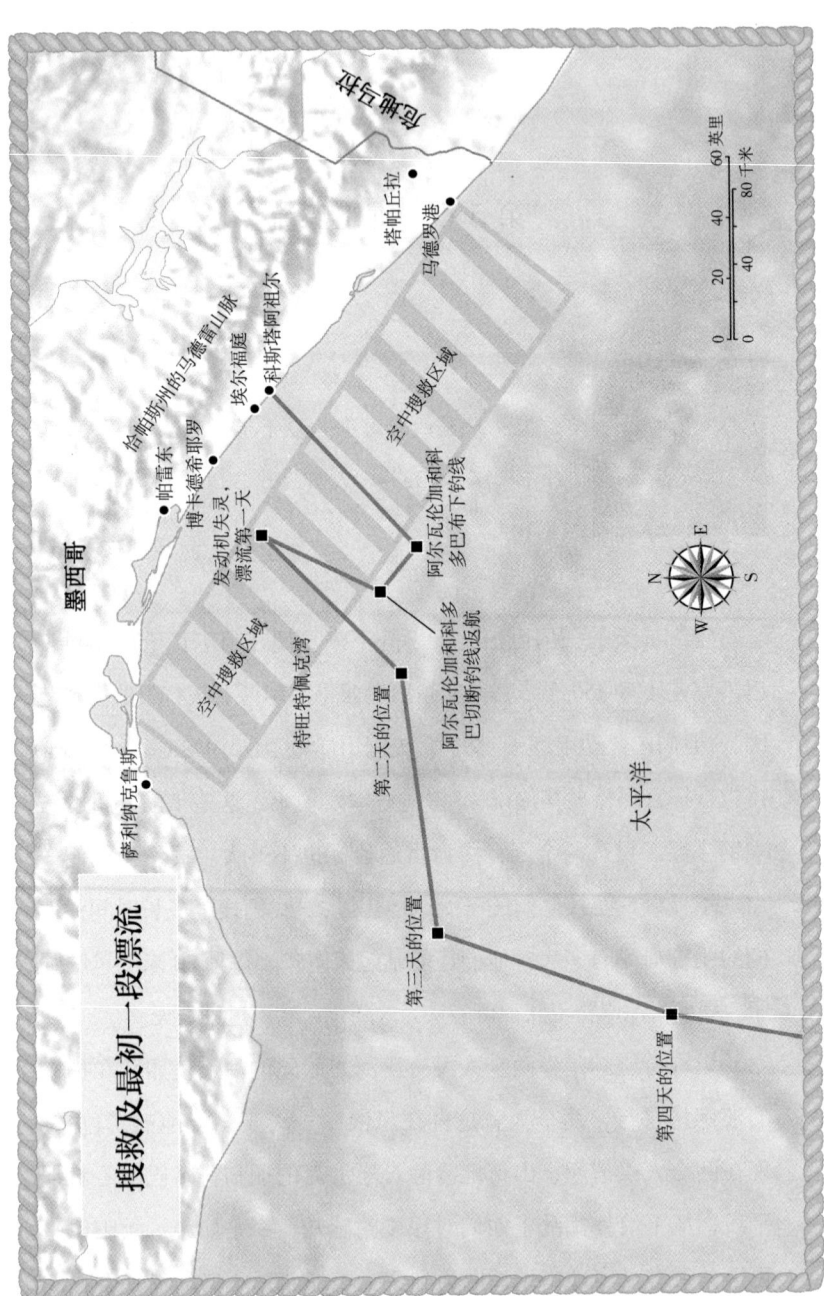

觉中纵身跳船。

在远海上，人对深度的感知很微妙。800 米以外的一块泡沫塑料看上去就像地平线上的航空母舰。位于水下 30 米深的物体会被海水放大、扭曲。由于参照点极少，所有漂浮的物体都可以被任意想象成人们心中的某种东西。阿尔瓦伦加和科多巴就像迷失在沙漠中的旅人一样，无法确认他们的所闻所见是真实的。

海水在踝间积成水洼，意味着尽管他们不停舀水，但从来就没有把船清空过。雅马哈光秃秃的，没了盖子和拉绳。所有渔具都漂到了几千米开外，坏掉的通信设备早已沉入海底。他们手忙脚乱地收拾工具和补给：一块长木板、一个装着几件衣服的灰桶、一把刀把裂开的旧鱼刀、一把用惯了的砍刀、一根木棒、带盖的空冰柜、一堆空瓶、一小堆尼龙绳、坏掉的发动机，他们还在座位底下发现了一个红色的洋葱，经过 5 天的颠簸后被挤得皱皱巴巴。暴风雨持续了 4 天吗？这个世界里没有钟表也没有日历，没有了时间的概念，它可长可短。他们只得借助更加原始的轮回：黎明的温暖，昼间的暴晒，日落的轻松和夜间的神秘。

风吹浪打中，科多巴和阿尔瓦伦加流失了很多热量。风刀割一般穿透衣服。两人瑟瑟发抖，4 个晚上都缩成一团，搂抱着取暖，就是美国海军海豹突击队的教官所说"像狗崽一样蜷缩"的方法。

早上，万里无云，太阳从海上升起，阿尔瓦伦加给他的小船重新起了个名字。原先的船名——"海岸捕虾船 3 号"很不起眼。在经历了发动机无法发动、两次差点翻船和丢光了通信设备的劫难之后，阿尔瓦伦加决定为小船取一个更加豪迈的名字。他称之为"泰坦尼克"。船小志大,挺过了无数次风浪的重击,自有底气傲视群雄。"比起另外一条'泰坦尼克'号,我的小船成就大多了。那一条怎么着了呢?沉到海里了!"他说。

朝阳舒适又温暖,他们从地板上拉出一块 1.8 米长的木板,像中央肋拱一样搭在船头船尾的两张凳子上,临时搭了一张床。他们脱掉湿衣服,只穿着内裤,四仰八叉地躺着,连日来第一次沐浴阳光。科多巴肩膀和手臂疲劳至极,他勉强打起精神。不停的舀水让他的上半身疼痛不堪;有几次他被从船的一边甩到另一边,身上留下了几道颇深的伤痕。科多巴打心里对他的船长生出了一种崭新的信赖。他被海浪打下船的时候,是阿尔瓦伦加反应灵敏,把差点淹死的他拉了上来。

那天下午,飞机在头顶嗡嗡作响。"我们都能看到机身上的字母,T-A-C-A。我想,这架飞机是往塔帕丘拉(Tapachula)①或者墨西哥城飞。我们试着发信号,可没人发现。"阿尔瓦伦加说。科多巴感觉他们注定要缓慢、痛苦地走向死亡。"我们被抛弃了。我们就要死了,我们就要死了。"他嘟囔着。

"你说什么呢?我们死不了。别说了!"阿尔瓦伦加斥责道,"别那么想。我们不会死在海上的。有人来救我们,我们会得救的。我们很快就离开这里。"

"啊哈,我可不相信。"科多巴回道,然后开始不停抽泣。

但疲乏至极的两个人很快就沉入了梦乡。科多巴的头挨着阿尔瓦伦加的脚,这样两个人才能在同一张木板上保持平衡。阿尔

---

① 墨西哥恰帕斯州西南部城市。——编者注

瓦伦加翻身的时候,科多巴醒了。整个早上,他们时睡时醒,浪花飞溅,手臂和腿上一阵凉意,可他们不敢下水。阳光炙热,但他们喜欢这样躺在阳光下。

难忍的口渴让两个人醒了过来,但是淡水一滴都没有了。海面上到处漂着椰子,阿尔瓦伦加饱受折磨。它们打着旋漂过去,他甚至能嗅到了椰子水的凉意。他瞥见一个孤零零的椰子上下浮动,继而一大串椰子像一串大葡萄那样从附近漂过,诱惑着他游过去。阿尔瓦伦加不为所动。他是游泳好手,对自己信心十足,以前,为了熟悉他那座棕榈叶为顶的小屋附近的潟湖,他经常在其中晨泳一个小时。但这里是公海,阿尔瓦伦加深知其中的风险,即便尚未发现游弋的鲨鱼在海面上露出的鳍。附近有一个椰子,从船上游过去抓住椰子再游回来,用不了 1 分钟。或许不过 30 秒。可他知道,在这么短暂的时间内,他就会遭受鲨鱼袭击并沦为它们的美餐。

阿尔瓦伦加不曾目睹鲨鱼生吞活人。但和科斯塔阿祖尔的其他渔民一样,他听说过原来的老板死得何等悲惨。吉欧船长是个坏脾气的老前辈,喉咙受过枪伤,说话又尖又闷。几年前,吉欧在赶回岸边的时候撞上了一根半沉半浮的木头,他被撞下船。混乱之中,船偏向了,等大副拐回来的时候,海面只留下了一片鲜红,众多鱼鳍在水面穿梭,吉欧已然葬身鱼腹。种种迹象表明吉欧死得相当恐怖,但是尸骨无存。显然,鲨鱼群就在木头下面或者附近徘徊。吉欧的悲惨遭遇和阿尔瓦伦加的捕鲨经验都在残忍地提醒他,在这些水域游泳无异于自杀。无论他多么渴望鲜椰子水和椰肉,他的航海智慧还是占了上风。他会守株待兔,直到椰子触手可及。

那是他们在海上的第 6 天，第一个平静的夜晚，阿尔瓦伦加和科多巴有一种怪异的混合感觉：他们是被困住了，无法逃脱，但又感到无比自由。他们比其他人更加深入大海；风平浪静，星光熠熠，仿佛驶入了平静的港口。"我们抬起头，看见了飞机，它们闪烁着飞远。我们心想，那些人有饭吃，多么幸福啊。他们有灯光，有温暖。他们从容自在，我们在下边活受罪。"阿尔瓦伦加说。

两个人躺在木板上，长时间沉默，偶尔说几句话，谁也没有把话挑明：他们失联了，在海上随波逐流。他们听过很多失踪渔民的故事，明白很难碰见岛屿，而且岛屿都太过遥远。要是他们留一面帆或者一双桨，没准能设定航线，可是他们如今赤手空拳，只能被风和洋流带到任何地方，在一望无际的太平洋上打转、绕弯或者曲折行进。"要是碰上海潮，本来漂着的船会加速，然后会慢下来。"斯克里普斯海洋学院的卢卡·琴图廖尼说，"你永远被随机推往某个方向……大海不是河流，你不会顺流而下的。在海上，你的行动就是停停走走，走走停停。"

他们一天会向西漂流大约 120 千米，沿途距离最近的陆地是地图上的一个小点：克利珀顿岛（Clipperton Island），位于西边 1 600 千米——那是拿破仑征战生涯中的遗留物，依然属于法国，不过已经成了孤零零的前哨。向南，最近的是加拉帕戈斯群岛（The Galapagos Islands），1 770 千米，在赤道的另一侧。身处太空舱、飞越太平洋的 NASA 宇航员们即便时速高达 2.8 万千米，照样会发现这片海域是无边无际的。"以前我真不相信地球表面有 70% 被海水覆盖，直到飞越太平洋时，我才有了这样的实感。"1991—

1996 年间进行过 3 次太空飞行的杰罗姆·阿普特（Jerome Apt）说，"一次环轨道飞行往往要花费 90 分钟，有时横穿太平洋上空都需要 35 分钟。"

望着夕阳，阿尔瓦伦加和科多巴觉得自己仿佛身处另一个世界。"我不知道我们离岸边有多远。只知道洋流把我们推得很远很远。离岸 300 多千米以后，我开始耳鸣。"他说。

第一周的最后一天——11 月 23 日——阿尔瓦伦加早早醒来。不到早上 5 点，他对小船进行了一番查验，评估了已经所剩无几的补给，大体勾勒出一个计划。出于丰富的经验，他意识到唯一可行的获救途径就是被另外一条船上的人发现。但那也很难，因为 7 米长的小船在海上很难被发现，船身极不醒目，连桅杆都没有。船上也没有可以反光的玻璃。在 800 米外，他们就成了隐形人。白色船体简直就是出色的伪装，可以融入大海的背景。

科多巴一睡醒，马上就开始帮阿尔瓦伦加干活。他虽然在风暴中又哭又闹，可是从未因为肉体伤痛喊过疼。阿尔瓦伦加说出了他的计划，两个人一起把阿尔瓦伦加的 T 恤系到一根从海里捞上来的木杆上。他们在海上寻找大船。每人负责 180 度的范围。旭日初升，留下阴影和反光，极易引发错觉。在他们眼里，那些幻觉中的船渐渐化作云彩，如同海市蜃楼。

阿尔瓦伦加坚信很快就会脱困，并为此进行预演和练习。他准备好了，一看到船，就从口袋里掏出打火机（打火机保存完好），点着 T 恤。科多巴会举起燃烧的 T 恤，一股烟会向过路的船只发出警报。晚上，更远的地方也能看见烟火，但这些都需要碰运气。

这一天,有十多次,他们以为看到了大船,于是忙不迭地准备发信号,结果是一场空欢喜。直到傍晚,他们终于听到了一艘大船引擎的低吼。小船已经感受到了大船行进中波浪的起伏。两人四处张望,眨动双眼,可是什么也看不见。科多巴耳朵贴着甲板,分明听见了远处发动机的轰鸣声。接着他们就看到了大船,一艘集装箱船正从北边远远地开过来。他们看不见集装箱和船身上的字迹。大船看起来比乐高积木大不了多少。他们揣测集装箱船只会从距自己1 500米以外路过,于是感觉与大船相距最近的时候,科多巴点燃T恤,阿尔瓦伦加迅速将其举起。T恤没有燃烧起来,它又湿又沉,满是盐分,只零星冒出几缕烟来,与其说是呼救信号,不如说是对他们当下困境的一点可怜的提示。集装箱船没有发现他们,发出突突的声音从附近经过了。两个人没有信号枪,没有探照灯,仅有的镜子太小了,只能在刮胡子的时候照一照。他们用小镜子反射光线,可是不起作用,只得眼睁睁地看着那块乐高积木缓缓地消失在地平线上。"那个时候,我第一次感到浓重的恐惧。我们离海岸太远太远了。渔民不会到这么远的海域来。"阿尔瓦伦加说。

科多巴惊慌失措,阿尔瓦伦加尽力安慰他。阿尔瓦伦加说:"我们迷路了,但肯定会活下去的。"可是科多巴的担忧问倒了阿尔瓦伦加:"我们喝什么?吃什么?"

为了让科多巴分心,阿尔瓦伦加让他在甲板上守望。阿尔瓦伦加忙着设计庇护所,以躲避风吹日晒。他把冰柜竖立起来,坐在阴凉里,扫视着大海,同时动脑筋苦苦思索。

"冰柜本来是用来装鱼的,单从他能注意到冰柜并把它改造成庇护所来看，他就是能想办法活下来的人。"美国海岸警卫队的小约瑟夫·布奇·弗莱斯认为，"有些人就不行，就知道坐在船上，一个劲地埋怨日头太毒。还有一些人身上明明带着手机，但在受困很久后都想不到要打电话。"

烈日如火，不堪忍受。盐分、汗水外加炽热混在一起，两个人觉得自己快被蒸熟了。阵风不见踪影，天边只有几缕云。两个人躲在狭小的阴影里准备打瞌睡，这时，一群巴掌大小的扳机鱼咬着船身上长出的毛茸茸的青苔，噼啪、叮咚和嘎吱声构成背景音乐，映衬着难以抵挡的孤寂。"这声音听起来很舒服，说明我们并不孤独。"阿尔瓦伦加说。

阿尔瓦伦加固执地认为很快就会下雨，到时就有水可喝了。科多巴急不可耐。"我等不及了，都快渴死了。"他抱怨道。科多巴看不到希望。海岸遥不可及，白日梦都没得做，他觉得两个人很快就都会死。

大海平静得让人讶异。气温超过了 32 摄氏度，干热的空气蒸发着体内仅存的水分。每当阿尔瓦伦加艰难地咽下口水，喉咙里就咯咯作响。他担心喉咙肿胀，阻塞食道。他们会这样死去吗？科多巴双唇被晒得开裂，肿得是平时的两倍大。盐分阻塞了毛孔，他们的胳膊和腿上出现一道道红印，皮肤紧皱，出现裂纹。感觉皮肤随时会迸裂，裸露出肌肉和筋。体内储存的脂肪可以延长生命，转化为基本的生命支持能量，但由于缺乏足够的水和碳水化合物，身体无力消化脂肪。科多巴变得嗜睡，身体机能也因此而渐渐被瓦解；阿尔瓦伦加早已适应缺水少食的日子，感觉比他好得多。

两个人一心求雨。"都快干死了,非常绝望。周围都是水,可你就要活活渴死,这种惩罚太残忍了。"阿尔瓦伦加说。他们开始辨识和寻找云彩,祈求积云成雨。这几天就没下过雨,遥远的地方云层又密又厚,大雨倾盆;附近电闪雷鸣,狂风呼啸,看起来雨非下不可,可是一滴都没有。雨神快来这里发威吧!为什么四周风狂雨骤,到了他们这里就好像沙漠一样?他们是运气太坏,还是受到了诅咒?两个人呆若木鸡。在海上这么多年,经验告诉阿尔瓦伦加,海水不能喝。尽管境遇悲惨,渴望喝点水润润嗓子,尽管身边的海水无边无际,两个人还是抵抗住了从盐水中掬一捧的冲动。

2012 年 11 月 25 日
位置:距墨西哥海岸约 800 千米
N 12°35′35.09.89″—W 99°20.21″
第 8 天

两个人又是一整天滴水未沾,身体热量开始流失。"我们钻进冰柜,可里面空间太小,两个人挤成一团,其中一个人得把腿抬起来贴着冰柜,好歹能挡风。两个人抱在一块,至少能保存一些热量。我的脸肿了,舌头干得不得了,口水早没了。"阿尔瓦伦加说。

两个人在船上找了一遍又一遍,一根鱼钩都没找到。阿尔瓦伦加记起工具箱被海浪卷走的那一瞬间。要是当时他抓住工具箱就好了，就能保住无价的鱼钩、钓线、绳子、两把刀和磨刀石。当时他只能眼看着工具箱从栏杆上被冲下海，紧握扶手，免得自己也掉下去。

"泰坦尼克"号现在向西南漂去，对阿尔瓦伦加两人来说，这次偏离是幸运的，他们由此避开了赤道逆流——这是一股来势汹汹的海洋涡流，会强行中止"泰坦尼克"号的西行航线，让它无休止地顺时针打转，可能几个星期都无法脱身。他们一路漂流，遇见无数垃圾和杂物，阿尔瓦伦加颇为吃惊。丢弃的钓线随着海涛浮沉，这些"鬼绳"缠着铁钩，成为螃蟹、小鱼和海龟栖身的乐园。

"我饿得都想吃自己的指甲，吃各种零碎东西。"阿尔瓦伦加说。他开始用双手从海里捞起水母，然后整只吞下去。"蜇得我的嗓子生疼，但还可以忍受。我又吃了两个紫水母，蜇得更疼。"但水母对缓解饥饿的作用不大，他就寻思着吃自己的手指。"我怎么着也得吃点东西。"他惯用右手，那么要吃就得吃左手手指。最没用的是小指，那就先吃小指。阿尔瓦伦加打算进行一次可怕的手术：用砍刀砍下小指，止住血，然后切块吃掉。小指肉很少，几口就会没了。饥饿夺去了他的理智，但存在一个致命缺陷：他可能会失血过多而死。阿尔瓦伦加没有把握能止住血。"没准我会因为失血过多而送了性命，还有可能因为受不了疼痛半途而废。"

小船向西南漂流，阿尔瓦伦加打起了扳机鱼的主意，它们身长 18 厘米，就是前一天晚上啃食船体青苔的那种鱼。扳机鱼又叫"海中水虎鱼"，一般会用牙齿咬住船底。阿尔瓦伦加打量着清澈的海水，发现他们的"随从"越来越多，又认出了其他一些成员。

珍贵的垂钓用的鲯鳅，头部又方又扁，好像微型抹香鲸，皮是绿色的，很容易辨别，它们时不时闪着亮光，成群结队地游来游去。

船底的小鱼越来越密集，鲨鱼随之而来的可能性也变大了。"我需要鱼钩，渔网也行，要么就用渔叉。我看见鱼游来游去，嘴里好像已经尝到它们的味道了。我能叉鱼，但手头什么也没有，我得想办法。我在木杆上系刀子，想扎一些鱼。倒是扎中两条，但是没能捞上来。我双手伸进水里，打算捉住它们。"阿尔瓦伦加说。可是它们逃之夭夭。

阿尔瓦伦加又琢磨出了一个抓鱼的方法。他留心着鲨鱼，跪在船沿上探下身子，手臂伸进水里直到肩膀的位置，前胸紧紧贴着船，就做好了一个捉鱼的网笼。他双手间隔约30厘米，一动不动。只要有鱼游进来，他双手一扣，指甲都能插进粗硬的鱼鳞里。很多鱼逃出了他的魔掌，但阿尔瓦伦加很快就掌握了这一技巧——"有时候，扳机鱼进食之后会漂一分钟，我就能抓住它们"。他渐渐捉到了一些鱼扔上船，捉鱼的时候他提防着鱼的牙齿。"扳机鱼的牙齿太锋利了，都能把我的指尖切断，把手掌咬掉一小块肉。"过了一小会儿，阿尔瓦伦加就抓到了30条小鱼。"它们咬我，我几乎感觉不到。管它咬不咬呢，反正我抓到鱼了。"

两个人组成了一个迷你的鲜鱼加工厂。阿尔瓦伦加负责逮鱼，科多巴用鱼刀熟练地清理，切成手指长短，放在太阳下晒干。科多巴掏出扳机鱼的内脏甩进海里，用不了几分钟，灰鲭鲨和大青鲨就会循着血腥味游过来，大快朵颐。坚实的鱼皮摩擦着船底，发出噪音，使得小船不时颠簸摇晃，人与鲨鱼的世界离得实在太近了。

阿尔瓦伦加吃了一条又一条。他把晒干的生肉塞进嘴里，不管味道如何，一味往嘴里塞。这几天没吃一顿饭，他实在是饿坏了。连日来，他们高度紧张，光想着找水喝，甚至都忘了睡觉这样基本的人类需求。

阿尔瓦伦加开始喝自己的尿。他不觉得尴尬，鼓励科多巴向自己学习。有点咸，但是并不反胃，尿一点，喝一点，再尿，再喝，如此反复，至少可以为身体提供最低程度的水合作用。但充满盐分的尿液破坏了身体的内在平衡，需要更多的饮用水来稀释盐分。两个人都意识到，喝尿不过是一种绝望的挣扎。他们需要蛋白质、热量和水分，于是开始在海面上寻找食物和工具。植物非常多，还有棕榈树干和密集的海藻。

阿尔瓦伦加和科多巴有时等待大船在海面上路过，有时则会查看源源不断地漂过来的垃圾。他们掌握了捡垃圾的智慧，学会了如何辨别各种各样的塑料，这可是石油时代的永恒标志。无处不在的垃圾成为他们延续生存的源泉。只要看到空水瓶，他们就捞起来存好。每天都能看到十多个瓶子从附近漂过来，他们就用木杆打捞起来。由于在上面点燃了几次 T 恤，木杆被熏得黑乎乎的。这样做的话，至少下雨时他们就有办法存储雨水了。他们可以在船上摊开塑料布接雨水，清掉盐分和黏性物质，再把收集起来的水灌进容量有半升的塑料瓶里。他们每天都能收集一些塑料瓶，这些瓶子构成了抵御口渴的第一道防线。垃圾现在有了用武之地。

一个鼓鼓囊囊的绿色垃圾袋从船边漂过，两个人把它截住，捞上船，撕开后像法医一样仔细检查其中的物品。一块面包皮就能让他们喜出望外，如果有金枪鱼，简直就是一道大餐。垃圾袋里有一小块杏仁大小、未经咀嚼的口香糖，他们把它切成两块，一人一块，品尝着人间美味。在厚厚的一层食用油下面，藏着好多已经被油浸透的"宝贝"：半块卷心菜，一些胡萝卜，还有不到一升牛奶。牛奶有点变味，但还能喝。这是一个星期以来两人头一回吃到新鲜食物。被油浸透的胡萝卜让他们如获至宝，好比一顿感恩节晚餐。阿尔瓦伦加回忆道："我们没有狼吞虎咽地一扫而光。相反，我们把胡萝卜切成细丝，吃了一顿大餐。"带着珠宝商人般的精打细算，两人热情洋溢地瓜分了战利品。"我捞上来一瓶饮料，里面还剩一滴，但是哇！真甜！我好像又回到了人间。简直欣喜若狂。"阿尔瓦伦加说。

对海藻，他们能捞则捞。有时候，他们能在缠成一团的海藻里找到螃蟹和小鱼。一个新的生态系统以他们为中心发展起来——在海上漂的小船现在成了培养皿，开始汇聚甲壳动物、螃蟹和鱼类。

在太平洋这一区域捕捞金枪鱼的渔民们会在海里放一些树干，两天后回来，然后下网围捕。"只要有东西可以附着，远海里的鱼类会试图在这种结构下聚集。一条长时间漂浮的船会吸引很多鱼。"斯克里普斯海洋学院的鲨鱼专家丹尼尔·卡塔米尔（Daniel Cartamil）解释道。他认为，小鱼会像磁铁一样吸引包括鲨鱼在内的肉食鱼类，于是迅速建立起食物链。"一旦鲨鱼发现猎物，它们就终日在此游弋，不会离开。"

两个人发现食物丰盛，且触手可及。海鸟一个猛子扎进海里，叼出沙丁鱼。金枪鱼倏忽不见，在船底下追逐体形更小的鱼。鸟儿落在"泰坦尼克"号的船头，吞食刚刚到口的猎物。鸟粪糖浆一般撒在甲板上，令人掩鼻，阿尔瓦伦加和科多巴担心鸟粪会弄脏好不容易贮存的淡水。他们把鸟儿嘘走，对小船成为停机坪而感到烦恼。只要有豌豆大小的鸟粪落在甲板上，甲板就没法存雨水了，两个人必须随时保持警惕，吓唬着海鸟，不让它们落脚。他们考虑做个稻草人。没有稻草人，他们就得不停地跟这些海鸟周旋。

9 天过去了，阿尔瓦伦加和科多巴只喝了一点点水，吃了一些鱼干、牛奶、卷心菜和胡萝卜，他们绝望至极，开始寻找露水。他们在船体正中划下一条不存在的线，将船等分，两个人就伏在各自的地盘里，从船头到船尾把船舔了一遍，尤其是洼陷处，舔得分外仔细，那里最有可能保存几滴晨露。"就像牛一样。"阿尔瓦伦加说。经过此番缓慢、绝望而亲密无间的探索，他对小船的轮廓和各种隐秘之处了如指掌。

2012 年 11 月 27 日
位置：距墨西哥海岸 836 千米
N 12°02.57.25″—W 100°55′06.14″
第 10 天

阿尔瓦伦加饥渴交加，准备开辟新的食物来源。他的脑海里浮现了营养丰富的海龟。"我有气无力，想喝水，又没有水。我想我们肯定要渴死、饿死了。我的呼吸越来越急，开始喘不上气，

第 5 章　海上漂流　|　71

感觉就跟溺水差不多。呼吸不到氧气实在太恐怖了。我想一只海龟没准能救我一命。"阿尔瓦伦加说。

找到一只海龟并不难,因为墨西哥海岸是海洋动物的庇护所,政府开设了海龟保护区,众多海龟在此繁殖,备受呵护。从9月直到次年1月,成千上万只海龟会来到这里搭窝孵卵。海龟蛋被隔离保护,小龟出生后在大海里开启各自的成长历程,游人可以尽情拍摄。"他们说海龟濒临灭绝,可是我们开出去40千米,发现海龟到处都是,就像在山上看到的石头一样多。你得左躲右闪才能不撞上它们。不知道什么时候就会'咣'的一声撞上一只海龟,那场面肯定惨不忍睹。有时它们一半身体沉在水里,你看不见。那里得有几千只吧。"阿尔瓦伦加的老板米诺说。

每年渔民都会捕捉几千只海龟,以一只50美元的价格卖给黑市。当然,菜单上不会出现"鲜味龟排"这道菜,但吃货们不用费多大劲就能在墨西哥海岸找到烹制非法美味佳肴的本地餐馆。总有一些个人和饭店冒着罚款与被公众举报的风险偷猎海龟。

在远海上,只要有船出现,海龟就会下潜。但是,如果船在海上漂荡,海龟往往就会靠近。要是渔民不开发动机,任船漂流,海龟会以为这是个落脚点,或者有食物,经常会游过来,试图爬上船,并且闹出不小的动静。

阿尔瓦伦加和科多巴最早发现的一些海龟已经死亡。阿尔瓦伦加说:"它们都肿得像气球,浑身发紫、发臭,不能吃,也不可能吃。"

11月底,在船失去动力10天左右,阿尔瓦伦加在晚上听见"哐啷"一声。他以为是小船撞上了木头。他爬出冰柜,惊讶地看到了一只眼睛，接着是另一只。那是一只约有 60 厘米长的海龟。他抓着龟壳，把它搬上船。

"我们来吃海龟。"阿尔瓦伦加对瞠目结舌的科多巴说，"还能喝血！都渴成这个样了，干脆喝血吧！"

"不，不，不。这是罪过。还是抓鱼吧。"或许这个建议有些极端，震惊之余，科多巴连声拒绝。

"罪过？你说什么？罪过？"阿尔瓦伦加一边说一边抄起刀子。

阿尔瓦伦加口干舌燥，因此毫不迟疑。"我用刀子杀死了海龟。发动机里还有一些管子，我切下来一段当吸管。"龟血浓稠，呈蓝紫色，让人想起梅洛葡萄酒[①]。阿尔瓦伦加决定，既然要解决口渴这个问题，那么就喝龟血。他啜吸了几百毫升龟血，等龟血凝固成冻，他又吃了一些。

"吃吧，吃吧。"阿尔瓦伦加催着科多巴。

"别，别，我不吃。"科多巴躲闪着。

随后，阿尔瓦伦加把龟肉剁成块。他先从龟掌剁起，切开厚厚的龟皮是个技术活。他撬开龟壳，从尾部割开密实的龟肉，花了一个小时。在海龟的胃里，他发现了包括塑料瓶盖在内的一堆垃圾，还有蚌和甲壳类动物。

阿尔瓦伦加摆好龟肉，打算生一堆火。打火机早坏了，他准备用镜子。以前他用龟甲当过煎锅，那块当床的木板可以用来烧火。但打火机和镜子都没法用，他只得借助阳光加热龟肉了。可他等不及了。晒了不到一个小时，他就把龟肉撕成指头大小的长

---

① 产自法国波尔多的葡萄酒。——编者注

条,快活地咀嚼起来。他品尝着美味,乐得合不拢嘴。在这顿饭从获取到入口的过程中,他没感到一丝一毫的恶心,恰恰相反,他感到获得了大海的恩惠。

吃完海龟肉、喝完海龟血的第一天,阿尔瓦伦加躺在冰柜里,恢复了一些精力。饥渴感暂时消退,他对海龟和自己的好运气感恩不尽。海龟是仁慈的大海赐予他的宝贵礼物。

开始在远海上寻找海龟后,阿尔瓦伦加才发现它们和鲨鱼一样普遍。海龟出来透气的时候,头和鼻子会在水面上泛起涟漪,有时候还会浮上水面,仿佛在沐浴阳光。"在海面上休息的海龟对漂浮的大块物体毫无戒备,它们喜欢在漂浮物附近流连。显然,它们把阿尔瓦伦加的船当成漂浮物了……一些海龟潜入深海觅食,因为水底温度低,它们会浮上来晒太阳。" 25 年来专门研究海龟及其保护措施的布莱尔·威瑟灵顿(Blair Witherington)表示。

一整天,阿尔瓦伦加都沉迷于抓海龟。科多巴虽然不情不愿,但抵不过饥饿的侵蚀,也开始帮忙。尽管干旱无雨,骄阳似火,但是两人暂且靠着龟肉开始恢复体力。

用餐时,阿尔瓦伦加把龟血和龟肉均匀分成两份,但科多巴只要龟肉,排斥龟血,因此双份龟血都归阿尔瓦伦加。阿尔瓦伦加开始储备食物——他捉了 3 只海龟,养在甲板上的小水池里。从早到晚,这几只海龟四处爬行,发出窸窸窣窣的声音,同扳机鱼嘎吱嘎吱啃咬船体的声音交相呼应。

阿尔瓦伦加对海龟的胃口不限于血肉。"我还把海龟蛋掏出来。科多巴不喜欢龟肉,强迫自己吃下去,可是海龟蛋他尝了一次就上了瘾。他吃了很多很多海龟蛋。周围的海龟数都数不清。我抓住它们,杀死它们,然后伸进手去,掏出蛋来。"

吃饱喝足后,他们谋划着如何逃出这个鬼地方。他们想过用龟壳为桨划出太平洋。阿尔瓦伦加说:"我一只手一个龟壳,划了两个小时。后来我想:这太离谱了,我这么做有什么用?"

第 6 章　狩猎采集

2012 年 11 月 30 日
位置：距墨西哥海岸 885 千米
N 11°44′18.06″—W 101°26′6.47″
第 13 天

　　阿尔瓦伦加在冰柜里歇息，养海龟的桶挨着临时当床的木板，忽然，他听见一声"噼啪"。又一只鸟，又一阵喧嚣，他心下暗想。噼啪……噼啪……噼啪……是雨点敲打着冰柜顶盖的声音，错不了！"皮纳塔！皮纳塔！皮纳塔！"阿尔瓦伦加大叫着掀起冰柜盖钻出来。科多巴这时也醒了，跟着他钻出来。两个人风一样在甲板上跑来跑去，匆忙设置了一个临时的雨水收集系统。一个星期以来，阿尔瓦伦加一直在思索如何收集雨水，现在这些方法总算派上用场了。科多巴把 18 升容量的灰桶桶底擦干净，桶口朝天放好。阿尔瓦伦加把舷外机的塑料外罩放在甲板上，摆正角度，开始接雨。

　　这几天，喝尿，喝龟血，舔舐露水，吃龟蛋，两个人无所不为，仍然差点渴死，现在总算下雨了。乌云压顶，暴雨骤降，两个人张大嘴巴，迎接雨点，脱掉衣服，上上下下地冲了个痛快。桶里只要蓄满一勺雨水,两个人就将其一饮而尽。海浪摇动着小船,大雨泄进桶里,成为他们的宝藏。不到一小时,桶里就积满了 3 厘米的水,然后是 6 厘米。等到舷外机外罩也接满水,他们就把水倒进灰桶里。一番畅饮过后,两个人郑重决定严格分配饮水量。"要是往后 10 天见不到一个雨点怎么办?"阿尔瓦伦加对科多巴说。

雨越来越急。浪有 2 米多高,小船剧烈颠簸。几乎没有压舱物,舵也没法用,只有拼凑的船尾锚拖在后面,使得船头与汹涌的波涛保持并列。不仅无法驾驭小船,两人还浑身湿冷,差不多要冻僵了。他们的身体刚开始水合作用,又被大雨浇过,还无法产生热量,也不能保持热量。两个人都没想过衣服湿了该怎么办,只是一味接雨存水,没想到要让衣服保持干燥。天还没黑,衣服湿透的两个人打着哆嗦躲进冰柜,几乎光着身子相拥取暖。

一开始两个人坐在木板上,雨一直下,为了不站在雨水里,两个人钻进冰柜躲了大半天。大雨如注,能见度只有 300 米。狂风呼啸,令人心惊胆战。夜幕降临后,他们听到了令人毛骨悚然的尖叫。一种声音如同高声嘲笑,从大海深处传来。阿尔瓦伦加一时分不清这是幻想还是噩梦。他是不是精神出了问题?他们会被活生生吞噬吗?

第二天,雨停了,阳光刺破稀薄的云层,天地间再次平静下来。两个人开始评估他们的新状况。把甲板凹坑里的水舀进水桶,如果省着喝,够喝一个星期。他们不再感觉到渴,但饥饿感越来越强烈,或许是补充水分之后刺激了食欲。阿尔瓦伦加自然想到了那 3 只海龟——1 只海龟够吃 3 天。

阿尔瓦伦加发挥船长的权威,命令科多巴吃东西。这回不是连吼带吓，他换了一种方法，把龟肉做成美味来引诱科多巴。他把龟肉切成细条，浇上一点海水调味，然后放在舷外机外罩上，在炎炎烈日下炙烤，再把肉条切成肉丁，用扳机鱼的椎骨穿起来，看起来就让人垂涎欲滴。他们把龟壳当作盘子。出乎两个人的意料，科多巴开始津津有味地享用龟肉。肉体最终战胜了理智——富含脂肪、维生素和蛋白质的龟肉恰好是快要饿死的人急需的。

"欧洲船员会收集海龟，倒挂在栏杆上，龟掌系在一起，这种情况很常见。海龟不吃不喝也能活很长时间。"威瑟灵顿说。

对于阿尔瓦伦加和科多巴来说，每次吃饭都是一种仪式，两个人虔诚地享用着各自的份额。"一般人会认为，饿过头以后，把脸埋在饭里狂吃，什么到嘴里都是一个味。这纯属误解，根本不是这回事。"史蒂夫·卡拉翰（Steve Callahan）如此描述。他的帆船被鲸鱼撞沉后，他乘着小筏子在海上漂了76天，在获救后出版了一本回忆录《海上漂流》（*Adrift*）。"一条鱼不同的部位有不同的味道，我能分清其中全部细微差别。我把鱼挂起来，彻底晾干，'啊哈，吃起来简直像烤面包一样又香又脆，回味无穷。'鱼肝很甜，我把它当成餐后甜点……这跟平时你走进一家超市，看见一包鱼，扔进购物车，买下来，拿回家并炖完吃掉完全是两码事。那时你绝对意识不到，鱼是真正的动物，是有生命的。经过劫难，你会发现，你以一种亲密的方式与那种层次丰富的生命相连了。"

龟肉延缓了饥饿，但食物远远谈不上充足。谁都不曾料到，鲨鱼群为他们提供了灵感。"鱼群游过时，水的颜色会加深，我能发现这种痕迹。鲨鱼在追赶它们，海水像开了锅一样。鲨鱼吃小鱼的时候，小鱼会浮到船边，我可以把小鱼捞起来，直到鲨鱼离开。"阿尔瓦伦加解释道。

阿尔瓦伦加早已见惯了鲨鱼捕食的疯狂场面,但科多巴被这一幕场景吓得失魂落魄。鲨鱼发起攻击的时候,科多巴远远躲开,手里挥舞一根木棒。"鲨鱼猎食时四处撞击,搅成一团。我看着这些鲨鱼说:'早晚有一天,我们会来抓你们的。瞧瞧你们之前是怎么折磨我们的?我们会回来的。'"阿尔瓦伦加说。

阿尔瓦伦加还对着发动机自言自语。他对发动机的背叛难以释怀。"发动机把我气了个半死。我从海里捞上来一些树枝,拼命抽发动机,使劲骂它。我用砍刀砍它,用棍子打它。过后,我又乞求它的宽恕。我把它拆开,试着做一些钩子,发动机里有很多金属零件。"

2012 年 12 月 2 日
位置:距墨西哥海岸 1 046 千米
N 11°03′43.81″—W 102°10′52.20″
第 15 天

阿尔瓦伦加拆开发动机,试图找到它失灵的原因。因为一个螺丝钉?外罩开裂?火花塞泡水?阿尔瓦伦加坚信发动机失灵的原因简单而常见。他的机械知识有限,修理发动机早已超出他的能力范围。毕竟,连油桶都被冲进了大海,现在很可能正静静地躺在海底。阿尔瓦伦加在发动机里找了又找,希望找到一根锋利的铁条,用它来做工具或者武器。他拆下一根 30 厘米长的铁杆,耗了将近一天的时间,把杆头磨得又细又尖,做出一把渔叉。只需系上长长的钓线，就能重复叉鱼了。可是第一次叉鱼，线就断了，渔叉随之落入大海。

阿尔瓦伦加并不气馁，继续在舷外机里寻找零件。舷外机的大部分零件都被螺栓和螺钉固定着，很结实，两个人连敲带打，再加上使劲撬动，终于又制造出一根铁条，这一根有小臂的长度。阿尔瓦伦加把铁条放在栏杆上，借助身体的力量，把它压成 J 字形。他想要一个弧形的大叉钩。忙活半日后，鱼钩终于成形。他把它在螺旋桨边缘磨了几个小时，磨出了尖。

阿尔瓦伦加这一辈子注定是个猎人，他总是逮住什么就吃什么。他对打猎本身并不热衷，让他着迷的是食物。新武器在手，他开始试验。他靠着船舷，先抓一些扳机鱼切碎，撒到水里当诱饵，更多的扳机鱼和扁头鲯鳅随之而来。阿尔瓦伦加双手伸进水下，鱼钩放得尽可能低。科多巴又撒出更多鱼饵，包括海龟内脏，然后开始等待。阿尔瓦伦加的计划是把鱼钩插入鲯鳅柔软的肚子下方，然后结实地钩住，不等鲯鳅挣脱就甩把它到船上。

渔猎 20 年，阿尔瓦伦加深知耐心的重要性。他曾无数次用弹弓射杀浣熊，用猎枪打落飞鸟。好几次，鲯鳅触动了鱼饵，差点上钩，他依然不为所动。鱼钩哪怕有轻微晃动，都会惊扰到好奇又谨慎的鲯鳅。最终，一条 60 厘米的鲯鳅咬钩了。阿尔瓦伦加抡圆了胳膊，大力甩钩，鱼钩深深地插入了鲯鳅的身体。惊慌的鲯鳅拼命扭动，仍然在几秒钟内就被阿尔瓦伦加甩到船上。科多巴连忙用从发动机上卸下的螺旋桨猛砸鱼头。鲯鳅逐渐不再挣扎，身体从鲜绿变为亮蓝，魔术一般神奇。阿尔瓦伦加惊讶地注视着鲯鳅的死亡表演。钓鱼的每一个步骤他都想到了，只是没料到鲯鲯鳅的死亡过程是这样的,但捕获了一条足足有他手臂长的鲜鱼比什么都强。科多巴为自己的船长感到骄傲,他们有福同享。

阿尔瓦伦加聚精会神地处理鲯鳅,不浪费任何零碎。他精心打理每一块鱼肉,分成两份,每份分别添加一个肾和一个鱼眼。他没有分割鱼心和鱼肝,怕流失宝贵的鱼血,于是一人分到一个内脏,缓慢地整个吃掉。他们吃着这顿饭,仿佛它是一套有六道菜的大餐。至于剩下的一些鱼肉,就摆在舷外机的外罩上风干。

饭后,阿尔瓦伦加继续钓鱼,不到一个小时就又钓到一条。这时,阿尔瓦伦加开始有点疏忽大意。第三条鱼即将上钩,他向鱼腹猛地挥动鱼钩,鱼钩斜着深深地扎进去。那条鲯鳅一阵挣扎,脱离了阿尔瓦伦加的掌控。鱼飞快地溜走了,并带走了嵌在腹中的鱼钩,在水中留下了一道血迹。"当时我特别想哭,简直不能相信它竟然跑了。"阿尔瓦伦加说。他只好再次徒手摸鱼。两个人平分了两条鲯鳅,把鱼肉切成玉米粒大小。每一口都无比鲜美。"有时候,我可以含着鱼肉5分钟,让鱼的滋味慢慢地渗出来。"阿尔瓦伦加说。

2012 年 12 月 10 日
位置:距墨西哥海岸 1 480 千米
N 9°48′30.06″—W 106°58′49.17″
第 23 天

三杯水,一些海龟蛋和海龟干,这是两个人每天的补给配额。尽管每天都要吃十多条扳机鱼,两个人仍然极度脱水。早中晚各一杯水,他们严格遵守规定。阿尔瓦伦加每次舔嘴唇的时候,都为不再尝到盐味而感到庆幸。大雨冲净了他全身,波平浪静,带着盐分的浪花也溅不到身上,可是喉咙依然肿痛。皮肤会从里面开始剥落吗?还是说,这又是他过于丰富的想象力带来的幻觉?

科多巴的状态更糟。他趴在船上,哀求着阿尔瓦伦加:"橘子,我要橘子。"阿尔瓦伦加站在科多巴身旁,向他保证自己很快就会拿来食物。"好,我这就去商店,我去看看开门了没有,要是开门,就给你买一些吃的。"他指着远方朗声说道,"我去买玉米饼、橘子和虾。"阿尔瓦伦加大踏步走到船的另一头,从船头到船尾用不了十几秒。原地站立 5 分钟后,他又大踏步地走回来。"商店关门了,不过别担心,一个小时以后就会开门,会卖刚做好的玉米饼。"出乎意料的是,这种小把戏起到了作用。科多巴不再胡言乱语,他进入了梦乡,一睡就是几个小时。恐惧差点夺走万念俱灰的科多巴的理智,睡梦转移了他的注意力,也让阿尔瓦伦加得到暂时的放松。

尽管饥渴难耐,阿尔瓦伦加依然心怀希望,为了安抚意志消沉的同伴,他假装去商店好几次。这种把戏的确有好几次化解了科多巴的心理危机。其中有一次,科多巴甚至索要一本公路地图,想找到回家的路。阿尔瓦伦加干净、利落、坚定的解释减轻了科多巴的焦虑。等待玉米饼,即便是虚幻的玉米饼,也是可以接受的。

2012 年 12 月 12 日
位置：距墨西哥海岸 1 528 千米
N 9°52′06.79″—W 106°49′04.27″
第 25 天

阿尔瓦伦加开始憧憬去商店为科多巴买橘子——这不仅能抚慰科多巴，而且也能让阿尔瓦伦加借机想象回到陆地后的生活。英格兰朴次茅斯大学极端环境实验室的资深生存心理学专家约翰·利奇（John Leach）博士认为，通过照顾生病的伙伴，阿尔瓦伦加为维持自身的精神健康奠定了基础。"如果你有任务要完成，那么你就会集中精力，你的生活就被赋予了一定意义。战争中，像医生和护士这样的人在集中营里生存下来的可能性更高，这就是其中一个原因。如果你在集中营里是个医生或者护士，你就自动获得了让你的存在具有意义的任务，那就是照料其他人。"利奇这样解释。

不久后，阿尔瓦伦加开始虚构自己的旅程。他从未有过自己的车，不过在"泰坦尼克"号上，他假想自己有一辆皮卡。车身擦得锃亮，音响轰鸣，驾驶室颇为气派，在科斯塔阿祖尔的街头兜风，越野轮胎带起尘土飞扬，行人纷纷驻足艳羡。如同科多巴想象中的社区商店，阿尔瓦伦加的遐想为他创造了另外一个世界，尽管这是他刻意追求自我催眠的结果。阿尔瓦伦加精心编造了一个又一个美丽的谎言：一顿美餐，一个女人，一瓶冰镇啤酒，在那个缥缈的世界里，他能获得他渴望已久的享受。

"关于生存的一个关键是，有时候你的确必须积极行动才能活下来，"利奇说，他经常同犯人和被劫持的人质打交道，"但有些时候你也必须消极应对。在这种情况下，人们往往会缩到自己假想的小世界里。长时间与死神搏斗后，你的记忆结构会发生变化……一些方面由于经常得到锻炼而得以改善。在长期与世隔绝的人的头脑中，记忆可能会形成惊人的特征。只要不演变成精神错乱，沉浸在自己的心理世界里是一种可行的方式。"

阿尔瓦伦加和科多巴没法计算时间。他们没有手表，也没有时钟。但很小的时候，阿尔瓦伦加的祖父就教过他如何根据月亮的阴晴圆缺计时。他很早就掌握了这项本领，不曾忘却。在这个根深蒂固的习惯的影响下，他即使漂在海上，时间观念也没有紊乱。他出海时基本没有月亮，在风暴及随后几天里看着它逐渐变圆，现在月光又开始衰弱。据此判断，他们在海上已经漂了接近三个星期。

2012 年 12 月 15 日

位置：距墨西哥海岸 1 610 千米

N 9°25′29.34″ —W 107°39′59.79″

第 28 天

一天晚上，两个人正在冰柜里休息，突然传来"砰"的一声轻响。接着又是"砰"的一声，然后传来了第三声。两个人从浅睡中惊醒，爬出来一看，三条飞鱼在甲板上活蹦乱跳。"它们呼啸着从天而降，落到小船上。"阿尔瓦伦加说。在科多巴眼里，这属于神赐之物,他得感谢上帝。阿尔瓦伦加一直对教堂嗤之以鼻。在他看来,活鱼跃上船说明食物充足,反而增强了他的信心:活下去是他的分内之事,与上帝无关。

海龟,两条铁钩钓上来的鲯鳅,十来条从海里抓的扳机鱼,三条从天而降的飞鱼,食物就是这些,到 12 月中旬之前,两个人一天只吃一顿饭。烈日炎炎,再加上补水不足,让两个人的皮肤收紧,好像打了肉毒杆菌素一样。"如果你每天都流失大约一升半水分,那么基本上你就如同一个慢慢泄气的皮囊。"迈克尔·提普顿(Michael Tipton)教授说,他是朴次茅斯大学极端环境实验室的生存生理学家,是《海上生存守则》(*Essentials of Sea Survival*)的合著者,"因为你的血量减少了——当然,你的血为你的身体和大脑提供氧分,所以氧气供应也会相应减少。这时你就会出现幻觉,变得癫狂,直至死去……活活渴死就是这么可怕。"

科多巴的衣衫日渐松垮。他快穿不住原本的衣服了。阿尔瓦伦加眼看着科多巴越来越瘦削干枯、眼窝深陷。他的连帽衫带着骷髅标志,而当他的脸颊日渐消瘦,阿尔瓦伦加无法对两者之间的对比视而不见。阿尔瓦伦加的腰身同样瘦了好几圈,力气也小了不少,但依然保有钢铁般的意志。

科多巴身心俱疲。他认定是上帝要他如此,于是向所谓的命运屈服。"我不想再这么受罪了。"这个已经变得皮包骨的小伙子像咒语一样重复着这句话。科多巴在想象中看到了天国缀满珍珠的大门。乐天达观的阿尔瓦伦加借着他的话头开玩笑:"在天国里随便找个角落我就满足了。我可用不着什么庙宇宫殿。只要在大街上有个角落,能看到金黄色的天空和清澈的大海,随便什么破烂角落都行,只要能让我离开这个鬼地方就好啊。"

阿尔瓦伦加比科多巴年长15岁,在海上历尽艰辛,求生意志坚不可摧,但此刻饥肠辘辘,喉咙冒火,他意识到两个人的健康状况正迅速恶化。身边有无尽的食物资源,但他觉得自己被困笼中,食物琳琅满目,可口诱人,可就是够不着。海鸟在头顶盘旋,鱼在天敌的追捕中慌不择路地跃出水面,垃圾堆成小岛。阿尔瓦伦加在陆地上就是个娴熟的猎人,现在他打起了海鸟的主意。他认为那些海鸟应该是野鸭,打算先抓一只,看看它的腿、胸和翅膀能有多少肉。"我去抓的时候,它们就跑了,不可能抓到。我抓了三天,连根毛都没有。我又气又饿。我冲过去,想着一把抓住它们。这是突袭,可它们比我更快,碰都碰不着。"阿尔瓦伦加说。接连几天一无所获,没有肉可吃。"我不再瞎折腾了,得想个办法。要怎么才能抓住一只鸟呢?我心里想:要是能像猫那样就好了。"

如同一名战士匍匐着穿过战场,阿尔瓦伦加趴在船上,等着鸟儿落脚。鸟落下来了,在最初几分钟内格外警惕,眼珠乱转,东张西望。阿尔瓦伦加一动不动,等着它放松警惕。然后,那只鸟开始埋头梳理羽毛,吃其中的虱子、跳蚤等寄生虫。这时他悄悄地,一点一点地靠近它。他并没有盯着它,只是默默移动过去。阿尔瓦伦加爬得越来越近,那只鸟似乎感到了不对劲,抬头张望了一下,阿尔瓦伦加连忙停住不动,那只鸟确定没什么大碍,便继续用嘴梳理羽毛。猎物进入攻击范围后,阿尔瓦伦加的胳膊贴着船边,拳头紧握,慢慢前伸。然后他慢慢松开手指,留意着不要发出摩擦声,接着猛然发力,抓住了野鸭的一只脚。野鸭拼命地啄，阿尔瓦伦加的手指一阵剧痛，手一松，它就飞走了。阿尔瓦伦加的手流血了，他反省着整套捉鸟战略，找到了其中唯一的不足——鸟刚开始咬的时候，他必须忍住痛。他应该用另一只手扼住鸟脖子，这样就能稳稳地抓到它，以后就不愁没有鸟肉吃了。

他又尝试了几次，但每次海鸟都在距离一两米的时候腾空而起。有一次，他摸到了鸟，它的脚在他手里挣扎，这一回，它是跑不了了。"我没怎么思考，下意识地一手抓它的脖子，一手抓它的腿。"海鸟凄厉地叫着，拼命反抗。阿尔瓦伦加知道这种鸟会专门袭击人的眼球，就伸直胳膊，让这只所谓的鸭子离自己远远的，然后一使劲，扭断了它的脖子。经过一番查看，他决定效仿鸡肉的做法，把这只鸭子切片。他剖开它的胸腔，拔掉一根又一根羽毛，剥皮，却发现这只鸭子瘦骨嶙峋，没什么肉。有什么能吃呢？费了这么大力气，就抓了这么一只干瘦的鸭子？阿尔瓦伦加不禁垂头丧气。

阿尔瓦伦加熟练地展示着刀工，他把鸭子收拾好，摆好亮晶晶的肉片，放在午后的阳光下晒，还在上面洒一点海水——那可是他仅有的调味品。两个人坐在船上吃着鸟肉，虽然不如想象中那样鲜美，可这好歹是飞鱼之后他们吃到的第一顿饭。"在脑海里，我给鸟肉配上香菜、洋葱和西红柿，好吃极了。"阿尔瓦伦加说。他把生鱼片大小的鸭块扔进嘴里，有滋有味地嚼起来。

科多巴犯了一个错误，他去嗅了一下鸟肉。他没有阿尔瓦伦加苦中作乐的精神，受不了那股死鱼般的恶臭，于是一口都不愿意吃。连续4天里，阿尔瓦伦加软硬兼施，连哄带骗，绞尽脑汁地想让科多巴吃鸟肉。终于，厌恶拗不过饥饿，灰心丧气的科多巴试探着吃了一口。

"瞧，我说得没错吧？还以为你不喜欢吃鸟呢。"阿尔瓦伦加在一旁幸灾乐祸地说。

"我还是喜欢的。"科多巴承认道。

现在是他们在海上漂流的第四周。两个人不再顾忌日常礼节，赤条条走来走去，他们蹲在船沿上向大海里大便，然后顺手用海水洗干净。小便时，他们也会尿到海里。在早上10点到下午4点这个时间段，他们会在冰柜里躲避暴晒。冰柜里又挤又闷，很不舒服——阿尔瓦伦加的背部下方总是因为蜷缩的姿势而酸痛。但烈日灼人，无处遁身。"只要体表有5%的皮肤被晒伤，那么维持体温的能力就会受损。他们找到遮阳处，躲在阴凉里，尽可能降低日晒，是非常重要的举动。"提普顿教授说。

尽管龟缩在冰柜里躲避炎炎烈日相当无聊，两个人仍然意识到，这种不便与冰柜提供的阴凉相比实在微不足道。即便如此，他们的皮肤依然晒伤起泡，继而蔓延到全身形成皮疹，沾一点海水就痛上加痛。但有了冰柜，两个人总算没有被活活烤熟。

自从成功捕获第一只海鸟后，两个人越来越顺手，对这些"野鸭"手到擒来。"站在船沿上很难抓到海鸟，一有动静它们就飞了。"阿尔瓦伦加说。晚上捉鸟最轻松。阿尔瓦伦加竖起木杆，仰卧在杆下，海鸟就落在杆上，等它安顿下来甚至进入梦乡，阿尔瓦伦加就猛然起身，以迅雷不及掩耳之势一手抓住一只鸟腿，另一只手掐住鸟脖子。如果想马上开吃，他就拧断鸟脖子，就像开一瓶啤酒那样。"它们总是会到船上歇脚，我摸准了规律。听到它们在空中盘旋,我就站住,纹丝不动,它们会落在我头上,那时候我真害怕它们叨走我的眼珠子。我一把抓住它们。"阿尔瓦伦加说。

开饭的时候,他们把抓来的海鸟平分。两个人已经渐渐摸到了生存下去的法门。"我吃羽毛,吃骨头,连脚都吃。"阿尔瓦伦加说。为了消磨时光,有时阿尔瓦伦加会杀两只鸟,像做甜橘汁腌鱼那样剁碎。"我可不想杀它们,只是把它们塞进嘴里而已。我剁了又剁,剁得细碎,装进桶里,把鱼骨当签子把它们串起来。这是打发时间的一种方法,捏着签子,一块接一块地吃。"

1982年,史蒂夫·卡拉翰孤身一人在大西洋上漂了76天,回忆起那段日子,他说:"人们以为生存就是终日闲坐,等着被冲上岸。我始终要强调的是,生存不是消极等待,而是积极的、有目的性的追求。你要是不想办法,就只能等死。我有一个非常钟爱的理论:你在生命中所做的最危险的事情之一就是尽可能消灭所有风险。如果你从来没有失败过,从来没遇到过什么事,始终安安稳稳的,那么一旦发生严重的事故,你一点准备都没有,连工具箱都没有。"

躲在冰柜里时,阿尔瓦伦加发现他的听力格外敏锐。"我能通过声音分辨鸟的大小。有时候,我听到有东西飞快掠过,我知道那是一只大鸟。鸟在冰柜上空绕了一圈又一圈,然后第三圈,接着落在冰柜上。'太棒了!'我想,'又有鸭子吃了。'"

如果天气允许,到了晚上,两个人就在冰柜外面玩耍几个小时,他们对着天空呐喊,看看谁能先召唤来流星。他们数着星星入眠——获胜的往往是科多巴。"他数了一千颗星星才睡着。"阿尔瓦伦加说。

"有时候,我们俩都在冰柜里,听见一只鸟落在柜子上,我轻轻掀开柜子边,他爬出去。他已经很熟练了。"阿尔瓦伦加言语间透露着骄傲,"冰柜碰不着甲板,不会吓跑海鸟。"科多巴抓起鸟来得心应手,可是吃鸟肉的时候仍然感到反胃。阿尔瓦伦加生吃这些东西时没有任何不舒服的感觉。他适合荒野生存,早就适应了生吞活吃动物,无论是鬣蜥还是螃蟹,只要有营养,他什么都能吃下去。

晚上睡觉前,两个人布下鱼笼。他们以前会用漂白剂的空瓶来保持钓线的浮力,现在他们拿出五个空瓶子,瓶身挖一个孔,把羽毛和鸟骨头塞进去当诱饵;两个空瓶保持原样,拧上瓶盖,当作浮标,让鱼笼漂在水面。他们放下鱼笼,找一根麻绳将它们绑在船上。瓶里偶尔会有小鱼。即便鱼笼里空空如也,只要想到有可能捉到鱼,每天能有稳定的食物来源,就足以让两个人为之振奋。

2012 年 12 月 23 日

位置:距墨西哥海岸 1 932 千米

N 9°20′46.92″ —W 110°34′49.43″

第 36 天

清辉渐明,阿尔瓦伦加估量着圣诞节临近了。如果不是漂在海上,这时候他应该在大吃烤鸡——洒上浓郁红辣椒汁的香嫩鸡肉。辣椒汁里放了一块巧克力,据说一些墨西哥修女希望用高超的厨艺款待来访的主教，因而创造了这种吃法。幸运的是，这个海上的圣诞节，阿尔瓦伦加和科多巴还能吃到生鱼片和在太阳底下晒好的干巴巴的鸭肉片。

为了避免分肉不均，一个人做饭，另一个人上菜。阿尔瓦伦加为这份盛宴准备了 4 只海鸟。现在他不仅能够轻松自如地拔毛，还能熟练地剥皮。整整一只海鸟，包含内脏，肉足够做一个汉堡了。用海水调味，可以掩盖臭味，但是到了晚上，两个人躲在冰柜中，那股烂鱼的恶臭依然挥之不去。

估摸着到了平安夜，两个人一边说笑一边收拾海鸟，开始吃圣诞大餐——不过是切、剁和吃"海鸭"而已。突然间，科多巴一阵咳嗽。"我的胃。"他呻吟着，眼睛暴凸，好像生了一场急病，从嘴里冒出泡沫和固体。

眼见惊恐的科多巴囔着肚子疼，泪流满面，阿尔瓦伦加意识到真出了什么事。又一阵剧痛后，科多巴全身痉挛。阿尔瓦伦加把装着雨水的瓶子递给他。科多巴一把抓过去，也顾不得什么定量了，几口喝完，接着又吐了出来。他腹内如绞，疼痛加剧。

两个人仔细检查了科多巴吃的"鸭肠"。在动物肠胃里往往能找到塑料瓶盖甚至整条沙丁鱼，这一次他们找到了一具长约 15 厘米、保存完好的骨架，上面的皮已经落尽，大部分肉也不见了，但留下来的遗骸表明，这是一条有毒的黄腹海蛇。

"禅查，里面有一条蛇！"科多巴惊叫。

"是的，你已经把它吃了。"阿尔瓦伦加回答。

"见鬼，我又要吐了。"科多巴结结巴巴地说。

科多巴尖叫着，口吐白沫，阿尔瓦伦加担心毒素是否已经进入血液。这种毒致命吗？受害者死状如何？泡沫接连从科多巴口中流出，他的喉咙里咯咯作响；阿尔瓦伦加看着这一切，思索着自己的命运。自己也会中毒吗？毒性是不是快发作了？

阿尔瓦伦加安然无恙。科多巴呕吐和咳嗽了 4 个小时，然后渐渐恢复。两个人抱成一团，留意着微小的好转迹象——他们担忧毒素会转移到其他器官。两个人搜索着记忆中那些被黄腹海蛇咬过的例子，但他们只有道听途说的经验，唯一确凿的说法就是，连最彪悍的渔民都对它们敬畏有加，能躲则躲，不然就要用砍刀将它们斩首。

蛇毒不是致命的，两天后，科多巴完全恢复了。但这次经历在他心理上留下了后遗症。只要一想到生吃海鸟，他就感到反胃，索性一口都不吃了。他再也没有跟着阿尔瓦伦加吃过"海鸭"。

第 7 章　挣扎求生

2013 年 1 月 1 日
位置：距墨西哥海岸 2 415 千米
N 8°23′04.00″—W 114°29′53.79″
第 45 天

在那场惊心动魄的平安夜晚宴过去一个星期之后，阿尔瓦伦加和科多巴估算着哪个月圆之夜是新年前夜，哪次日出代表新的一年。2013 年 1 月 1 日，两个人漂在汪洋大海之中，距离海岸 2 400 千米。他们并不知道自己的位置，这对他们来说是好事。如果继续向西南漂流，他们将遇到的下一片陆地会是 13 600 千米外的澳大利亚。一路上，他们偶尔会碰见一些岩石、珊瑚环礁和沙礁，现在两个人漂进了一个面积是加利福尼亚的 20 倍、人口不足 2 万人的长方形海域。这里北邻夏威夷，东边是中美洲，南边是法属波利尼西亚群岛，西南是澳大利亚，远离了船只来往频繁的国际航道。他们进入了一片广阔的、在地图上缺乏标识的海上无人区。

附近不断有垃圾漂过，他们知道，目不可及之处，定有人类文明的存在。每当有帆布鞋漂过，阿尔瓦伦加都要捞起来试试，希望捡到一双 7 码的。后来他发现了一只 8 码的黑色帆布鞋，于是穿在左脚上，赤着右脚，倍感新鲜地在船上昂首阔步地走来走去。他撕下鞋垫，一旦以后受伤，可以用它来当纱布包扎伤口，然后把没用的鞋子还给了大海。他还记得几年前一次出海打鱼时他不小心用砍刀割破了手指，当时他是用海水冲洗伤口，用绝缘胶布包扎的。漂了这么久，他明白，平时要从漂流物中捡一些废品，用这些零碎的东西代替医疗用品，如果突发疾病，他只能用它们应急。

新年来临，天气变得面目全非。暴风雨变为一种离奇的死寂。他们的速度降至 1.6 千米/小时，甚至还不如步行。日复一日，他们几乎都在原地踏步，仿佛凝固在风景画里。18 世纪的水手把这一海域称为"赤道无风带"（Doldrums），进入此地就好比被判了死刑。帆船驶入赤道无风带后，一般要耗费好几个星期才能离开，一丝风都没有，船帆松弛，余粮吃光，船员们饥渴交迫。英国诗人塞缪尔·泰勒·柯勒律治（Samuel Taylor Coleridge）在《古舟子咏》(*The Rime of the Ancient Mariner*) 一诗中做了如下描述：

> 风全停了，帆也落了，
> 四周的景象好不凄凉；
> 只为打破海上的沉寂，
> 我们才偶尔开口把话讲。
> 过了一天，又是一天，
> 我们停滞在海上无法动弹；
> 就像一幅画中的航船，
> 停在一幅画中的海面。

但赤道无风带还有一个臭名昭著的特征：它属于地球上最湿热的地区之一，电闪雷鸣的暴风骤雨时常不请自来。"那个时代只有帆船，水手们都不愿进入赤道无风带，原因有二：其一，暴风雨太多；其二，大风毫无征兆，很难脱身。"斯克里普斯海洋学院的气候专家谢尚平如此解释。

赤道以北狭长的低气压气流——科学家称之为"赤道辐合带"（ITCZ，Intertropical Convergence Zone）——形成风暴中心，即所谓的"种子"，在充分发展后会暴发成为飓风。探险家们认为这是世界上"海水盐度最低"的海域，这里频繁下雨，海洋表面浮着一层薄薄的"甜水"。谢尚平表示，这里是"地球上降雨量最大"的地方。

在赤道附近炽热的阳光照射下，海面温度可高达 30 摄氏度，海水大量蒸发，上升成云，形成巨大的对流循环，酝酿着赤道无风带的暴风雨。在其他地方，暴风雨会转移，赤道无风带的暴风雨并非如此，而是裹足不前。仿佛庞大的蒸汽机一味空转，轰隆作响，猛喷浓烟，就是原地不动。这些风暴中心集聚了足够的能量，构成了地球上举足轻重的天气模式。

一只蝴蝶在非洲扇动翅膀，会在加勒比海形成飓风，近赤道的对流循环也是如此，它们膨胀、爆发，对韩国台风的严重程度及南非是否会发生干旱起着决定性的作用。阿尔瓦伦加漂进了全球天气的策源地，这是太平洋上变幻无常的海域，现在成为科学家们研究全球气候、理解全球变暖现象的关键。出于对大自然的原始力量与可怕能量的敬畏，气候专家谢尚平将赤道辐合带看作"地球的心脏"。

雨云堆积，遮天蔽日，阿尔瓦伦加和科多巴无能为力，只好听天由命。任何被海风吹走的东西最终都将为大海所吞噬。舀水的动作已经形成了肌肉记忆，不管是 4 个小时、8 个小时还是 12 个小时，两个人早已做好了不停舀水的准备。以前持续一个星期的暴风雨他们都挺过来了，这次舀水不过是重操旧业。骤雨停了。但在 2013 年的第一个星期，他们看到了一种前所未见的景象——科多巴首先发现了海上的龙卷风。顺着科多巴所指的方向，大约 400 米开外，阿尔瓦伦加看见了由旋转的海水形成的高高耸立的龙卷风。龙卷风吸着海水朝着他们扑过来，小船晃动，如同地震。"那是一道水墙，就像摩天大楼一样，你能看到它越来越高。有黑色的东西在中间不停旋转，看上去好像一条鱼从海里被吸上天。"阿尔瓦伦加回忆。

几分钟后，海上龙卷风消失了，整个情形如梦似幻，两个人互相询问，想知道刚才的一切是真实发生的还是幻觉。正疑惑间，第二道海上龙卷风现身了，然后是第三道。暴雨从大雷雨的边缘向外散射，扑向四面八方。两个人呆若木鸡，失去了对距离和位置的判断力，这时能见度不到 100 米，巨浪滔天，只能看到几条船距离外的事物。太阳也隐身了，他们陷入了令人胆战心惊的漆黑之中。

暴风雨持续了 5 天。科多巴和阿尔瓦伦加日夜不停地舀水，只有吃鱼片的时候才能喘口气，但一会儿工夫，海浪就灌进船里了。船里满是水，他们早把定量补给的规定抛到脑后，抱着水桶咕咚咕咚地大口畅饮。

滂沱大雨让两个人的血液循环和消化等身体机能从中受益。"消化能力与体液多少有很大关系。蛋白质在体内产生氨气，接着是对身体系统有害的尿素。为了排除尿素，需要有液体产生尿液。

因此，如果你摄入很多蛋白质，就得大量喝水……这些都密切相关。"迈克尔·提普顿教授说。

下雨的时候正好可以收集淡水。两个人把全部瓶盖都打开，像保龄球一样摆得满船都是。他们急切地注视着雨水一滴一滴地充满瓶子，这着实是个对耐心的测验，他们实在难以抗拒拿起瓶子，一口喝掉半升的诱惑。科多巴几口就能喝光两瓶水，阿尔瓦伦加恳求他遵守每次只喝一定量的规定，但科多巴听不进去。

有阿尔瓦伦加主导大局，科多巴回归了自己的助手角色，两个人每天的工作开始变得规律起来。一般不到早晨 5 点，阿尔瓦伦加就醒了，他会在甲板上静坐。一天之中，清晨是最为宁静的。"太阳从东方升起，大地就在那遥远的地方，一想到这点我就喜上眉梢。我的世界就在那里。"他拉起鱼笼，查看一夜之后是否有鱼钻进去。如果有鱼入笼，他总是等着科多巴睡醒，然后两个人平分。如果早上很冷或者下雨，他们就在冰柜里吃早点。吃完早点后再小睡一场，他们一天大部分时间都待在冰柜里。

如果下雨，两个人就钻出冰柜，坐在蒙蒙细雨中，或者欢呼着任滂沱大雨冲刷身上的污垢。如果有风且湿冷，他们就蜷缩起手脚，留在冰柜里聊天，憧憬着回到陆地上的场面，静候黎明到来。"我哭着缩成一团，祈求上帝让黑夜赶快过去，让我晒晒太阳，暖和身子。"阿尔瓦伦加说。

如果第二天的食物还没有着落，两人就轮流渔猎。"晚上我很难睡着。鲨鱼围着小船撞来撞去；海鸟有时会落到小船上，鲨鱼就去咬。这样就总被吵醒。"阿尔瓦伦加说。

科多巴晚上睡得很沉，鼾声震天。阿尔瓦伦加经常醒过来，发现科多巴在做噩梦,大喊大叫。"他的梦话我一句都听不懂,可那个场景很吓人。"虽然刚开始几天里两个人分歧很大,但他们现在已经成为好友了。宇航员也是这样,就算会经历多年钩心斗角,太空中的宇航员往往能结成终生好友。与此相类,炮火中的战士往往团结成"兄弟连"。

2013年2月1日
位置:距墨西哥海岸3 380千米
N 7°59′24.206″—W 124°16′23.62″
第76天

他们储备了几天的干粮,特别是在捉住并吃掉了一只海龟之后,暂时忘却了煎熬,默默地欣赏起身边的瑰丽景色,一时间恍若置身桃花源。"我们聊到了妈妈。以前我们太淘气了。我们都是不合格的孩子,我们为此祈求上帝的宽恕。我们多想拥抱和亲吻妈妈啊。我们发誓努力工作,这样妈妈就不用操劳了。可是已经太晚了。"阿尔瓦伦加说。

如同冒险的少年,晚上,他们仰面朝天地躺着,把星星连成线。他们画了一个晚上又一个晚上,异想天开地发明星座,挖空心思画出美丽的图形,都想赢过对方。当偶尔有卫星划过夜空,两个人会对它发表一番评论,幻想它是他们的救星。以前常去教堂大合唱的科多巴高声唱起心爱的赞美诗。在冰柜里唱歌效果更佳,就像在浴室里哼小曲一样——科多巴开始了自己的个人演唱会,阿尔瓦伦加站在甲板上,听着科多巴低沉的嗓音,备受感染,也跟着唱起来。他也不知道歌词都是什么,只是跟着哼唱。有那么几段,两人在和声中浑然忘我。"我喜欢听他唱歌。"阿尔瓦伦加说。

不管是青少年时在中美洲,还是成年后来到墨西哥,阿尔瓦伦加的生活中都没有基督的影子。在他的家乡萨尔瓦多,天主教弥撒很普遍,连商场都会专门留出一块地方,以低廉的价格租给小教堂。在墨西哥乡下,家用皮卡车的发动机罩上都绑着瓜达卢佩圣母的瓷像。阿尔瓦伦加对这些都不感兴趣,他从来不会走进天主教堂,而是公然信奉冷酷残忍的死亡圣神(Santa Muerte)[1],将其头像文在胳膊上,手爪文在背上。

尽管对基督半信半疑,有时还反对天主教,但阿尔瓦伦加总是小心翼翼,绝不亵渎神明。在他眼里,宗教只是一种他无法接受的义务。"我从来没去过教堂。"他说。大多数渔民都会结伴做弥撒,与他们相比,他特立独行。"这些家伙从教堂里出来以后又抽大麻又喝酒,过不了几天又去教堂了。我绝对不做这样的事。他们这是在戏弄上帝。"阿尔瓦伦加清楚自己的底线是"只要不戏弄他,就不会冒犯到他"。

此时,科多巴正陷入忏悔和虚度光阴的懊恼之中无法自拔。几周以前,在踏上致命旅途之前,一名福音派教徒对他进行了一番预言,科多巴为之忧心忡忡。"伊齐基尔兄弟"会命丧大海,她看见了这一幕。她警告过他。科多巴惶惶不可终日。"他说这次海上漂流是他命中注定的劫难。"阿尔瓦伦加说。

---

[1] 墨西哥特有的宗教偶像,中美洲传统信仰与天主教的混合产物,通常形象为穿长袍、执镰刀和地球仪的骷髅。——编者注

他们继续在太平洋上漂流,科多巴确信,他对自己将葬身大海的警告的无视已经触怒了命运。"我要死了,我要死了,我要死了。谁都找不到我们。"他不停地重复着。

"冷静,要有信心。"阿尔瓦伦加劝道。

"别说疯话了!谁都找不到我们。"科多巴嚷道。

科多巴告诉阿尔瓦伦加,自己的罪过加速了死神的到来。他乞求阿尔瓦伦加不要落入同样的境地,乞求他寻求救赎。他们仰望苍穹,许下一个又一个诺言,不停地祷告,科多巴甚至组织了一次宗教斋戒。两个人整整24小时饿着肚子,为自己的灵魂祈祷。

阿尔瓦伦加潜移默化地接受了这些圣歌和祷告。如今,深陷形同无底深渊的厄运,他别无良策。"我相信上帝是存在的,我就求他发发慈悲。毕竟,你不能求魔鬼高抬贵手。怎样才行得通呢?我就祈求奇迹出现:有人会找到我们。我不理解,为什么我稀里糊涂地进了这个地狱一样的地方。为什么选中我受这份罪?"阿尔瓦伦加问,"为什么偏偏是我?为什么不是别人?为什么这么久?我知道我女儿已经长大成人,可我再也见不到她了。我就求上帝照顾她。一想到再也见不到我女儿了,我就总流眼泪。"

阿尔瓦伦加的女儿叫法蒂玛(Fatima),这时已经13岁了,但他对女儿的印象几近空白。她不到1岁时,他就逃离了家乡。如果她得知这次暴风雨,看到他驾船失踪的消息,肯定会以为他不在人世了。阿尔瓦伦加莫名感到一股怒火。缴械投降、甘当懦夫可不是他的风格。他发誓,一旦生还,他会直接回萨尔瓦多。十年恩怨未了,仇人等着夺他性命,他也不在乎。等他回去,迎接他的可能是法蒂玛的一记耳光而不是拥抱,他也不在乎。他一心想与自己的过去和解。"我企盼上帝打消惩罚我的念头,求他宽恕。我答应会为他战斗。我像这样祈祷。"

"大多数人不是祈祷,而是在和上帝讨价还价,这是不一样的。"生存心理学家约翰·利奇如此剖析宗教信仰可以支撑人们在绝境中生存的现象,他认为这是一种常见的误解。"他们的祷告往往是这样的:'亲爱的主啊,我现在有大麻烦了。我向你保证,只要你让我脱离苦海,从今往后我会多做善事……'他们会说诸如此类的话,但这种讨价还价坚持不了多久。"利奇承认宗教信仰对落难者大有帮助,"而祈祷这一动作本身的效果在于它能平缓呼吸,还能占据大脑的剩余的思考空间,否则,你的脑中会充满焦虑和恐惧。"

在美国海岸警卫队工作数十年、在国家科学研究院执教过的小约瑟夫·布奇·弗莱斯认为,尽管"信仰并不能保证生存,但大量情况表明信仰是一项决定性因素"。他援引在越南被俘的美国士兵为例证:"他们声称,'是信仰让我活下来'或者'我要回去见我的家人,是这样的信念让我坚持下去的'。在阿尔瓦伦加的经历中,你会发现类似的想法。他牵挂家人,向比他强大的上帝祈祷。即使孤身一人,他也认为头上有一个至高的存在,这种想法安慰了他。"

尽管暂时皈依了上帝,阿尔瓦伦加真正的信仰依然源自他内心的一个信念:乐观。"我从来不往坏处想,只想好的方面。我给自己打气,要活下去,要勇敢,要有信心,不能倒下去。我知道我在海上漂流,但我只想着生存。我总是朝前看,为未来做计划。在冰柜里,我绞尽脑汁地想办法。我是怎么做的呢?我幻想自己找到了突破困境的方法。"

有着20年的打鱼经验,阿尔瓦伦加在海上如履平地,没什么不适应,就像在自己家里一样。科多巴则终日惶恐不安。船前后摇摆,浪上下激荡,让他头晕目眩——就没有一分钟安稳。风起浪涌,撞击着小船,让科多巴开始呕吐,这着实是不祥之兆,预示着他的生理机能将彻底崩溃。"我们知道,海难发生时,那些容易晕船的人基本上是最先丧生的。"迈克尔·提普顿教授说,"看看那些重大事故的调查,看看那些救生筏案例,一般都是这样。"

先前不信上帝的阿尔瓦伦加从万能的上帝处汲取力量,更加虔诚的科多巴反而陷入了悔罪的囹圄,在这个陌生的世界里寝食难安,坚信自己难逃命运的诅咒。他们同舟共济,然而面临着各自不同的未来。

2013年3月1日

位置:距墨西哥海岸4 185千米

N 6°22′21.99″—W 131°36′02.84″

第104天

尽管吃喝无忧,科多巴依然心如死灰。虽然当了两年的捕鲨助手,只要看不见陆地,他仍然感到气馁。他所处的世界完全超出了自己的想象。现在他们一点水都不缺,但是自从那顿要命的毒蛇晚宴之后,科多巴就倔强地再也不碰海鸟肉了。

"你吃鸟,我吃鱼。"他告诉阿尔瓦伦加。

科多巴一提起那次中毒，就暗示那是阿尔瓦伦加想害他。"多倒霉啊，我吃到了有毒的鸭子。"科多巴加重语气，阴阳怪气地说。

"我可没给你，是你自己拿的。"阿尔瓦伦加回答。那一天，他让科多巴自己选择吃哪一份。"四只鸟，一人两只。"

现在，每当生肉上桌，科多巴都会让阿尔瓦伦加扒开内脏提前看一下。海鸟的身体里再也没有发现过蛇，但科多巴看见海鸟肉就犯怵，往往在阿尔瓦伦加的威逼利诱下轻咬一口就慌忙放下。阿尔瓦伦加就像照顾脾气古怪的病人的护士一样，在困境之中尽力做到最好。作为船长，阿尔瓦伦加有自己的地位，得保持威严，同时还得费尽口舌，说服科多巴吃下哪怕一丁点东西。科多巴的疑心病日益严重，阿尔瓦伦加对他深表同情，这种同情心和敏捷性——比如揪着科多巴的头发把他救上船——制定了两人之间的规则和各自扮演的角色，他们一个坚毅果敢，另一个萎靡不振。

阿尔瓦伦加打破两个人同时进餐的规定，他提前一个小时吃饭，以此证明食品是无毒的，但科多巴固执己见，生怕自己中毒。"食物危险"这一概念已经深深植入他的意识，无法撼动，即便已经形容枯槁，他依然执意如此。当然，科多巴经常感到饿，只是不叫苦，他似乎已经糊涂到分不清渴和饿了，一个劲地对阿尔瓦伦加说："我快渴死了，禅查！我快渴死了。"

科多巴骨瘦如柴，大腿已经像小臂一样细了。"他腮帮子也没了，眼窝深陷，就像个骨头架子。"阿尔瓦伦加说。

"你会吃我吗？"科多巴问。

阿尔瓦伦加告诉科多巴别瞎担心，他打趣说你都这么瘦了，一块肉都没有。阿尔瓦伦加又说,他们还有三只活龟、几只海鸟和风干鱼片。为了防止逮来的鸟逃跑,阿尔瓦伦加把它们的翅膀都折断了。他知道这很残忍,可是为了生存也只能狠心如此。阿尔瓦伦加捉鸟的本领已经炉火纯青,他们每天都能吃上一只鸟,有时候两只,从而得以保持体重。科多巴勉强能吃一点龟肉和扳机鱼,但不起作用,他的身体状况迅速恶化了。对食物的恐惧成了又一个诅咒,他要阿尔瓦伦加许下诺言。

"别吃我。要是我死了,就把尸体绑在船头上。"他央求着。

"别胡说八道了,谁都死不了。"阿尔瓦伦加答道。他嘴上虽然这么说,心里也确实怀疑科多巴真的时日无多了。

科多巴甚至想过投海而死,他认为这也好过饿死在船上。"我不想受罪。"他呻吟着。

"我也受不了这份罪。上帝会救我们出去的。"阿尔瓦伦加说,他希望信仰能激发奄奄一息的同伴的斗志。

科多巴构思了一个自杀计划:等到鲨鱼聚集,就纵身跳海。当鲨鱼吞食海鸟的时候,他挪到船边。

"别了,禅查。"话音未落,他就打算翻过船沿。

阿尔瓦伦加一把抓住瘦骨嶙峋的同伴。科多巴用力挣扎,阿尔瓦伦加紧紧抱着科多巴,把他拖回来塞进冰柜。科多巴又踢又打,可是冰柜差不多有45千克重,再加上阿尔瓦伦加爬到了柜顶,他根本掀不开盖子。科多巴被困在柜子里。阿尔瓦伦加无论如何都不让暴怒的同伴出来。"不管是自杀、喝海水还是跳海,你想都别想!"阿尔瓦伦加隔着柜子大喊。

等科多巴冷静下来,阿尔瓦伦加从柜顶下来,掀开冰柜盖的一角，钻进去。两个人免不了又是一场争执。科多巴坚持认为两个人早晚是死，阿尔瓦伦加反驳说生机在望：他们必须坚持，尽可能留在阴影里，保持水分和营养。"我们只有这样做才能成功。我们必须斗志昂扬！我们必须活着回去，告诉大家我们的经历。"阿尔瓦伦加说，不忘憧憬获救后的美好生活，"等我出去了，我就买一辆车。"

"你真是疯了。"科多巴回敬道。

科多巴又变得冥顽不灵。他满腔怒火，一心寻死。阿尔瓦伦加只好再一次把他关进冰柜里。科多巴用拳头捶打自己的脸，用头撞着冰柜的壁。"他真是太绝望了。脑袋一个劲地撞着甲板。我变着法子安抚他。我拼命让自己活下去，让他活下去，他就是不想活。但我必须帮他，他是我的伙伴。"阿尔瓦伦加说。科多巴声嘶力竭地叫嚷，遍地打滚，继而呼呼大睡。醒来后他虽然饥肠辘辘，但还是不愿意吃东西。"我用鱼刺挑起肉丁送到他嘴边。好像喂小孩一样。"阿尔瓦伦加说。

阿尔瓦伦加意识到，病人一旦不想活了，病情是很难有起色的。于是他绘声绘色地编织起关于陆地上生活的故事，以此来分散同伴的注意力。他一连几个小时坐在科多巴身旁，描绘着计划中的未来。阿尔瓦伦加的故事的中心是健康、乐观向上的态度和食物。科多巴恢复体力后，两个人郑重约定，要齐心协力地回到岸上。他们商量着，回到陆地上以后就开一家墨西哥面包店。在萨尔瓦多的时候，阿尔瓦伦加在面包店打过工，不到天亮就能揉500个面包，他想做一名面包师。等攒够了钱，科多巴就买一辆自行车，挨家挨户送面包。

阿尔瓦伦加的白日梦越来越频繁，他开始沉浸在自己编织的故事里，高声讲给想象中的观众听：在科斯塔阿祖尔潟湖边他的吊床上，一入夜，昔日的情人们就流连忘返；在他喜爱的海滨皮卡停车场里，足球赛酣战正当时，他接连破门；他与许久不见的女儿法蒂玛重新欢聚，爸爸、女儿和祖父母三代同堂，在海滩漫步，尽享天伦之乐；他还画饼充饥，想象自己在准备一顿大餐。"我吃的是生海鸟肉，没有香菜，我还想喝鸡汤，于是就开始幻想在鸡肉里加点西红柿、香菜和盐。我拔掉鸡毛炖肉。我想象着剁鸡肉的场面。在我的脑海里，我正在和朋友们共进晚餐。"阿尔瓦伦加说。

慢慢地，科多巴对阿尔瓦伦加的故事着了迷。阿尔瓦伦加并没有发现这一点，他自己也沉溺其中，用白日梦代替现实。这同样是史蒂夫·卡拉翰的生存技巧：1982年，他乘着一张充气救生筏，在大西洋上漂流了76天。他说："在梦中，你基本上是闻不到气味也尝不到味道的，但我可以。做梦的时候，我能闻到食物的香气……一开始我很讨厌这一点，因为醒来后就会发现这不过是一场空。'啊，见鬼，什么都没有，太让人失望了。'但随着时间的推移，我越来越珍惜这些好梦，因为在梦里，我想吃什么就有什么。"

阿尔瓦伦加的故事奏效了。尽管科多巴依然不吃海鸟肉，但他会尝一点鱼眼睛——用一根鱼刺挑着的胶状球体颇为诱人，远远看去，形同一盘串着牙签的黑橄榄。两个人都不曾料到，这是一剂良药。鱼的眼睛富含维生素C，一直是船只失事后水手在漂流生活中寻找来抵御坏血病的宝物。

一天，科多巴痛下决心，开始拒绝吃新鲜龟肉以外的任何东西。他们离海岸越远，龟肉就越少。他双手紧紧攥着一瓶淡水，却没有力气，也没有兴致举到唇边。阿尔瓦伦加喂给他海鸟肉，偶尔几口龟肉，但科多巴紧紧闭着嘴，抑郁让他的身体不再吸取养分。

"我活不过这个月了。"科多巴说。

"照这样下去，你肯定活不了。但我得活着，我已经坚持了这么长时间。我们得让世人看看我们的作为。我们会成为榜样的。"阿尔瓦伦加答道。

"我可不信你，我们都活不了。"科多巴回道。

"别犯傻了，谁都死不了。你得振作起来。"阿尔瓦伦加说。

两个人立了一个约定。如果科多巴活下来，他就去萨尔瓦多看望阿尔瓦伦加的父母；如果阿尔瓦伦加活下来，他就去墨西哥恰帕斯找到科多巴虔诚的妈妈。他妈妈再婚，嫁给了一名福音派牧师。"他要我转告他妈妈，不能亲自告别，他很伤心。她再也不能给他做玉米饼了。谁也留不住他，就让他去见上帝吧。"

2013 年 3 月 15 日

位置：距墨西哥海岸 4 667 千米

N 5°58′57.69″—W 135°28′12.00″

第 118 天

"我快死了。我快死了。我快死了。"一天早上，还没吃早饭，科多巴就开始喃喃自语。

"别这么说，睡一会儿吧。"阿尔瓦伦加躺在科多巴身边说。

"我很累，我要喝水。"科多巴呻吟着。

阿尔瓦伦加拿起一瓶水，递到科多巴嘴边，但科多巴没有喝。科多巴伸直四肢，一阵痉挛，轻轻哼着，身体绷紧了。

"别死。"阿尔瓦伦加说，突然感到莫名的恐惧。他对着科多巴的脸喊道："别丢下我！你得打败死神！你让我一个人怎么活？"

科多巴没有回应。他很快就睁着眼睛断气了。

"我把他放到凳子上，不让他沾水。我怕一个浪把他卷下去。"阿尔瓦伦加说，"我哭了好几个小时。"

翌日早上，阿尔瓦伦加醒过来，爬出冰柜，呆呆地看着船头上的科多巴；科多巴坐在凳子上，好像在晒日光浴。阿尔瓦伦加问尸体："感觉如何？睡得还好吗？"

"我睡得很好，你吃早饭了吗？"阿尔瓦伦加把自己当成来生的科多巴，大声回答。

"我吃了，你吃了吗？"阿尔瓦伦加继续自问自答，假装在和科多巴聊天。

"我也吃了。"他装作科多巴回答，"我在天堂里吃的。"

两个人你一句我一句，好像健谈的好朋友在轻松地讨论着早餐。阿尔瓦伦加认定，应对唯一的伙伴去世这件事最轻松的方式就是假装他并未死去。一整天，阿尔瓦伦加都把尸体当成可以推心置腹的朋友，他给他讲故事，想到哪里就说到哪里。"我们不如去托纳拉（墨西哥一座城市，他们那一带的渔民经常去那里找乐子），喝点啤酒，好好吃一顿晚饭。重要的是，我得先冲个澡。我已经把衣服熨好了,我还有一双好鞋。"

科多巴死后第二天,阿尔瓦伦加跟他说话的时候,尸体渐渐变紫了。到了第三天,尸体的皮肤被阳光晒坏了,像干硬的皮革一样有了一层硬壳。"我摸了摸他,他硬邦邦的。他也不会变味,就是在太阳下变干了。我一点都不觉得他吓人。像平时一样,我还跟他拥抱。"

第四天,科多巴几乎全身漆黑。阿尔瓦伦加照样把他当作活人,按部就班地打招呼:早上好,中午好,晚上好。后来,阿尔瓦伦加对着尸体唱赞美诗。他确信科多巴在聆听,仔细观察尸体有什么动静。

阿尔瓦伦加为他一动不动的朋友讲故事,几个小时滔滔不绝。他编织起跌宕起伏的生存故事。"死亡是什么?"阿尔瓦伦加问道,"我想知道,伙计。告诉我死亡是什么。很痛吗?死亡很容易吗?"

"死亡是美丽的。我正在等着你。"阿尔瓦伦加替科多巴回答,声若洪钟。

"我不去。"阿尔瓦伦加反驳,"我不会去那个地方的,不去!"

与尸体的自言自语摧毁了阿尔瓦伦加的神志。他几乎精神错乱。他无法想象自己如何形影相吊地在船上生存。尽管性格迥异,两个人齐心协力,一起渔猎,共同面对命运,度过了经风沐雨、艰苦卓绝的几个月。阿尔瓦伦加久久凝视着死去的同伴,心想,或许死亡也是一种解脱。

科多巴死后第六天,一个没有月亮的晚上,阿尔瓦伦加在跟木乃伊一样的搭档促膝长谈。突然,他如梦方醒,意识到自己在

第7章 挣扎求生

跟一个死人交谈。"我真想把他的尸体扔到海里，可是做不到。"深夜，他又做了一次尝试。"我先替他洗脚。他的衣服我还用得着，我脱下他的短裤和运动衫。我穿上他的衣服。运动衫是红色的，上面有一些骷髅头和交叉骨头的图案。然后我把他投进了大海。把他推下去以后，我昏了过去。"

第 8 章　与鲨同游

2013 年 3 月 23 日

位置：距墨西哥海岸 4 988 千米

N 5°16′56.38″—W 139°05′44.44″

第 126 天

阿尔瓦伦加醒来后感到头疼——他的后脑勺起了一个小包，应该是把科多巴的尸体扔到海里时突然昏倒，后仰摔倒时留下的伤。他完全不记得尸体落水后的情景，考虑到饥不择食的鲨鱼，没有印象反而是好事。他到底昏迷了多久？阿尔瓦伦加觉得不过区区几分钟，但他的整个世界一片空白。物是人非，不再需要照顾濒临死亡的搭档，不再对着干尸相谈甚欢，他孤零零地一个人漂在无垠的大海上。"你见过水塘里的一片树叶在那里打转吗？我就是那片树叶。"阿尔瓦伦加说。

船尾还养着 6 只鸟和 2 只海龟。阿尔瓦伦加品味着孤寂，心中感到一阵恐惧。他第一次意识到，在海上漂流比他在陆地上最可怕的经历还要糟糕，他得想办法在海上找到避难所才能活下去。在海上讨生活很容易。他真心喜欢喝龟血，从 10 岁时就开始生吃螃蟹了。但现在，他骨子里的乐观豁达开始动摇。"整个早上，我一直看着我把科多巴推下去的位置。我不想再受罪了,我把刀架到脖子上。我感到仿佛有人在推我的手,是谁,是魔鬼吗?是又饿又渴的痛苦。我好像被地狱之火焚烧着。"

"我爬进冰柜,开始放声大哭。我只有一个人了,能干什么?找谁说话?为什么死的是他而不是我?是我带他出来打鱼的,他却死了,都是我的错。"阿尔瓦伦加说。

"轻生的念头并不少见。"约翰·利奇教授说,"毕竟走到这个阶段,你对未来感到绝望,你只是苟延残喘,而不是在生活。如果生活偏离了正常轨道,那就用自杀来平衡,在一些部落里,人们的确是这么认为的,一旦发现命运的天平偏向错误的一方,他们会直接了结自己的性命。"

阿尔瓦伦加想起了妈妈的信仰:上帝绝不原谅自取性命的人,便打消了自杀的念头。他害怕自杀会让他万劫不复。"我祈求上帝击败恶魔。我告诫自己:'别做胆小鬼。死不可怕,但是这种死法太窝囊。'"阿尔瓦伦加丢掉了刀,"我向上帝保证我绝不会自杀。如果我死了,那也是上帝的意志,不是我自绝于人世。"

又过了几天,阿尔瓦伦加领略到了独自一人的好处。"我抓一只鸟,整个都是我的,伊齐基尔在的话还得跟他平分,一半肝归他,另一半归我。什么都得平分。他死了以后,我想吃多少东西就吃多少,想喝多少水就喝多少。他活着的时候,喝多少水都得严格控制,只能喝一杯。他喝一杯,我喝一杯,就这样。什么都得计划,什么都得分配。他死了,我想干什么就干什么。水能喝更长时间,食物也能吃更久了。"

一群海鸟停在船头,阿尔瓦伦加屏息凝神,一连捉了25只。

这下好了，阿尔瓦伦加不愁没吃的，也不愁寂寞了。他睡在冰柜里的时候，海鸟又闹又叫，吵个不休。早上，他从冰柜里爬出来，迎面一排嗷嗷待哺的旅伴。"一天早上，我醒来的时候发现了两个鸟蛋，比鸡蛋还大。我盘算着这两个蛋会不会孵出小鸟，质问它们：'谁是这些蛋的爸爸？妈妈在哪儿？'接着就把两个蛋吃掉了。"

抓鸟捞鱼的活动驱散了阿尔瓦伦加的孤独感。幻想脱险也让他过得充实。阿尔瓦伦加坚信，附近肯定会有大船路过，他把残破的 T 恤扎在木杆上，做成一面破破烂烂的海盗旗。他拼命踮起脚，把旗高高举起，但再怎么努力也只能举到海平面以上 3 米处；他太有信心了，甚至开始担心救援的大船靠近时，他得万分小心，免得被螺旋桨搅碎。

他的胡子疯长，满脸都是。刮胡子用的小镜子不仅记录了他变成一个野人的历程，而且还能发射信号。阿尔瓦伦加的乐观主义心态开始膨胀，他开始设想，如果用小镜子反光，没准能唤起远处大船的注意。为此他开始练习用镜子反射太阳光。

阿尔瓦伦加坐在玻璃钢板凳上眺望海面，寻找着大船的踪影。日出日落是最理想的时候，阳光不强烈，大船的轮廓更加清晰。等大船轰鸣着靠近，阿尔瓦伦加都能看出船型——一般是远洋集装箱船。这些大船轻松地穿越海浪，甲板上看不见人影，犹如海上无人机。每次看到船影，阿尔瓦伦加都神情振奋，一连几个小时挥舞手臂，大喊大叫，连蹦带跳。他与差不多 20 条大船擦肩而过，每次似乎都看到了获救的曙光。

科多巴在世时，阿尔瓦伦加会在"我应该做什么"和"我必须做什么"之间徘徊，他往往会凭着本能和自然反应来满足生命垂危的同伴的需求。现在只剩下阿尔瓦伦加一个人了，只要想吃，他随时都可以吃到海鸟，于是他开始思量如何改善自己的居住环境。两个人在冰柜里蜗居时，无论从心理、生理还是客观生存条件的角度看都很不方便。现在阿尔瓦伦加一人独享冰柜，它不再显得局促狭小，于是他开始享受这份奢侈。一个灯泡漂了过来，阿尔瓦伦加伸手把它捞起来，研究一番，决定好好利用大海馈赠他的这件礼物。他把灯泡挂在冰柜顶盖下，灯泡随着海浪摇摆。天一黑，阿尔瓦伦加伸手摸索墙壁，假装开灯。睡觉前，他抬手关灯，仿佛听到了清脆的"咔嗒"声。

刚吃过早饭，阿尔瓦伦加就瞥见了一艘船。它还是一个小点——船在远方出现时看起来都是一个小点，但这个小点冲着他径直开过来。船距离阿尔瓦伦加还有几千米，但是阿尔瓦伦加确定它会从这里路过，整个早上他都高度紧张。船越来越近，他真希望自己能发出信号弹。甲板进入视野，船身一侧有3个巨大的红十字。船从离阿尔瓦伦加800米的地方开了过去，无论他怎么喊叫，怎么挥手，船员都没有注意到他，他只能眼睁睁看着那条船轰轰隆隆地开过，激起海浪，速度丝毫未减。阿尔瓦伦加瘫倒在地。乱蹦乱跳、用镜子反光和大喊大叫都属于本能反应，而不是希望的标志。他痛苦地意识到，他所期待的安全与救援应该来自陆地，而不是海上。

与带有红十字标志的船擦肩而过后又过了两个晚上，他又听见声响，好像海龟在船边扑腾。他迅速起身，蹑手蹑脚地爬出冰柜，凑到船沿。油桶大小的一个蓝桶浮在海面上，时不时地撞击船壳。阿尔瓦伦加拾起空桶。桶盖是用螺丝固定的,没有出现绿毛,更没有附着甲壳动物,不像那些长期漂浮的物体。他猜测这应该是从那条有着三个红十字标志的船上掉下来的。"我当时就想到可以用它来接雨存水。我把它放在船头,每次下雨时,我都能存一些。我可以用吸管从桶里喝水,还可以把水倒出来喝。"

阿尔瓦伦加给自己规定了饮水量,早饭、午饭和晚饭各一杯,就这样解决了一个最原始的生存任务。"我总是惦记着还有多少水,担心不下雨了怎么办。下雨的时候,我从船上的凹坑里喝水,存水一点不动。必须喝存水的时候,我非常小心,很节省。"下一次雨,阿尔瓦伦加就能把 30 厘米高的蓝桶灌满,只要不浪费,够他喝半个月。"那个桶真是让我的生活大变样了。"

科多巴死后一个月,阿尔瓦伦加又有了惊人发现。他的视线捕捉到远处的一个东西。那里漂着一具鲸鱼尸体,上面落着一群鸟。漂到近处时,他才看清原来那不是什么鲸鱼,而是和他的小船一样大的某种东西。管它什么东西,反正吸引了鸟群,阿尔瓦伦加当然知道,只要有鸟,自己就不用饿肚子。他一时头脑发热,忘记了鲨鱼的威胁,翻下船,向着鸟群游过去,但没游几下就感到疲惫不堪,双臂无力,双腿虚弱。奋力游了 20 米后,阿尔瓦伦加停了下来,花了几分钟才保持浮力。好几个月没有运动,肌肉都不适应了,他想办法找回节奏,缓慢而平稳地游动。游到中途,阿尔瓦伦加猛然意识到自己大错特错。那可不是什么和他的小船一样大的东西——比他的小船还小一些,鸟儿肩并肩地挤在一起。

阿尔瓦伦加游得很吃力,还有 6 米,他还是看不清那到底是什么。鸟群警觉地发现了阿尔瓦伦加的威胁,凄厉地鸣叫着,腾空而逃。这下，阿尔瓦伦加看了个一清二楚——那是一块泡沫塑料，约 30 厘米厚，有两个床垫那么大。他意识到自己离小船太远了，水中暗藏杀机。他有点惊慌失措，于是爬上泡沫塑料，伸展双臂，朝"泰坦尼克"号划回去。他使劲划水，但泡沫塑料太宽了，没法在两侧同时划动。他又挪到边上，双手抱着泡沫塑料，用双脚踢水。5 分钟后，他回到了小船上，气喘吁吁，心中一阵后怕。他把泡沫塑料拖上船，挨着冰柜放好，开始打量这个战利品。

一转念，阿尔瓦伦加便对自己的鲁莽感到恼火。是什么让他胆敢在随时可能与鲨鱼不期而遇的海里游泳？他不想活了吗？那一夜，阿尔瓦伦加无法入眠。他自问是否失去了理智。他完全摒弃了自杀的念头，发誓要捍卫自己的生命。在海上漂流的这几个月里，他坚守求生本能，一举一动莫不三思而后行。他何以如此大意，毫不顾及常识？只要有东西漂在水上，鲨鱼就会跟过来；踢水的举动简直像用木天蓼吸引猫那样将自己白白送给潜伏在船底的鲨鱼。"上帝啊，我究竟干了什么？"阿尔瓦伦加心想。

阿尔瓦伦加随后开始处理这块泡沫塑料。他把它放到发动机上，找了一根结实的钓绳——他可不想让一阵风把他的新礼物刮跑。那是一段尼龙绳，前段时间他捉到一只海龟，发现它的鳍上缠着这段尼龙绳。绳子有一半烂掉了，他选了一截结实的，把泡沫塑料捆住。"我把泡沫塑料绑到发动机上，海鸟飞过时就能看见一片白色。我刚把泡沫捆好，一些鸟就落了上去。要知道，看鸟和吃鸟可是不一样的。"

阿尔瓦伦加把木棍的一端放在冰柜顶上，另一端系在坏掉的发动机上，为倦鸟搭了一根栖木。海鸟在空中一眼就能发现这一大片白色。飞越重洋的候鸟已经筋疲力尽，一落下来就任由阿尔瓦伦加宰割了。阿尔瓦伦加一天捉了5只，他的手眼协调的能力比以前好了很多。"后来可以说是心到手到，手到擒来。念头一动，就已经把翅膀折断了。"阿尔瓦伦加说。他养了十多只鸟做储备粮。准备吃的时候，他就瞄准其中一只，突然出手一把抓住。他伸手抓鸟时，一群鸟先是四散奔逃，随即猛烈反击，尖锐的鸟嘴狠啄他的小腿肚，喙的边缘甚至能割开脚趾。被鸟啄到时，阿尔瓦伦加痛得大叫。鸟嘴有他的手指那么长，鸟脖子上的肌肉可以像眼镜蛇捕食时一样为这一啄蓄力。阿尔瓦伦加恼怒不堪，他有仇报仇，拧断了攻击性最强的那只鸟的脖子。稍后，他又为自己的冲动而后悔。如果杀死一只鸟却不马上吃掉，它就会风干，损失宝贵的鸟血和养分。

2013年5月1日
位置：距墨西哥海岸5 955千米
N 4°59′37.48″—W 147°40′58.74″
第165天

午夜刚过，令阿尔瓦伦加魂牵梦萦的获救良机来了。先是一阵音乐声，接着人声嘈杂，混合着发动机等机器的声音和说笑声。那似乎是一场派对。阿尔瓦伦加认定自己马上就要登陆了。他坚信苦难即将终结，告诉自己："我有救了，我自由了！"

他钻出冰柜，眼前灯火通明。狂欢夜越发喧嚣，仿佛迪斯科舞厅里挤满了饮酒作乐的人群。似乎有人调大了音量,可阿尔瓦伦加有些迷惑,派对离他远去,音乐和灯光慢慢减弱了,他目瞪口呆。那是游轮吗?还是游艇?阿尔瓦伦加朝着派对船离去的方向大叫:"救命!救命!"他使劲敲打船沿上的螺旋桨,脚跺得震天响,可是没有人回应他在黑暗中绝望的呼喊。他哭了。"这是我得救的好机会。我已经漂了这么久,身边除了水就是天,连个鬼影都看不到。"

派对喧嚣着远去,阿尔瓦伦加无可奈何地看着生命中的一个转折点闪烁着离去。前方是否还有岛屿,他不知道,在海上度过了近6次月圆月缺后,这是迄今为止他最好的获救机会,结果却成了一场空,他伤心欲绝,已经准备放弃了。阿尔瓦伦加心想,自己完成了一次壮举。在差不多半年的时间里,他忍饥挨饿,经历风吹浪打,失去了伊齐基尔,饱受摧残,现在生存意志终于被瓦解了。"我看着围着小船打转的鲨鱼,心想我应该跳下去,喂鲨鱼。只要跳下去,它们就能把我吃掉。"阿尔瓦伦加说,"我把垃圾扔下去,鲨鱼们开始疯抢。它们似乎等不及了,似乎知道我要跳下去。我知道,它们用不了几口就能把我吃得干干净净,没准还没等我落水,它们就把我吃了。可能只有一眨眼的工夫,它们就会像水虎鱼一样把我撕成碎片。'一了百了算了。'我想。我受的罪够多了。我忍受不了孤独。我受够了。"一个疯狂的念头安抚了阿尔瓦伦加:"我会死得非常快。"

但是他挺了过来。一想到多年不见、如今已经13岁的女儿法蒂玛,他就有了活下去的勇气。"我没日没夜地想念女儿。她怎么样了?见面以后我还能认出她来吗?我到死都见不到她一面吗?

我号啕大哭。"阿尔瓦伦加说,"我做梦都会梦见女儿,她喊一声'爸爸',就能让我心花怒放。"

随着斗志重燃,阿尔瓦伦加又患上了严重的幽居症①。他忍不住想换一种环境的冲动,甚至想过一个疯狂的计划:抛弃"泰坦尼克",坐在舒适的冰柜里继续漂流。冰柜漂起来速度更快,不管陆地有多远,行程肯定会大为缩短。下雨时,冰柜能收集雨水,顶上还能抓鸟。最后还是常识占了上风——这无异于又一次自杀。

阿尔瓦伦加没那么做,而是选择在小船附近游泳的方式来扩大自己的生活圈。但是水里遍布着鲨鱼。"一条鲨鱼游上来了,就在边上。它在船底游来游去,整个身体从头到尾磨蹭着船底,我听得清清楚楚。我说,你吃不了我的,用棍子戳它,它还追着我不放。"阿尔瓦伦加就使劲跺脚,产生的水下回音能暂时扰乱鲨鱼的袭击。"它想把船弄坏,拼命地撞。我就用棍子打它。它回过身,张开大嘴,满嘴都是交错的牙。"

阿尔瓦伦加揣摩出了一套探测鲨鱼的方法,借助这一方法,他能短暂地在船底下游泳。首先,他把几个鸟爪扔进小船周边的海里。鸟爪下沉时,阿尔瓦伦加密切观察,看看水流是否出现翻滚。如果鲨鱼没有现身,他就慢慢探出双腿入水,把水花压到最小,然后开始游泳,这是种令人精神焕发但也提心吊胆的活动。"我在海里洗澡。我喜欢摆弄我那一堆头发,它已经完全遮住了脸。我把水面当成镜子,看看我现在什么模样了。我看上去就是个妖怪。天啊,怎么这么丑。"

---

① 长期离群索居引起的焦躁、抑郁等情绪问题。——编者注

阿尔瓦伦加明白,一旦看到鲨鱼就糟糕了。他根据船底下小鱼的反应来做出判断。如果这些鱼悠然自得,他就不用太紧张;如果它们慌张逃窜,他就得赶紧上船。阿尔瓦伦加的应对策略类似经验丰富的飞机乘客,这些人遇到剧烈颠簸时会紧盯着乘务人员察言观色。只要乘务人员没有异常,他们就放下心来;如果乘务员焦躁不安,那就意味着事态不妙了。

在海中游泳是一次难得的放松。每隔一两个星期,阿尔瓦伦加就会冒险下海游个痛快。他从船底扒了一些蛤蜊和甲壳动物拿回船上吃,这些东西足够他吃两天。"我幻想自己是在海边跟朋友们游泳。下水游泳让我如释重负,哪怕只有 5 分钟。"

下海游泳的时候,阿尔瓦伦加还借机给"泰坦尼克"做安全检查。"我会留意洋流的变化,确认我不会漂到离船太远的地方,然后从头到尾把船摸一遍,确保船够结实。我还得把头伸进水里,看看各个地方都没有问题才能放心。"

历经 7 次月圆月缺,漂流了至少 6 500 千米,阿尔瓦伦加依然孤独如昔,漂向未知之地。无动力帆船航海界的全球第一人詹森·路易斯(Jason Lewis)在 13 年间脚步踏遍了地球,曾经连续数周划着小船渡过太平洋,他将阿尔瓦伦加漂流过的海域形容为"地球上最寂静的地方",那种安静既可怕又奇妙。"因为一点声音都没有,理论上,那是个美丽的地方。如果在遍布沙漠的小岛上种植棕榈,它就成了天堂。"路易斯在探险日记中如此写道,"阳光明媚,海水清澈见底,几百米以内,一切一览无余,空无一物。没有风,只要有一点声音,听起来就震耳欲聋。世界仿佛停止了转动,没有了熙熙攘攘,唯一剩下的还在运转的生命,只有我这一具皮囊。"

天海之间一孤舟，孤舟之上一个阿尔瓦伦加。如今的阿尔瓦伦加找到了一种深沉的幸福感："只有我自己，没有罪孽和邪恶，没有任何难题，也没有人为任何事责骂我。我心里非常宁静，与大海融为一体。这就是我的新生活。"

阿尔瓦伦加虽然不用为居住、吃饭和喝水这些基本需求担忧，但他依然是个囚犯。不过，他并不是被禁锢在一个方寸之地，而是漂流在一套生生不息的生态系统里。最近的岛屿相距数百千米，现代社会的全部便利之处都与他无缘，对他生活状态最贴切的描述便是"孤独地享受着自由"。

第 9 章 邂逅鲸鲨

2013 年 6 月 1 日

位置：距墨西哥海岸 7 081 千米

N 6°24′00.85″—W 159°21′22.34″

第 196 天

不知何物刷子一样摩擦船体，发出既沉重又刺耳的声音，把阿尔瓦伦加惊醒了。这种颠簸和摩擦延续了 10 秒。阿尔瓦伦加在太平洋上漂了半年，却从未听过这种声音。船触礁了吗？他爬出冰柜，一探究竟。眼前一大块地毯般的灰色皮肤，泛着水花在水中滑过去。那是一头深海巨兽，体格庞大，是他的小船的几倍大，他看不到头也看不到尾。他心想，这庞然大物打算吃掉他，它的背鳍在他眼里如同机翼。这头巨兽再次掠过他身边时，他看见了一个大眼睛，眼球有他的脑袋那么大。阿尔瓦伦加连忙逃回冰柜。

整个晚上，阿尔瓦伦加都惶恐地藏在冰柜里，膝盖紧贴前胸，长长的胡须围巾一样覆着胳膊。他紧张而迷茫静候拂晓，吃了 4 片扳机鱼干。这头怪兽要掀翻他的又窄又长的小船吗？它会攻击人吗？它会把他撞落到水里吃掉吗？

阿尔瓦伦加爬出冰柜，环顾大海，天边现出几缕粉红色，很快,旭日喷薄而出。在不到10米远的地方,巨兽浮出水面,灰色皮肤布满白点。那是地球上体积最大的鱼:鲸鲨。以前,阿尔瓦伦加在墨西哥海岸一带目睹过鲸鲨,但是距离从未如此之近,他也从未见过如此庞大的鲸鲨。鲸鲨平均体重超过10吨,这一只要比他见过的鲸鲨大,体重大概超过了13吨。"我的小船略微下沉,于是我摸了摸鲸鲨。它的皮肤像锉刀和砂纸。要是它跃出水面,一个浪就能把我卷下去。"

整个早晨,鲸鲨要么懒洋洋地在船底下漂浮,要么倚着小船的围栏漂在船边;阿尔瓦伦加的恐惧变成了好奇。这个巨大的家伙到底想怎样?他端详着那张椭圆形的大嘴,里面看不到牙齿,像逃生舱门一样让人心驰神往。"我能钻进去。"他想。

第二天,阿尔瓦伦加发现鲸鲨是个食物链源头,这个念头让他欢欣鼓舞。黑白不一的领航鱼清理着鲸鲨牙刷般的大嘴。扁头鲫鱼吸附在鲸鲨的肚皮上,以寄生物为食。阿尔瓦伦加的食物链与鲸鲨的水中群落相融合——打鱼变得更容易了。

鲸鲨下潜,游出视野,阿尔瓦伦加看着巨大的阴影沉向水底,心怀敬畏。鲸鲨再次现身,将鱼群驱向水面,困在船底,然后一饮而尽——它张大嘴巴,把整个鱼群吸进肚里。此时阿尔瓦伦加看到,鲸鲨嘴里满是硬毛,好像一把大梳子,没有牙齿,不会咬掉他的胳膊,他开始借机"蹭"鱼,双臂沿着船边伸进水里,海水没至肩膀,双手不动,看着鱼群的动向。鱼在水里摇摇晃晃,从鲸鲨的大嘴里被冲出来。等它们靠近,阿尔瓦伦加猛地合拢双臂,像抓扳机鱼一样,但这些鱼更加肥美,每条都能切出几千克重的生鱼片。在阳光下晒干,可以成为营养丰富的食物。每条鱼都让阿尔瓦伦加喜出望外：鱼肝都有拳头大小。鱼肝能够让阿尔瓦伦加很快恢复体力，他像吃巧克力糖一样吃鱼肝。"能整天吃鱼肝该多好啊。我一遍一遍地祈祷：'主啊，什么时候能有鱼肝？'"阿尔瓦伦加说。

阿尔瓦伦加开始和这位新朋友畅所欲言，一聊就是几个小时。他给鲸鲨讲故事。只要摸得到，他就抚摸着鲸鲨缀着白点的皮肤。就像对着科多巴的尸体谈天说地一样，阿尔瓦伦加跟这个大家伙谈笑风生。有个伴，哪怕对方只是一头鲸鲨，也能让阿尔瓦伦加天马行空地展开想象。他不再孤独，而是伴着鲸鲨喷水的声音入眠，睡得更香。现在他对亲人牵肠挂肚，展望着回家后该如何开始新生活。他会成为一名慈父和孝子，照顾一帮孩子，在院子里养一些动物。阿尔瓦伦加有一颗向往海洋的心，对陆地上的生活不感兴趣，但离开亲人让他羞愧难当。他祈求上帝给他最后一次机会，让他补偿与女儿和父母的亲情。放弃打鱼是不可能的，那是他的激情所在，但是每年他可以回几次萨尔瓦多，在风暴季节陪女儿，其余时间再出海打鱼。

同鲸鲨的情谊与幻想相伴而生。阿尔瓦伦加把他和鲸鲨假想为圣经里的人物，他饶有兴味地扮演约拿①，或许鲸鲨是对他宗教信仰的考验。它是来把他吞到肚里还是来拯救他的？"让我骑到你的背上怎么样？你把我带到岸上。"他问鲸鲨。他急切地想换一种环境，请求鲸鲨随便把他带到一个地方——陆地，大洋深处，或者周游世界。"我要它把我吞下去，但别吃我，我就问它：'你会

---

① 在《圣经》中，他曾因违抗上帝的旨意而被大鱼吞入腹中，受到三天三夜的煎熬。——编者注

咬我吗？'要是它说会把我嚼个粉碎，我就不进去了。但是如果它答应不吃我呢？我可以考虑钻进它的嘴里。"

急于获救的心情让阿尔瓦伦加开始幻想鲸鲨给他承诺，不会吃掉他，但是跳进鲸鲨大嘴的时间没法掌握。鲸鲨可不会一直在旁边张着嘴等着他跳下去，而且经常距离很远，阿尔瓦伦加又开始琢磨进入鲸鲨嘴里的其他可能方法。他可以先跳进海里，游到鲸鲨嘴里，再滑进它肚子里。但是鲨鱼太多了，阿尔瓦伦加还是放弃了将圣经故事重演一遍的想法。恐怕他还没进入鲸鲨的肚子里，就已经在鲨鱼口中粉身碎骨了，他可不想冒这个险。

大鱼的陪伴帮助阿尔瓦伦加克服了身陷赤道无风带的寂寞和疯狂。他渴望大鱼能够开口说话，听他忏悔，在电闪雷鸣快要撕裂他的世界时给他安慰。

詹森·路易斯记得他漂过赤道无风带的日子，那30天无比骇人。"闪电直接劈下来，落到海面上。"他在航海日志中写道，"你看到雷暴来了，一团漆黑，简直就是世界末日。你一连几个小时看着它向你滚来，这一切格外缓慢。那是一个非常非常可怕的地方，让你从心底感到恐惧。你觉得走投无路，感到绝望。在那里，一天就像一个星期那么难熬，一个星期就像一个月，一个月就像一年。"

和鲸鲨一起漂了一个星期后，阿尔瓦伦加早上醒来，发现自己再次变得孤苦伶仃。昨天晚上，他的伙伴悄然离去了。巨兽的离开让他一时手足无措，他有很多话说，但没有听众。不过他的失落很快就消失了。没过多久，来了一头鲸鲨幼崽——阿尔瓦伦加估计它是大鲸鲨的后代。小鲸鲨身长 3 米，莽撞又吵闹。"这是个不听话的孩子，不像他爸爸。"阿尔瓦伦加说。

小鲸鲨用厚厚的后背剐蹭船体上的甲壳动物，然后游回来狼吞虎咽。"晚上，每隔 20～30 分钟，它就会撞船。不停地骚扰我。"阿尔瓦伦加夜复一夜地失眠。"我想睡觉，可是怕小船被顶翻，让我摔进海里。"

洋流速度加快，有时甚至会翻倍，超过 3 千米/小时。小鲸鲨也不见了。"小鲸鲨在的时候，我能跟它说话，时间过得很快。现在就剩下我一个人，时间过得很慢。我觉得很无聊。有小鲸鲨在，我至少还可以跟它聊聊天。"

阿尔瓦伦加以 4 千米的时速漂进了世界上最大的海洋避难所。太平洋中部的这一带是地球上最盛产鲨鱼的地区，也是世界上仅存的几个鲨鱼可以自由繁殖的地区之一，而曾几何时，鲨鱼在所有海域都能自由繁殖。鲨鱼是食人魔鬼，反之亦然，人也是捕鲨恶魔。每年约有 10 人遭到鲨鱼的攻击而丧命，而渔民每年要屠杀差不多 2 000 万条鲨鱼，许多鲨鱼成为餐桌上的鱼排。过去半个世纪里，过度捕捞导致鲨鱼数量急剧减少（只剩下 10%），现在研究鲨鱼，就好像研究种族灭绝的幸存者一样。

巴尔米拉环礁（Palmyra Atoll）是一座占地 275 公顷的岛，与世隔绝，环礁上建有一座研究站，世界各地的鲨鱼研究人员都来到这里研究鲨鱼。海洋生物学家雅各布·尤里克（Jacob Eurich）如此形容那里的自然环境："由肉食动物统治，等级严密。正是由于肉食动物很多，资源相对不充足，它们更加饥饿。"

尤里克在巴尔米拉环礁待了好几个月，经常头上戴着 GoPro 相机进行水肺潜水。他说，在那种环境里"很多鲨鱼看起来非常瘦——一点都没有鲨鱼应该有的样子"。

阿尔瓦伦加对此一无所知，径直漂向巴尔米拉环礁。这里和许多太平洋小岛一样，满是垃圾和第二次世界大战中美日双方交战时遗留的废弃物，环礁上一条废弃的小路被成千上万只鲣鸟和其他鸟占领，温暖的沥青是理想的鸟巢，柏油路变成了庞大的孵化器。岸边遗弃了很多生锈的吉普车，仓库里长满灌木，还留着多余的航空燃料和战时配给的食品。如果阿尔瓦伦加漂或游到这里，肯定会得救的。科学考察船每天都会出海，肯定能看见他。巴尔米拉环礁上的科学家保持着和世界各地的联络，还建了一间小型诊所。但他漂到这里的机会渺茫。巴尔米拉环礁又低又平，3千米外就完全看不见了。尽管阿尔瓦伦加看不到陆地，但是他感到陆地就在不远处——海鸟突然变多了，水变成了浅蓝色，礁鲨在船下游弋。他环顾地平线，打量着各种各样的鸟群：乌燕鸥、褐足鲣鸟和黑燕鸥，它们不仅能满足他的好奇心，而且都能成为美味。然而，他没有看见巴尔米拉环礁，与小岛擦肩漂过。他继续向西漂流，下一个最佳着陆点是距离 6 000 千米、位于澳大利亚以北的巴布亚新几内亚。

一个晚上，小船轻柔地向西漂荡，阿尔瓦伦加躺在甲板上仰望夜空；远处时不时闪电大作。资深航海家和环保主义者伊万·麦克法迪恩（Ivan MacFadyen）曾经数次穿越各大海洋，他认为太平洋中部是暴风雨的聚集地。"一道道闪电照亮天空，大雨倾盆,你站在那里,明白闪电所照之处方圆五六百千米之内别无他物。你得高度冷静,一旦出了什么差错,不会有人来帮你,你必须依靠自己。我控制自己,让自己不要胡思乱想。只要你幻想房间角落里有一头剑齿虎,就能真真切切地感受到它向你扑来,恐惧的力量就是这样不可抵挡。"

多年出海打鱼的经验让阿尔瓦伦加对沿岸的风暴有所准备,可现在他面对的是太平洋中部赤道暴风雨的蹂躏。刚刚进入暴风雨开始活跃的季节,赤道气旋和台风在此发源,然后向西移动,朝菲律宾和韩国进发。早在焦虑不安的东南亚国家捕捉到这些暴风雨的苗头之前,公海上早已涌起 10 米高的大浪,刮起时速 130 千米的狂风。

阿尔瓦伦加无所事事,恰好利用大把的空闲时间研究在地平线上爆闪的砧状云。云与云之间的闪电照亮了云层边缘;这些云层悬在高空,在 1 万米以上高度飞行的客机往往能改变轨迹,避开它们。2009 年在巴西坠海的法国航空 447 客机试图在大西洋上穿越这种云层,结果低估了这些赤道暴风雨中心的威力。在这一地区航行过的水手如此描绘:"黑云咄咄逼人,朝我们直扑过来,就像恐怖片里一样。"阿尔瓦伦加看着云层快速升起,急剧胀大,想起在萨尔瓦多烤面包的时光。这些云好像面团,一揉进酵母就开始膨胀。

阿尔瓦伦加明白,这些不怀好意的云层立刻能把阳光灿烂的午后变成暴虐的风雨。雨水不停地倾倒下来,阿尔瓦伦加甚至觉得自己虽然不会渴死了,但是更有可能腐烂。天气是有规律可循的:早上晴朗,中午云层聚集,下午暴风骤雨。偶尔,暴风雨会等到日落才发威。

捕鱼高手乔迪·布莱特曾经在太平洋中部漂了几百个日夜。他认为那里就是另一个星球:"晚上没有月亮,水黑沉沉的,天空黑压压的,伸手不见五指。要是以你的小船为中心建立起生态系统,晚上就能发现各种各样的动物。它们会闯进来又蹦又跳,浪花翻飞。那些鲸鱼一类的还会喷水。"

在暴风雨中夜航好比乘着过山车和碰碰车的结合体在一片漆黑中前进。阿尔瓦伦加从船的一侧跌到另一侧,他只能用发动机当锚,靠着它的重量打转。船被海浪推上顶峰,他从波峰上滑下来,重重摔进波谷,感觉自己要被大海吞没。要是有月亮,他就能估计波浪之间的距离,为下一波颠簸做准备。如果没有月亮,尤其是暴雨如注的夜晚,两眼一抹黑,根本无计可施。闪电留下千分之一秒的光亮,然后在水面爆裂。那一瞬间,他庆幸自己没有桅杆,也就逃过了雷击。藏在漆黑一团的柜子里,看着外面火蛇似的闪电,他怀疑自己还在不在地球上。

阿尔瓦伦加怀疑海上漂流是上帝给他上的一课。无论根据哪种标准看,他早就该死了。他活下来的原因是什么呢?阿尔瓦伦加唯一能想到的答案就是,上帝选中他向那些企图自杀的人传达希望的信号。他开始祈祷:"不要想着死亡,如果你以为自己时日无多,那么你肯定会死……一切都有办法解决……不要放弃希望,要保持冷静。"这正是他极力向科多巴灌输的信念。现在他用这些祷文作为心理向导,实现自我拯救。"还有什么比一个人漂在大海上更糟糕的吗?这就是我想对那些企图自杀的人说的话。还有什么比这更苦的磨难吗?"

尽管祈祷赐予了他力量，阿尔瓦伦加依然饱受摧残。头痛一刻不息地折磨着他。他的左耳流出脓液，阵阵抽痛迫使他用右边的牙咀嚼。左耳发炎引起了喉咙肿胀，压迫到颈部淋巴结。由于疼痛难忍，他吃东西时只能尽量不咀嚼。后来，阿尔瓦伦加想起了家乡的偏方，他对着舀水的桶撒尿，再倒进嘴里。他像漱口一样搅动又黄又咸的尿液，直到其变温。接着，他窝起掌心，把加热后的尿液慢慢吐到手里。然后头右偏，把尿倒进发炎的耳朵里，早中晚各3次。6个疗程过后，炎症竟然痊愈了。"小时候妈妈就这样给我治病。"阿尔瓦伦加解释道，"耳朵进水就会发炎，尿可以消炎。"

阿尔瓦伦加的眼睛也很难受。刺眼的阳光让他视力受损。无论怎么变换视角，总好像有一道聚光灯直射双眼。阿尔瓦伦加紧闭双眼，怀念着自己的太阳镜。孤身在大海上漂荡，一件不起眼的物件都有无比巨大的作用。一盒火柴都能令他装备升级，从原始人猎手摇身一变成为墨西哥美食家。一顶帽子就能保护他的眼睛和面部。如果有一个枕头就好了！他渴求一个枕头柔软地安放他的脑袋！把海藻里的虫子清理干净之后，就可以用它做枕头。他曾经从耳朵里掏出一只小螃蟹。总有乱七八糟的小东西在海藻枕头里爬行，蠕动，蜇刺，一想到自己的好梦被如此惊扰，他就不得安心。

白天太阳出来时的平均温度高达32摄氏度，晚间有29摄氏度，湿度有90%，阿尔瓦伦加浑身总是汗淋淋的。他觉得自己简直就待在烤箱里。他是在赤道环境中出生并长大的，在萨尔瓦多，很小的时候他就适应了24摄氏度的年均气温。在绿树成荫、短时气温可达到 32 摄氏度的渔村生活是一回事,而像一片叶子般被无休无止地烘烤又是另外一回事了。对阿尔瓦伦加来说,唯一的宽慰在于有时天空会裂开一道豁口,雨滴凝结成冰,陪伴着他漂出几千米。厚厚的冰雹敲打甲板,阿尔瓦伦加捡起一些,一个一个地放进嘴里,任其融化,品味着那股清凉。

为避免晒伤,阿尔瓦伦加白天待在冰柜外的时间不超过 15 分钟。他抬起双腿贴在柜边,这种姿势导致三节椎骨变形,非常不舒服。这三节椎骨扭曲了,挤压脊柱神经,散发出灼热感。背部下方持续疼痛,有时他甚至疼得无法走路。因此,他就在甲板上爬,拖着膝盖,小心翼翼地挺直后背。

公海上海龟稀少。阿尔瓦伦加食物金字塔的基石消失了。无论吃多少扳机鱼和海鸟,都比不上龟血的能量和营养。而海鸟也时有时无。它们成群结队,最多的时候 4 只鸟同时降落,后来越来越少,再后来就绝迹了。阿尔瓦伦加预计这种情况会越来越严重,就开发出了新的捕鱼技术。科学家们把金属标签系在海龟身上,阿尔瓦伦加就用它来做鱼钩。但他无法把它弯成合适的形状,磨不出细尖,钩尖不够长,上钩的鱼很容易脱身。他想,发动机里没准有铁条能做成渔叉,但是把那个铁家伙撬开后找了半天还是一无所获。现在这架发动机的基本功能就是吸收太阳能,用来烤鱼。

好在鲨鱼随处都是,可以代替海龟,阿尔瓦伦加能抓到身量很小的鲨鱼。鲨鱼可以补充蛋白质,充当药品,但也不是随时都能抓到。他抓到的鲨鱼基本都比他的胳膊短,而且有时要等上一个星期才能抓到,但每次抓到后都能饱餐一顿。

阿尔瓦伦加从未见过如此密集的鲨鱼群。有时候，能有50条鲨鱼围着他的小船转来转去。"它们这里碰一下，那里撞一下，我就没有安稳的时候。"阿尔瓦伦加这样描述遭受鲨鱼结伴攻击时的感觉，"船尾的鲨鱼想跳进来，它们知道里面有人。我抄起大木棒，连捅带砸，更加激怒了它们。它们绕来绕去，伺机突袭。"

在墨西哥的时候，阿尔瓦伦加能徒手活捉鲨鱼，这一招令大家心服口服。这手绝活的关键是把发动机开到最慢，与鲨鱼同速并排前进。然后以迅雷不及掩耳之势抓住鱼鳍，抓起鱼甩到船上。但在没有发动机、龟速漂动的情况下，他只能任鲨鱼游来游去。他的手眼协调性非常强，但鲨鱼速度太快了。于是他想了一个方法，用羽毛和鸟血为诱饵，让鲨鱼的速度放缓。

等到夜幕降临、鲨鱼加倍活跃的时候，他把血淋淋的内脏扔进海里，静观其变。鲨鱼簇拥上前，争抢着残骸。可它们在水下的位置太深，不容易抓，阿尔瓦伦加就把诱饵放到水下十几厘米的地方。他把内脏和血装进瓶子里，放在水下不超过30厘米处，以此诱惑鲨鱼与船并行。鲨鱼为了吃到美味，游得很慢，阿尔瓦伦加的机会来了。

月光皎洁，海水澄澈，阿尔瓦伦加清晰地看见鲯鳅争先恐后地吃着鱼食，鲨鱼在四围游动。比阿尔瓦伦加的腿还长的鲨鱼太重，赤手空拳地去抓非常危险。他等到一条小鲨鱼游过来。6米开外，一条鲨鱼摇头晃脑地准备捕猎，它的三角形鱼鳍划过水面。就在它一口吞下鱼饵的瞬间，阿尔瓦伦加揪住它的背鳍，越过扶手，把它拽上了船，这条鲨鱼体重超过了13千克。他迅速撤身，看着这条百思不得其解的鲨鱼在地板上挣扎。阿尔瓦伦加回忆道:"我饿极了。我想吃它,就使劲砸鱼头。"鲨鱼张着血盆大口,露出阴森森的数排牙齿,企图逮住机会恶狠狠咬上一口。

阿尔瓦伦加曾经在船上放过一根球棒长度的木棍,但早就找不到了。他的砍刀也在科多巴死后不久掉进了大海。一般情况下,阿尔瓦伦加会干净利落地杀掉奋力挣扎的鲨鱼,但现在他手上唯一的武器就是科多巴从发动机上卸下来的螺旋桨。他拿起螺旋桨,一下接一下地重击鱼头。抬起螺旋桨的时候,他双手离鲨鱼的利齿有点近,腿差点被咬到。折腾了半个小时后,鲨鱼才不再挣扎,螺旋桨上血迹斑斑,阿尔瓦伦加用一把刀子深深捅进鱼头。尽管累得上气不接下气,但阿尔瓦伦加已经饿得前胸贴后背了,他拼尽力气把鲨鱼杀死,开膛,掏出血和内脏,扔到甲板上。找鱼肝的时候,他有了意外发现:两个黄澄澄的蛋,大小和鸡蛋相仿。他用刀子把蛋壳敲了一个小孔。"我担心中毒,就像科多巴那样,但我告诉自己'那是不可能的',就把那两个蛋吃掉了。"他继续寻找可以吃的器官,过了一会挖出了鱼肝。"有60厘米长,软乎乎的,像黄油一样。"

鲨鱼的肝很大,占到整个体重的四分之一,富含维生素A、omega-3脂肪酸和增强免疫力的营养成分。从鲨鱼肝中提取的鱼油是风靡全球的保健品,日本渔民用其来治疗外伤和癌症、抵御流感。日语中的"鲨鱼肝油"一词大意便是"万能灵丹"。从深海鲨鱼的肝中获取的鲨鱼肝油——正是眼下让阿尔瓦伦加满口生香的这种类型最为珍贵。

"处于极端求生情况下的人们在食用动物时,似乎尤其会被维生素含量丰富的器官吸引。"生存生理学家迈克尔·提普顿教授写道,"这时,他们对动物不同部位的营养成分并不具备充分的了解。他们吃想吃的部分,只是因为那里吃起来很香,因为他们受到了饥饿的驱使。"

阿尔瓦伦加饱一顿饿一顿,吃的东西相差极大,他吃下去的鱼鳞和鸟骨头导致胃部一阵阵疼痛。他吃的东西太粗糙,能喝的水也有限,造成了便秘的后果。有时,他疼得仿佛腹部受到重击,不得不弓起身子。他的腹部硬得像石头一样,解不出大便来。"就像肚子里都是石头一样。"他回忆道。很快,他就发现鲨鱼肝具有通便的功效,能让他排出鸟毛、骨头和沙子。好像汽车换了油一样,在饱餐了一顿鲨鱼肝后,他的全身都舒服起来。他一顿又一顿地吃着鲨鱼肝,并晒干和储存一部分,以备日后救急。"要是吃的骨头和鱼刺太多了,大便时会出血,很疼,那时候我就吃点鲨鱼肝。就跟吃药差不多。"后来他又想出了鲨鱼肝的另一种用法。他用质地稠密、带血的胶质做防晒霜,抹在脸上和身上。"那东西黑乎乎的,我把它涂在腿上和脸上。臭死了。过几天以后味道更难闻。"

"我甚至吃起了鲨鱼皮。"他打着手势,演示如何用力撕开坚不可破的鲨鱼皮,"我用左边的牙咬住鲨鱼皮,使劲扯。"臼齿上的突起和凹陷都被磨平了,他的牙变小了,像打磨过的大理石一样平滑。

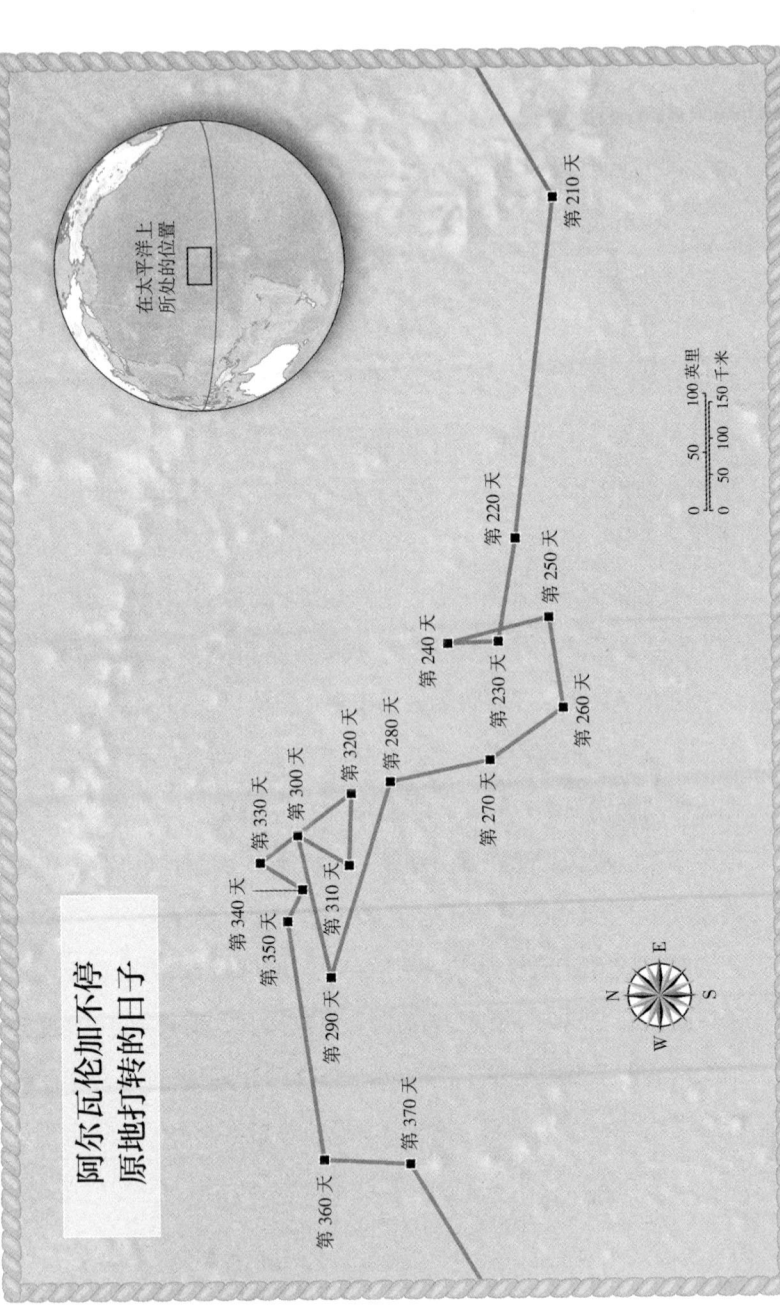

第 10 章 原地打转

2013 年 6 月 24 日
位置：距墨西哥海岸 8 047 千米
N 5°40′54.14″—W 166°29′50.44″
第 219 天

阿尔瓦伦加待在冰柜里时，闻到了一股令人作呕的恶臭。他爬出冰柜，环顾渔船和海面，寻找这股刺鼻臭味的源头。船上有死鱼吗？鲣鸟死了吗？正午的阳光格外刺眼，他模模糊糊看到远处有一阵骚动，一大群鸟盘旋着降落。"可能是一群金枪鱼。"阿尔瓦伦加想着，迅速开启了捕猎模式。他没有叉也没有网，抓到金枪鱼这种活动敏捷的鱼的机会很小，但金枪鱼身量小，适合徒手捕捉。他双手与水面保持一定距离，小心翼翼地丢出鱼饵，留意着露出水面的鲨鱼鱼鳍。离那团骚动更近一些时，臭气熏天，他差点透不过气来，眼睛被熏得直流泪，不由得一阵干呕。

阿尔瓦伦加随后就看见了混乱的根源——一头漂浮的鲸鱼。数百只海鸟竞相啄食和分解一个大如渔船的躯体，这场面让他不寒而栗。鲸鱼的躯体如同一座冰山，一大部分沉在水下，阿尔瓦伦加相信下面一定有十多只鲨鱼在不停撕咬。海鸟和鲨鱼接连不断地攻击着鲸鱼的尸体，它不停地震颤，犹如遭到一百个小型电钻的肢解。鲸鱼的尸体被蚕食的景象远比它死亡的事实更加触目惊心。这是一场喧嚣的饕餮狂欢。海鸟互不相让，尖厉地叫着冲向鲸鱼的尸体。

阿尔瓦伦加逆着风，以令人绝望的缓慢速度漂过这一毛骨悚然的场面，然而，令他意想不到的事情出现了："海鸟吃完烂肉就落到我的船上休息。我逮了很多，可我不确定这些鸟能不能吃，它们难闻死了。我把鸟肉洗了一遍又一遍，就是为了消除臭味。"

这条死鲸又让阿尔瓦伦加发了一笔横财，他又有东西吃了。傍晚和夜里，海鸟落在船上歇脚，然后就在船上睡觉，其中有身量小巧的黑燕鸥。阿尔瓦伦加抓得不亦乐乎，俘获了一船鸟：30只鲣鸟和他叫不出名字、从未见过的本地海鸟。船简直变成了一间叽叽喳喳的食物储藏室。那嘈杂和气味把小船变成了鸡笼，同时又为阿尔瓦伦加孤寂的生活带来了勃勃生机。他不用继续抓鸟捞鱼了，一连几个小时端详着这些俘虏。"它们有大有小，最小的居然只有我小指那么大。我把它们都吃了。"

阿尔瓦伦加开始跟这些鸟聊天。"我说：'跟我说点什么吧，这里没人跟我说话！'它们就抬起头盯着我。"他问它们怎么这么傻："陆地就在那里，为什么偏偏飞到这汪洋大海上？"然后建议："我要是你们的话，就待在岸上。"

阿尔瓦伦加选出最有可能飞回岸上的鸟，试图"飞鸽传书"。他没有纸笔，无法写字，就把自己的名字刻在从海龟身上和3只海鸟脚踝上取下来的小金属环上。他没有像往常那样弄断它们的一只翅膀，而是把金属环挂到鸟腿上，恳请它们远走高飞，飞到遥远的陆地上,希望有人发现自己的求救信号。他并不指望这些鸟能成功传递信息,但是目送这些信使展翅翱翔仍然让他重燃希望。

阿尔瓦伦加发明了可以和海鸟一起玩的游戏。他把河豚晒干,当作足球抛到船中间,那是"中场"。河豚表皮带刺,饥饿的海鸟啄不透,在啄来啄去之时,它们会把河豚从"球场"的一方"踢向"另一方。为了炒热比赛气氛,他还扔了一些鱼块和鸟杂碎,然后看着海鸟追逐河豚。他给鸟儿们起了名字,一只叫克里斯蒂亚诺·罗纳尔多,另一只叫罗兰多,另一支球队里同时有马拉多纳和梅西。阿尔瓦伦加既当球迷又当解说员,沉迷在他的海鸟足球大赛中,度过了一个又一个下午。他最关心的球赛是墨西哥对巴西。在这个由海鸟队员组成的足球世界里,墨西哥总能赢球。

后来,阿尔瓦伦加捉到了一只鸟,褐色,像鹅一样大,但是腿更粗;这些日子里,他就像一名鸟类学家一样对鸟着了迷,而这只鸟格外稀罕。"它的头是黑色的,很漂亮,我没有吃掉它。其他鸟太丑了,可它不一样,它是独一无二的。"鸟群排斥这只鸟,阿尔瓦伦加给它起了一个名号叫"海鸭",逐渐同它建立起了一种莫名的友谊。他拿着食物诱它近身,发现它不怎么怕人,就开始驯化它。"我打一个响指,它就会跟过来。我把它当人一样,跟它说好几个小时的话。它跟我一样,是一种生灵。"

阿尔瓦伦加和他的"海鸭"共同在冰柜里栖身。"它整天都在唱歌,我跟着学。喂它吃食的时候,我就学鸟叫。"阿尔瓦伦加说。他叫它弗兰西斯科,简称潘乔。晚上,阿尔瓦伦加让潘乔跟他一起睡在冰柜里。"它没有跑的意思。在冰柜里,我给它吃小片鱼肉。我用龟壳盛水给它喝。我还问它什么时候结婚。"

阿尔瓦伦加以平均 1.6 千米的时速漂了 8 000 多千米，相当于从里约热内卢到巴黎的距离，连婴儿爬行都比他快。美国海岸警卫队搜救部门的研究人员，同时也是夏威夷大学的专家，通过模拟阿尔瓦伦加的渔船、洋流和风速，再现了他海上漂流的历程。在前 8 个月里，他一直向西漂流，只是略有偏离；但到了 2013 年 7 月，航线突然乱成一团。他先是向北，接着向东、向西、向南，仿佛一个孩子笔下的五角星。他陷进了巨大的环形洋流，即"海洋涡流"里。幸运的是，虽然他几乎驻足不前，但是五花八门的海洋生物为他提供了食物来源。

在公海上商业捕捞的渔民们有一句座右铭是"跟着涡流走"。渔民不知道鱼群在哪里，就把鱼群聚集的地方绘制成地图。捕鱼高手乔迪·布莱特解释说："阿尔瓦伦加的漂流路线图几乎就是洋流图，你会看到大量的涡流和回旋。只要涡流在旋转，鱼群就会在那里集合。旋转的涡流能聚集所有生物，在那个生态系统里完全可以各取所需，食物应有尽有。渔民会观察卫星数据，动用一切技术手段，当涡流开始形成时，他们就抢在鱼群之前赶到那里守株待兔。等到涡流壮大，他们已经在合适的时间等在合适的位置了。这就是现代商业捕鱼的秘诀。"

阿尔瓦伦加随着海风和洋流漫无目的地漂荡，大海的深不可测让他望而生畏。深海里潜藏着各种巨兽，尤其会在夜间浮出海面。深海怪兽的确存在，阿尔瓦伦加听过它们的咆哮。它们翻动波浪，低吟，嚎叫。他还见过如同水下火箭的光束。"你在晚上能在海里看到磷光。那个时候，要是海豚之类的动物游过去，看起来就像鱼雷一样。"环保主义者伊万·麦克法迪恩说，生物性发光的细菌会尾随移动的物体发光。小船夜航时，海面璀璨生辉，这个时候阿尔瓦伦加格外开心。无垠的大海上仿佛形成了一条璀璨的道路，他把它想象成回家的路。那些看不见的巨兽——没准是鲸鱼——从海底上浮，发出轰隆隆的声响，令他心惊肉跳。看不见的波涛翻滚，仿佛昭示着某种神秘的力量准备从小船下数千米处的海底发动排山倒海的攻击。

16世纪的探险家们认为，海洋中充斥着怪兽和蛇，早在1545年，挪威科学家就绘制了一部《海兽图志》(Sea Monster Chart)，其中有伺机吞噬大小船只的海蛇和长角的鱼。一幅图中，一只近4米长的龙虾左爪钳住一名船员，准备美餐一顿。不远的地方，一头类似长着獠牙的野猪的绿褐相间的怪兽跃出水面，从两个呼吸孔里喷射水柱，就像火车头喷出蒸汽，而一只猫面猫须的巨大乌贼正悄然在海面潜行。

这些故事并不全是虚构的。太平洋上的棱皮龟体重可达将近1吨，前脚蹼将近3米。在太平洋上捕获的乌贼眼睛直径可达40厘米。每到晚上，大部分海中巨兽就会浮上海面，掀起波浪，带来一阵阵咕哝声和阿尔瓦伦加所说的尖叫。

现在的阿尔瓦伦加衣不蔽体。风吹日晒，加上海水腐蚀，他的短裤早已破烂不堪，T恤就像脏兮兮的破布。只有那件从科多巴尸体上脱下来的骷髅头运动衫帮他抵御烈日。他腰部以下近乎全裸，只剩下一条褴褛的内裤，还有一只从海里捞上来的运动鞋。他古铜色的头发乱糟糟的，用鱼刺充当发簪，浓密的胡须耷拉着，遮掩着前胸，乱蓬蓬的胡子把嘴裹得严严实实。日头把他的鼻头晒得通红，他的手指被扳机鱼咬得多处冒血，手掌上也被剜掉了好几块肉，前臂被海鸟啄得伤痕累累。尽管每天都苦海无边，但是生存不再是目的，而成为一种状态。

阿尔瓦伦加已经无惧无畏，他内心平和，谦卑，悲悯，心境如同詹森·路易斯穿越太平洋时那样，先是感到痛苦，而后找到了安宁。路易斯在日志中写道："在海上，人比在陆地上更容易产生慈悲之心。这是一个从溺水到窒息的临界点。温馨、安逸的感觉代替了痛苦，宛若回归母腹。"

阿尔瓦伦加的反应和身体机能提高了许多，抓鸟捕鱼的本领日渐增长。在茫茫海面上，他能在几百米以外一眼看到一条旗鱼。他的味觉对海龟心、扳机鱼肝、海龟肾和鲨鱼脑格外敏感。他练就了精湛的捉鱼本领，每天早上，他都会把越来越破的绳索拉上来，查看充当鱼笼的漂白剂瓶子。每周总有那么三四天，鱼笼里会有鱼，那时候，阿尔瓦伦加就自封大厨，愉快地施展厨艺。他一连忙活几个小时，切片，晾晒并储存鱼干。

在做饭的过程中，阿尔瓦伦加会吃掉内脏，舔干净鲜血。他把鱼脑、鱼眼和鱼肠剁碎，当成腌鱼放进漂白水瓶子里，鸟肉干放在床头当零食。现在，每天打猎捕鱼差不多要耗费5个小时，与刚开始漂流时相比缩短了很多，那个时候他们往往一整天都在抓鸟捞鱼，可是一无所获。座位下的一种绿色霉菌发了芽，开了花；甲板上，鸟骨头扔得到处都是，羽毛夹在龟壳碎片之间；鸟嘴成堆，阿尔瓦伦加拿它来挠痒痒，他还试图用鸟嘴做乐器，敲击玻璃钢座椅奏乐,结果并不成功。

海洋涡流繁衍着生机,船底生态系统日益壮大。整个食物链越来越完善,焕然一新。阿尔瓦伦加位于食物链的顶端,宛然食物金字塔尖的帝王,当然,他心知肚明,在整个王国里,从来没有永恒的猎人与猎物。

阿尔瓦伦加向海里抛掷羽毛测试洋流,看羽毛是否有移动的迹象。他心急火燎地质问大海。"你要把我往岸上还是深海里带?求你告诉我。"他恳求道。

"你会回到岸上的。再等几天,少安毋躁。"他想象着回音。

"明天就回去好吗?给我一个信号,告诉我你没有骗我。"阿尔瓦伦加央求着。

"我是有生命的。我不撒谎,实话实说。"大海回道。

"证明你没说谎。"阿尔瓦伦加的语气强硬起来,"给我一个证据,我才能相信你说的不是假话。"

"很快就有证据了,完美的证据。"大海答道。这个答复让这名历尽艰辛的渔民宽了心。

一下雨,阿尔瓦伦加就成了落汤鸡;天气变化无常,暴雨来去突然,有时会持续两天。他积蓄了大量雨水,容器根据容积分为3种:大约60个半升的塑料瓶,一个18升的灰桶,一个装了一半水的200升的桶。估计不下雨也能喝好几个星期。

冰柜能防水,并且基本完好。柜子边缘有裂缝,但柜顶不漏水,墙还很结实;他躲在里面,基本上能够挡风遮雨。他打算在内墙上刻字,或者记录月圆次数,但这两个想法看上去都像丧失了斗志、垂死的水手会做的事一样。阿尔瓦伦加还是决定要亲口向世人讲述自己的生存传奇。

　　暴雨停歇，或者通过风眼之后，阿尔瓦伦加就会欣赏起他这个孤独世界里的瑰丽景色。他想象大海上镶嵌着绚丽多彩的宝石，凝视着夜空中闪烁的星星，卫星、飞机或者流星出现时，他一眼就能辨认出来。这些都让他倍感神奇。

　　吃喝不愁，有容身之处，阿尔瓦伦加同这个新世界越来越浑然一体。他不再渴望逃出生天。他的食量见长，痛苦越来越少。"尽人事，听天命。我不再迷惘，不再怨天尤人。这个世界和我以前的世界没什么两样。我不再问'明天怎么办'，我知道明天是什么样的。刚开始的时候，我完全没有头绪，天天都在发愁要怎样才能活下去。现在我请求上帝赐予我足够的海龟、鸟和鱼，直到我回到陆地，直到有人发现我。"

　　随着涡旋漂流的路线越来越没有规律。有时太阳从船头方向升起，有时从船舷一侧升起。天空成为阿尔瓦伦加的幻想主题。"我卸下鸟儿的翅膀，绑到我的肩膀上，这样就能飞回家了。"

　　阿尔瓦伦加的时间很充裕，他有大把大把的"自由时间"。日常生活没什么不可忍受的，反倒出奇地悠然自得。他取出扳机鱼背鳍的大椎当针，开始缝补衣物。黑色口罩支离破碎，但线头还很结实，他把这些线拆下来，缝补科多巴那件千疮百孔的骷髅运动衫。兜帽也快要掉下来了，他得用它来保护后颈不被晒伤。玻璃钢的板凳上满是裂纹，边缘缠着绳子、扣着搭扣，阿尔瓦伦加坐在上面，开始穿针引线，仔细缝补，但事与愿违，他没能把帽兜和运动衫缝在一起。缝衣服能让他心情平静，他又琢磨用鲨鱼皮做双软皮平底鞋。鲨鱼皮上有层层叠叠肉眼难以看见的钩刺。

他把鲨鱼皮铺在地上，伸出脚，比量着割出鞋样。鲨鱼皮裹着脚，露出脚趾，水很容易流出来，他就这样做出了简陋的沙滩鞋。

涡旋里不乏废品和漂浮物，他从中捞出一个足球大小的浮标，既当枕头又当椅子。这个浮标是个空心金属球，表面有斑驳的颜色，是他在船上钟爱的家具。枕着浮标，双脚搭在凳子上，可以缓解背痛，舒展双腿，放飞心灵，在群星灿烂的银河中遨游。月光洒满了海面，水下隐约可见金枪鱼、鲨鱼和海龟，黑漆漆的更深处，还有神秘的身影在翻滚打旋。

阿尔瓦伦加从捉回来的鸟身上拔下缤纷的尾羽，插在乱蓬蓬的胡子上。他还以水为镜，做了一顶羽毛头饰。他用一个碗状龟壳当阔边帽，不仅为面部带来阴凉，而且颇为时髦。

阿尔瓦伦加制订了健身计划，力图恢复肌肉力量：他做仰卧起坐，在小船上走200个来回——从船头到船尾只需8步。但他的心不静，难以坚持。成为一名身手不凡的猎手的额外收获便是无所事事的时光，他很快就对每日健身失去了兴趣。食物越来越稳定，越来越多，他的体重不再减轻，主要健康指标也大为改善。枯瘦的身体长出一层薄薄的脂肪。和科多巴一起进行的宗教斋戒已成为过去，阿尔瓦伦加放开胃口，大吃大喝。"一天我最多能吃8只小鸟。有两次，我吃得太多，撑到了。我太能吃了，不得不节食。我开始控制食量。不像以前那样成天就知道吃，现在一天定时吃三顿——早饭，午饭和晚饭。"

阿尔瓦伦加不知道的是，他有着最适合极限生存的体形和年纪。他的身体格外精壮，但个子不是太高，肌肉也没有那么发达，不需要大量摄入卡路里，而且34岁左右正是体力和经验到达顶峰的黄金年龄。

为了保持心理健康，阿尔瓦伦加沉浸在白日梦里。他化身为两个角色，一个是"落难的阿尔瓦伦加"，另一个是"故事讲述者阿尔瓦伦加"，前者是他的肉身，后者承载着灵魂。

整个晚上，他都对着大海絮絮叨叨。大海在他口中总像个女人，他恳请大海"别再管我了"，还痛斥这位女主人，"什么时候，天哪，什么时候你才能让我出去？"他的独白中还充满反讽："我就是个拖后腿的，快把我扔到岸边吧……我太沉了，你本来不用这么辛苦啊……托着我走了这么久，你肯定觉得很烦……别再管我了，我又不会给你钱。"

"幽默是生存的重要标志。在极端环境中，最容易失去的是幽默，最难保持的也是幽默。"生存生理学家约翰·利奇博士说，"我们往往会形容某个人'缺乏幽默感'。如果一个人有很强的幽默感，那么他就很适合生存。"

阿尔瓦伦加在身体上与世隔绝，精神上无可依靠，在这样的极端环境里，他自己构建了一种用以逃避现实的虚幻世界。他时间充裕，却连最基本的乐趣都无法获得。"连一根草、一棵树都看不到。没有一个人跟我说话。"阿尔瓦伦加说。他开始编织关于美女的幻想，做白日梦的本领日渐增长。虚构的故事如盾牌和铠甲，帮他实现自我保护。

在心理学家看来，这是对自我催眠和自我欺骗的融合。对阿尔瓦伦加而言，这样做可以向恐怖的海上漂流经历中注入愉悦感。史蒂夫·卡拉翰将他在大西洋上10周漂流过程中的精神状态描述为"永恒的不安定"。他这样形容自己76天漂流中的情绪变化：

"你从来没有觉得自己这么伟大过,你面对着一个非常棘手的故障,却两下就把它解决了,你觉得自己是这个世界的统治者。突然间,只不过遇到了一些微乎其微的挫折,你就崩溃了。"

阿尔瓦伦加创造了另一个极其逼真的现实,后来他言之凿凿地说,孤身在海上漂流的时候,他吃过平生最可口的饭,体验过最妙不可言的云雨之欢。"在我的想象里,我每天早上都煮咖啡。"他说。

美国海军海豹突击队的一名教官说:"自言自语时,你需要对自己使用积极的措辞来进行自我肯定。我们经常自言自语。有时我们指出自己的不足,有时在心中默念周围的不利条件……这样做有很多好处。它能帮你对抗恐惧和痛苦。"

把形单影只的现实凭空捏造成多姿多彩的奇异世界,阿尔瓦伦加深谙这门艺术。早上,他要走一大段路。"我在小船上来回走,遐想着世界各地的风景名胜。我想象自己走在高速路上,我爬进驾驶室,发动车子。有时候,我拿出我的自行车,开始骑行。这样一来,我说服自己,相信自己确实是在做这些事,而不是坐以待毙。"

如同秋去冬来,在太平洋上,丰收和饥馑同样交替出现。新月升起,阿尔瓦伦加突然被抛离涡旋,再次西行。他在涡旋里困了 5 个月,几乎没怎么向西前进,逃离涡旋似乎用了他一生的时间。在整整 2 个月间,他其实是向东漂流的,朝墨西哥所在的方向。但现在他开始向西前进,速度提高到 3 千米/小时。阿尔瓦伦加为此兴奋,但很快就发现了糟糕的事实——离开涡旋意味着离开丰饶之乡。食物消失了,他又回到了荒漠。

第 11 章 海上一年

2013 年 11 月 18 日
位置：距墨西哥海岸 8 852 千米
N 7°42′01.23″—W 173°55′51.64″
第 366 天

满月悬空，今天是何塞·萨尔瓦多·阿尔瓦伦加开始海上漂流的周年庆，他是历史上已知驾着小船在海上漂满一整年的第一个人。他孑然一身面对着汪洋，眼前浮现生日蛋糕和玉米饼。他想象着自己在萨尔瓦多的家乡与家人团聚，共享天伦之乐。在他的漂流创造历史纪录的时候，在科斯塔阿祖尔则是另一番情形。科多巴和阿尔瓦伦加失踪了整整一年，现在被依法宣布"失踪并假定死亡"。

在科斯塔阿祖尔及其附近，人们分别举行了两场简单的葬礼。在阿尔瓦伦加的海滨棚屋，渔民专属厨师及阿尔瓦伦加的知己雷娜用一瓶清水、蜡烛和鲜花再次祭奠他。"蜡烛不会烧得一干二净，总是留下一堆蜡。"她说，"但要是他死了，蜡烛就不会留下什么，像烧给伊齐基尔·科多巴的蜡烛一样一点都不剩。禅查的蜡烛从来都会留下一些蜡，这让我很开心。"

阿尔瓦伦加的朋友们心情沉重，他们在他的门阶上摆了两瓶米酒，依然不相信他就这样死了。他的床位依然被保留着，他们不允许任何人搬进来。"只要出海打鱼，我就总想着去找他。"狼人说。几年前，正是狼人教会了略显稚嫩的阿尔瓦伦加捕猎鲨鱼。"找不到船、浮标、汽油，什么都找不到。我猜这是个好兆头，他还在海里，他还活着。"

遵循保障渔民权利的条约，现在科多巴和阿尔瓦伦加的家人可以接受"假定死亡"的结果并索取赔偿了。葬礼过后，科多巴的妈妈安娜·罗萨要威利和米诺补偿 2 万墨西哥比索①，这是失事渔民家属一般能得到的赔偿。"科多巴死了，他的家人埋怨我，不停向我要钱，要价越来越高。"米诺说。他答应了安娜的要求，如数支付了现金，但他从不相信他绝非等闲之辈的得力干将禅查会葬身鱼腹。"在梦里，禅查对我说话。我梦见他三次。我没有告诉任何人他在梦里跟我说话，醒来后我觉得他还活着。"

米诺无法联系到阿尔瓦伦加的家人，不知道该把赔偿金给谁，但阿尔瓦伦加的父亲获悉了儿子的悲剧。小道消息在渔民之间传来传去，传到几百千米以外，最终从墨西哥传到了萨尔瓦多，在一家小磨坊工作的里卡多·奥雷亚纳听说儿子生不见人死不见尸的消息，无言地接受了丧子之痛。阿尔瓦伦加的母亲玛丽亚身患糖尿病，奥雷亚纳担心玛丽亚接受不了儿子的噩耗，一直瞒着妻子。他上三年级的孙女法蒂玛也对爸爸出事的消息将信将疑。"妈妈告诉我爸爸死了，被鲨鱼吃了。"法蒂玛回想起爸爸失事多年前

---

① 约合 7 000 元人民币。——编者注

的一次母女对话。"我才不相信。我过去经常做梦,梦见爸爸回来了,我醒过来,出门看见一个背影,等我追出去,那个影子转过墙角就不见了。"

阿尔瓦伦加总是梦见自己回到家乡,与家人重逢。"朋友们见面时肯定会说:'萨尔瓦多,你怎么样?'要不就是:'你可回来了!'我会哭着告诉他们:'我很好,我很好,赶快给我点吃的!给我吃的,面包,什么都行!'做过这样的梦,我感觉好了很多。幻想跟家人在一起,回到我的吊床上,让我感到欣慰。看到爸爸,我就说:'爸,我的小船漂走了!'爸爸会告诉我:'别管小船了,你人回来了就好,船就随它去吧。'"

身边环绕着虚幻的家人、朋友和情人,阿尔瓦伦加建起一道隔离墙,将残酷的现实挡在外面。平静的大海同样让他心旷神怡。"我一觉醒来,发现风平浪静,就会大笑起来。我感到很开心。我知道今天能捉到更多的鱼,也不会被雨淋湿了。"一想到多年未见的女儿法蒂玛,他就黯然神伤。他深感愧疚,这愧疚同时也是动力之源。他一边想女儿,一边发誓要做一个好父亲。法蒂玛可能永远都不会原谅他,但他决心赢回女儿的爱,重铸父女情。一想到自己可能命丧大海,留下女儿孤零零活在世上,他就重新燃起了不灭的求生欲。女儿需要他。但他仍对萨尔瓦多的帮派暴力和杀戮心有余悸,他的旧仇还没有了结,那次斗殴就像梦魇般挥之不去——那天晚上,当形势失控时,他被拖到酒吧外面,几乎死于乱拳之下。

几年前殴打和恐吓他的那帮混蛋很可能还好好地活在村里。村里人口不足2 000人,根本不可能瞒过他们。只要他回去,24

小时内就会无人不知，无人不晓。如果还有人存心报复，一场私刑和复仇是不可避免的。阿尔瓦伦加明白街头暴力的规则：遇害者会被下葬，但不会被遗忘。没准有人正在悬赏他的人头，尽管他与10年前的那次刺死人的事件毫无干系。阿尔瓦伦加再三衡量，最后拿定主意，这个主意很简单，符合他做人的法则。如果他能在海上活下去，就抬头挺胸地回到家乡。面对暴力威胁，他不会再做缩头乌龟了。那是一个父亲应有的担当。

第 12 章　生不如死

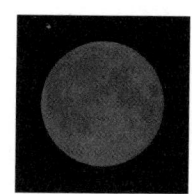

2013 年 12 月 1 日

位置：距墨西哥海岸 8 852 千米

N 5°35′21.53″ — W 176°45′33.52″

第 379 天

　　阿尔瓦伦加继续向西漂流，离富饶的海洋涡流越来越远，捕获的食物越来越少，相比之下，吃掉的越来越多。鱼干很快就要吃光了，养的鸟一天比一天少，连淡水供应也开始紧张，一个星期没下一滴雨。在这场征途早期，阿尔瓦伦加差点渴死，他对此心有余悸，格外警惕，于是大幅削减每日的饮水量。

　　只剩下 6 只鸟了，阿尔瓦伦加恐慌不已，整夜难以入睡，竖起耳朵等着海鸟飞来，落到船上。鱼笼经常是空的。他眼看着各种各样的鱼在船下游动，忍不住想跳下船去抓住它们，可他明白这注定徒劳无功。

　　他把每天的喝水量降到最低——一天两杯。这时候，身体开始暴动了，他努力压抑着多喝水的冲动。"随着体液流失，脸会起皱，眼窝深陷，嘴唇干裂，舌头肿大。"迈克尔·提普顿教授如此描述极端脱水的症状，"其他器官也需要液体，比如肾就需要水分维持功能,不然会功能衰竭。与此同时,你的精神也饱受煎熬。"

阿尔瓦伦加与每日相伴的宠物鸟潘乔分享少得可怜的食物。晚上,潘乔把头缩进翅膀里,挨着彻夜不眠的渔民主人;早上,潘乔会展翅高歌,取悦阿尔瓦伦加。这时,阿尔瓦伦加就会问他的宠物鸟睡眠如何,然后精神抖擞地宣布:"咱俩又开始了新的一天!"

干粮和水一天比一天少,阿尔瓦伦加抚摸着潘乔,盯着云彩,默默求雨。怎么还不下雨?他早已适应了每天突降大雨的气候,现在感觉自己在不毛之地艰难行军。

阿尔瓦伦加一只接一只地吃掉了剩余的几只鸟,最后留下了潘乔。他警告潘乔,说它已被列入濒危物种名单。尽管阿尔瓦伦加和潘乔现在感情非常好,友谊已经超越了人与鸟的界限,但潘乔毕竟是一只鸟,包含几百卡路里的能量和宝贵的营养。阿尔瓦伦加告诉他的鸟类朋友:"要是有别的鸟飞过来,我就不吃你,潘乔。真有一只鸟落下来了,我就吃了它,对它说:'潘乔,你躲过了一劫。'"

但最终还是没有一只鸟飞过来。只有潘乔。阿尔瓦伦加又等了3天,还是没有海龟和鱼。他看着潘乔,伤心地下了判决:"潘乔,今天就是你的死期。"

"晚上,趁着看不到潘乔的样子,我杀死了它。我用一块布蒙住它的头,没有动刀,直接拧断了它的脖子。"阿尔瓦伦加没有胃口精心准备,也没有心情想象香菜和调料。"我大口大口地吃,不像平时吃其他鸟那样细嚼慢咽。我残忍地吃掉了潘乔。"在阿尔瓦伦加心里，吃掉这只宠物鸟就像吃掉他的同类。"我把它吃掉了。我不求得到它的宽恕。"

没有吃的，阿尔瓦伦加饿得两眼昏花，他把手指甲咬得快要出血，把一块木板咀嚼成他能吞下的木浆。他用仅有的一把刀割下一些胡须，卷成球，用海水泡过，然后从淡水储存容器里吸出一点淡水，就着淡水把这个古铜色的毛球吃掉。

他想到鱼骨有营养，就用螺旋桨把甲板上的鱼骨头铲起来，碾成钙质丰富的粉末，这让他想起小时候在萨尔瓦多看母亲磨面的情形。鱼骨粉有点像粉笔末，他就和上一点水，勉强充当一顿饭。鱼骨粉吃起来好像冰凉的燕麦粥。

最后就剩下船壳上附着的贝类了。它们从漂流的第二周开始聚集，现在已经非常壮观，仿佛上千个船舵。每个贝都有一块肉，闪着诱人的色泽。它们多汁且滑润，是余味无穷的调味品和食材。阿尔瓦伦加是由于忌惮鲨鱼才没有把它们吃个精光。

身处大海，周围无数肉食动物，即便是一个像阿尔瓦伦加这样有着 12 年远海打鱼经验的渔民也难以消弭笼罩全身的恐惧。这里有远洋白鳍鲨、灰鲨和短尾真鲨。他每次头朝下探视这套小小的生态系统的时候，脑海里就会浮现 4.5 亿年前便已现身地球的鲨鱼经典的七排牙齿和其光滑、圆润的躯干。可是阿尔瓦伦加想碰碰运气。他下海游泳不下 10 次，意识不到危险性是会累积的。

海钓向导道格·路易斯（Doug Lewis）在太平洋上有着多年的经验，他太了解其中的风险了。"海水自上至下是从蓝变黑的，如果你见过鲨鱼从深黑的水下游上来的情景,就会明白那种感觉,就像一个鬼魂从面纱后现身一样,特别恐怖。"

阿尔瓦伦加明白,在太平洋的远海上游泳有几条简单的守则。第一条是与船的距离始终保持在几米以内。没有渔船,他必死无疑。守着漂浮的废品,他活不过一个星期,日晒和鲨鱼他一个都躲不过。

"我一直把我的船当作一架维持生命的机器。"路易斯说,"它是你的星球,能让你保命。每次离开船,或者没有稳稳地坐在船上的时候,危险就可能乘虚而入。或许,不经意间,一个浪过来拍到你的头,你就昏迷不醒了。你完蛋了。这样的事层出不穷。在你觉得不可能发生危险的时候,灾难降临了。"

阿尔瓦伦加的第二条守则是游泳时间要很短,一般不超过5分钟。鲨鱼抵达和疯狂捕食之间有一段短暂的缓冲期;即便在水里遇到了鲨鱼,他还有时间脱身。"虽然身边不远处就有鲨鱼,可离它们发动进攻还有一段时间。"乔迪·布莱特说,他经年累月地在人迹罕至的太平洋上探险和钓鱼,"它们会游上来撞你,或者靠着你又摩又擦,如此反复几次,然后就游走了……你看不见它们,并不意味着它们不在那里。"

被逼无奈的阿尔瓦伦加第一次为填饱肚子而下海游泳。他以前游过十多次,顺便吃了一些贝类,但是从未专门为了吃它们而下潜。他当然明白这次下潜的意义,其中的风险跟以往不可同日而语。

他在水里睁大双眼,海水清澄,60米以内都能看得清清楚楚,然后就变成一团黝黑,这种先蓝后黑的颜色和暴风雨的颜色类似,但云层在天空中清晰可见，阿尔瓦伦加甚至能估量它的大小，不像大海这样黑不见底。

阿尔瓦伦加打量着船底，清点随船漂流的常住居民。这个生态系统刚刚经历了一次凌晨轮岗，鲭鲨刚刚离去。它们的游泳速度可以达到 87 千米/小时，捕食效率惊人。"鲭鲨根本就无法预测，它们吓得我屁滚尿流。"布莱特说，"如果海里有鲭鲨，我说什么都不可能下水。它们跃出海面的时候，我往往会躲到发动机之间。它们能直接跳到船上。"

鲭鲨刚走，50 条锤头鲨形成的一大团阴影逼近了阿尔瓦伦加。它们没精打采地游着，仿佛慢动作一般。在阿尔瓦伦加眼里，锤头鲨不是威胁，反而会激发他的好奇心。他从未听说有人遭到锤头鲨的袭击，他也经常徒手把锤头鲨拖上船。他看着这群锤头鲨浩浩荡荡地离开视线。即使看不见鲨鱼，他也明白海洋世界瞬息万变，下一秒什么事情都可能发生。

布莱特想起以前与鲨鱼的一次不期而遇："我看见一个小点，逐渐放大，几秒钟的工夫以后就变成了一头几百千克重的短尾真鲨。我吓得灵魂出窍。它停下来，好像能紧急刹车一样，我到现在都不知道它是怎么停住的。它停了一秒钟，就像在发电报，似乎在说：'赶紧滚出我的地盘。'我乖乖地滚了。"

没有鲨鱼游过来。阿尔瓦伦加身边簇拥着上下左右游动的扳机鱼，它们的背鳍好像鸟的翅膀。等它们游到触手可及的范围内，阿尔瓦伦加便能看清它们身上如梦似幻的弧形、斑点和漩涡形状，好像 20 个世纪 70 年代带有加勒比海风情的波普艺术。扳机鱼会攻击水肺潜水员，还会吃幼龟和小鱼，就连维基百科都形容它们

"出了名的脾气暴躁，反复无常"。扳机鱼并不惧怕这个胡须茂密的渔民，它们凑了过来，阿尔瓦伦加反而心生恐惧，害怕落到扳机鱼口里。如果有十来条生龙活虎的这种海洋食人鱼向他发起进攻，将会是一场血腥的大屠杀。他的眼前显现这一画面，心想那种痛苦应该像无数个指甲刀剪遍全身一样。

阿尔瓦伦加深吸一口气，敏捷地在船下游动。他的双手沿着船壳采集蚌等贝类，头转来转去，留意着是否有肉食鱼类的迹象。这一套并不容易的动作渐渐变得熟练：转头，扭身，摘取贝壳，放到T恤的碎布上。坚硬的胡须时不时地浮起，阻碍他的动作。几个月来，鱼肠、鸟血和其他黏性物质让胡须变得生硬。他的头发也像木头一样硬。他在船边游着，频繁出水换气，这里根本看不到地平线，但很容易想象不停摆动、对鲨鱼形同诱饵的双腿之下就是深不可测的大海。除了恐惧和对深海怪兽的秘密了解，在阿尔瓦伦加看来，大海还是乐善好施的。否则，他怎么能活到今天？

阿尔瓦伦加小心翼翼地爬回渔船，提醒自己不要丢了到手的战果。一上船，他就瘫倒在地。他既恐惧又疲惫，长时间紧张后突然全身放松，感觉好像刚刚突出重围一样。他把战利品倒在甲板上，撬开十多只贝来，把肉一点一点抠出来。他拿出刀，把蚌肉剁成肉丁，然后装满两个瓶子。这既是美味，又是上佳的诱饵。他把肉丁扔进海里，马上引来了扳机鱼，当然有不幸的扳机鱼逃不出他的魔掌。阿尔瓦伦加再次回到了全天候的狩猎采集生活中。先是采集贝类，剥出肉，然后用肉做饵抓扳机鱼，就这样，他构建了一条食物链。

小金枪鱼——数月不曾见到的美味佳肴，现在也出现了。"它们吃完小鱼就游到船边休息或者消化。我趁机捉住,不让它们跑了。它们什么都吃,肚子里什么都有,尤其是沙丁鱼和黑鲈。切开它们的肚子,就看见泡在胃液里的黑鲈。我吃的时候假装它们已经烤熟了。"

存储的淡水依然在减少。那些盛着雨水的半升塑料瓶一个接一个地变空,所剩无几,阿尔瓦伦加几欲发狂。老天爷太吝啬了,不像以前那样每天都下雨。现在他又被困在赤道无风带里,看着周边浓云翻滚、电闪雷鸣。

阿尔瓦伦加本能地察觉到了变化。海风卷过水面,他嗅到了浓郁的清新气息。天空再次降下瓢泼大雨。他欢天喜地地用容器接雨,身边又开始生机勃发。一连好几天,大量树枝和杂物从他身边漂过。鸟儿们也回来了,又落到他的小船上。它们比先前数量更多,体形更大,阿尔瓦伦加贪婪地注视着它们饱满的腿和胸。然而,虚弱的身体阻碍了他捉鸟本领的恢复。逮住一只鸟要花的时间比以前更长,但最终他还是捉到一些,足够吃一天的。他贫民窟一样的小船上逐渐积累了十多只海鸟。

2014 年 1 月 1 日

位置: 距墨西哥海岸 9 978 千米

N 4°30′29.54″ — W 175°55′43.37″

第 410 天

穿越赤道无风带的海员都想尽快脱身,一刻都不愿意停留,因为那里天气非同寻常，变化莫测，让人无所适从。和天气类似，阿尔瓦伦加的精神状态日益恶化。长年困在小船上，他个人标签式的理性、对信仰的坚持和层出不穷的点子难以抵御极度身心疲惫的侵蚀。"我觉得自己营养不良。"阿尔瓦伦加说，"就想找个角落坐着。我越来越不想动弹。我的力气一点一点地消散了。我知道这是在走向死亡。"

阿尔瓦伦加连抱怨、担忧和愤怒的力气都失去了。他陷在精疲力竭的沼泽里。他窝在冰柜里，汗流浃背，好像在跑一场马拉松。他心想："我这是要融化了吗？"只要在太阳底下停留超过10分钟，他就要被晒得皮开肉绽。曾经数度穿过太平洋赤道无风带的资深航海家伊万·麦克法迪恩说："又热又晒，每天我都觉得我快疯了。我找地方躲日头，那里无比闷热，还很潮湿，更可怕的是还没有风。即便待在设施齐全、补给充分的帆船上，感觉也糟透了。在穿越赤道无风带时，一定记住要严格走直线，这样距离最短。顺着赤道无风带漂？完全没有动力，只能顺着洋流走？我实在想不出比那更惨的情况了，那无异于徒步穿越沙漠，感觉简直像用滚烫的棍子戳你的眼球。"

阿尔瓦伦加躲在冰柜里，双脚砰砰地跺着甲板——回声如同警钟，提醒他此时此刻他还活在此地。可是他的双脚发颤，虚弱无力，脚踝就像脱臼了一样。他没什么力气，但也安定不下来。他现在连走路都困难。"我的身体感觉不到疼痛，但还是一个劲地喊。我冲着四面八方喊叫：'我想离开这个鬼地方……听见了吗……有人吗，给我点吃的，给点水……我知道你在听！'我怀疑自己要精神错乱了，然后瘫倒在地。"

白天顶着烈日到甲板上小憩 10 分钟的时候，他一般这么做：掬水洗脸，冲凉，体会水流下身体时短暂的凉爽。他下意识远眺地平线，就像过马路之前留意四周一样。海面平静时，他可以一直望到 30 千米、300 千米甚至 3000 千米远处。天与海间空无一物，只有大自然施展着她的力量。

一堆新垃圾随着洋流漂过来。阿尔瓦伦加像一名侦察员一样一丝不苟地检查着工业废弃物，尤其着迷于有着一口咖啡色残余液体的塑料瓶，这些沉淀物好像泡了水的木屑，闻起来像胡椒粉，他越发好奇。他不晓得他喝的是什么神秘饮料，也不知道它们是从哪里漂过来的，只是毫不迟疑地喝个精光。直到上岸后，他才得知自己如此迷恋的饮料究竟是什么东西，禁不住一阵恶心。

阿尔瓦伦加越来越频繁地感受到挫败和沮丧。他从海里捞起一块塑料布，打算用钓线串起来，做成大三角帆。在多次尝试之后，他手里只剩下一堆破烂的塑料布，扬帆远航的梦想破灭了。没有利器，阿尔瓦伦加想出来的点子无法实现。他需要钉子。他还把左手小指当成 17 号扳手，试图拆开超过 160 千克重的舷外机。这台发动机的重量相当于两个阿尔瓦伦加，可想而知，他的漂流有多么缓慢。

就在阿尔瓦伦加意志消沉的时候，地平线上隐约传来发动机的声音，影影绰绰出现了一支小船队。阿尔瓦伦加每天都能看见商业船只，不只集装箱船，还有各种大小的货轮，朝着同一个方向上航行。他是不是正位于国际运输航道上？他没心思琢磨这些船的来历。"我只希望它们把我救走。可它们一艘又一艘地开过去，我对这些船都有点麻木了。"

后来，一艘船远远地正对着阿尔瓦伦加开过来。这艘船有好几层，在海上乘风破浪，刀尖一般瞄准阿尔瓦伦加开来。阿尔瓦伦加相信两条船肯定会撞个正着。这艘集装箱船越来越近了，近到阿尔瓦伦加担心自己的小船会被一劈两半的距离。他是不是得跳下去躲避这次撞击事故？大船从阿尔瓦伦加身后40多米处路过，继续前进，他紧紧盯着白色船体，寻找着舰桥和放哨的人。"救命！这儿！这儿！这儿！"巨轮船舷上出现了三个人影，阿尔瓦伦加拼命呼救。那三个人手持鱼竿，在五层楼高的地方钓鱼。他们向阿尔瓦伦加挥手时，阿尔瓦伦加抬头敬畏地注视着他们，他甚至不敢相信自己的眼睛。自己终于得救了！有人看到他了！他们会用什么样的救生船呢？怎么放下悬梯呢？但是没有一个人做出施救动作，他们没有通知船长的意思，大船没有放慢一丝速度，而是继续迅速前行，上面的人甚至还在随意地冲他挥手。大船留下的尾波让阿尔瓦伦加站立不稳。震惊之余，他又喊又叫，然后陷入了沉思。怎么会这样？这条船是真的吗？它也许是专门来摧毁他意志的一次疯狂的臆想。他诅咒船上的人，诅咒大船及其船长。他再一次放弃了被大船拯救的奢望。那天晚上，他仰望星空，白天的一幕重现心头。那一幕的确是真实发生过的，他继续想下去，大船有什么理由不停呢？三个船员还冲自己挥手示意了。阿尔瓦伦加百思不得其解，喊出了自己的迷惑："你们以为我是来这里散心的吗？"

这一次擦肩而过的经历摧毁了阿尔瓦伦加。他的精神萎靡，反应更加迟钝，求生的意愿被大大削弱了。海水灌进船里，他心烦意乱，根本无心排水。他感觉自己死期渐近，他能想象自己像科多巴那样虚弱地死去，连吃饭的欲望都丧失了，一心想着闭目养神。"我懒得干活，只想四仰八叉地躺着。浑身都没有力气。我想得太多了，打不起精神，就是一个劲地发愁。"

阿尔瓦伦加回忆起科多巴无神的目光、与自己漫不经心的对话和对事物视而不见的状态。如今，他也染上了同样的毛病：丧失了求生欲。他泄了气，不再变着花样保持斗志，独出心裁的黑色幽默也消失了。他对周围的一切都漠不关心，一连几个小时盯着柜顶；有时候，他一整天都留在冰柜里，脑中一片空白，心如一潭死水。他感觉到自己正在一步一步迈向死亡。杀死他的不是饥饿，而是寂寞的深渊。他一心想逃离这艘小船。他感到头很轻，似乎要昏倒。他依然在祷告，试图让自己变得积极起来，但求生的意志一点一点地消逝了。船下出现了新鱼种——黑鲈，还有海豚，它们在身边游来游去，可他无动于衷。"我的肉体消失了。我没有了力气，在冰柜里等死。我很虚弱，不停地想到自己的死亡。这么多念头让我无法承受。"

每个人的死亡都是独一无二的，对阿尔瓦伦加来说，死亡是从脚趾失去感觉开始的。"我按摩脚趾，尽力让它们暖和起来。"阿尔瓦伦加说，"膝盖以下都僵死了，走不了路。身体没有反应。我使劲捶腿，双脚、小腿没有一点感觉，都僵硬了。膝盖以下什么感觉都没有，麻木感就这样蔓延到全身。"

连完成简单的动作都很困难，捉鸟更是难于上青天。在凳子上翻身几乎是不可能的。他的双手还有力气，视力也还敏锐，但两者协调时总是出错。他抓住了鲨鱼，却总是让它们从手中溜回大海。后来他开始闻到自己身上散发出的气味。"我的身体就像一具尸体，开始腐烂、死去。盐能保存全尸吗？"

他试图恢复肌肉力量，可为时已晚，身体不听使唤。双腿"开始发木，什么事情都不想做"。他做噩梦，梦见死神，不断地梦见自己去买枕头。"我一天比一天痛苦。我曾经目睹同伴的死亡，而我想我应该先是倒地不起，然后开始风干。我胃里一点东西都没有。我觉得自己会慢慢地死去。"

大雨铺天盖地下个不停。阿尔瓦伦加趴在船上哀号。"我呼唤上帝，对他说：'我存的水够喝很多天了。'"结果雨却下得更大了。船里满是水，阿尔瓦伦加只能接受这个现实。"我一直是个手脚勤快的人，可现在只能漂着。"船上的水已经有30厘米深了，他躺着，看着满天繁星，有羽毛从脸上漂过去。船头上十多只愤怒的海鸟咯咯大叫，一片吵闹，他置若罔闻。水轻轻抬起他的身体，一切都变了样，他以前怎么没想过这种情况呢？他觉得生命力已经从身体里流失了一半，但至少现在不用对付重力了。"我等着自己被风干，我觉得我要晕过去了。我发着烧，情绪低落，看起来活不了几天了。我身上一点力气都没有，只吊着一口气。我将死于绝望，死于孤独。"

不知何时，洋流速度加快，他竟然看见船后出现了尾流，但是没有地标参照，很难判断前进的情况。定向倒是容易——他只需根据朝阳和落日来判断。但他急于确定漂流状况，于是开始采取一种新的日常做法。每天早上，他把羽毛扔进尾流。他比较尾流里羽毛漂浮的轨迹和旭日初升时的光线，以此确定航线。羽毛不再指向西南，他的猜测得到了证实：他现在正向北方漂去。

阿尔瓦伦加又开始大声地同天国里的科多巴对话。月亮经历了 15 次圆缺，漂过未知海域的阿尔瓦伦加深信他的下一个目的地就是天国。他开始征求昔日伙伴科多巴这个过来人对自己下一程的看法。"我与死亡的关系中不再有恐惧。如果我大限将至，那就死吧。那是上帝的意志。我不会自杀的，但是我等着，等着死亡的到来。"

第 13 章 雄鸡啼晓

2014 年 1 月 15 日
位置：距墨西哥海岸 10 300 千米
N 3°51′21.61″—W 173°10′11.24″
第 424 天

阿尔瓦伦加无比憔悴地躺在甲板上时，远处星星点点的灯火把他惊醒了。在夜间的大型捕鱼作业中，渔民会使用大功率探照灯以避免事故，看这场面，应该在捕捞价值高达百万美元的金枪鱼。但与探照灯相比，这片灯光更加明亮，范围也更广，看起来更像是海滨的居住区，除了陆地还能是什么呢？阿尔瓦伦加盯着这片灯火，开始浮想联翩，没准他可以加入这群未知的居民当中。他对太平洋岛屿文化的了解仅限于道听途说，其中最突出的当属食人族。这里会不会是食人族的居所？但他已经顾不上考虑自己会面对怎样的欢迎宴会，比起对食人族的恐惧，对登上陆地的渴望还是占了上风。他想，距离萨尔瓦多已经万里迢迢，自己只好先找一份工作，挣够买一张回家机票的钱。他脑子转得飞快，越想越远，甚至开始思考上岸后该以什么手段谋生。他可以随时回到萨尔瓦多去烤面包。他在墨西哥非法生活了 13 年，没有工作证明，没有护照，现在还得说明唯一的同伴的死因，他完全没有考虑这些问题。阿尔瓦伦加并不知道，他现在是高度数字化的世界里的一名国际旅人。

他盯着灯火越久，越觉得这座城镇大。这有可能是一座城市吗？他觉得这里应该有数百名居民。他漂到了基里巴斯共和国的图库热热岛吗？基里巴斯居民可不是什么食人族，而是虔诚的波利尼西亚人，说多种语言，延续着悠久的传统：被冲上岸的不速之客值得受到热情款待。热情好客是偏远的太平洋岛屿风俗的基本特征，这种习俗受到进化论和利他主义的同等影响。大旱季节性肆虐，岛上的居民如果不齐心协力获取水和食物，很多人便会饥渴而死。和阿尔瓦伦加设想的一样，他不会落入食人族的魔爪，有这些体贴好客的当地居民款待，他更有可能获得食物和衣服。但他距离岸边太远了，即使没有鲨鱼也游不过去。看着灯光远去，他的希望跟着破灭了。阿尔瓦伦加开始怀疑这是上帝的又一次考验，还是撒旦的另一次折磨。陆地只有咫尺之遥，没准这是他获救的最后一次机会了。他无数次闯过了鬼门关，偏偏要死在与文明社会距离这么近的地方吗？

阿尔瓦伦加觉得自己快要淹死在无休无止的大雨里了。从遥远的东边漂过来的时候，风眼很小，等漂到这里时，整天都是倾盆大雨。73个半升的塑料瓶，18升的桶，还有那个蓝桶，全部灌满了雨水。淤泥在蓝桶底部沉淀，原先的水变成了褐色。他正好可以用新接的雨水稀释蓝桶里的脏水。"我看着船上的水，真心不想舀，可还是得舀。又下了一场雨，我又得舀水了。我的骨头快散架了。我想休息，恢复体力。"

2014 年 1 月 29 日

位置：泰尔岛，马绍尔群岛共和国

N 4°37′16.06″—W 168°46′33.77″

第 438 天

风力强劲，海流顺畅，阿尔瓦伦加乘着小船飞快地顺风前行，突然冷雨骤降，模糊了视线。椰子在水面浮沉，许多滨鸟在天空中翱翔。阿尔瓦伦加呆住了，眨了眨眼睛。他的颈部肌肉变得紧张。他眯起双眼仔细地瞧，雨雾迷蒙之中，出现了一座热带小岛。他抹掉挡住眼睛的雨水，不是幻象，小岛的确在那儿。那是一座郁郁葱葱的太平洋环礁，一座碧水环绕的小山岭。

小岛越来越清晰，阿尔瓦伦加看见了棕榈树林。鸟儿繁多，让他想起萨尔瓦多海边的家乡。它们不是信天翁那种跨越太平洋的候鸟，没有符合空气动力学的完美体形，而是体重更大的滨鸟。它们急于降落，容易捕捉。眼下它们成排地落在杆子上，如同狂欢节小摊上的靶子。阿尔瓦伦加忍不住开始抓鸟。他的大脑已经形成了条件反射，总是优先考虑这类行动。

阿尔瓦伦加没有料到这些肌肉发达的滨鸟的力气如此之大。他抓住一只鸟的一条腿，那只鸟一口就把他的前臂咬出了血。他把它倒提起来，紧紧抓住拼命扇动的翅膀。鸟不甘受缚，挺起身来猛啄阿尔瓦伦加，他一怒之下差点把鸟扔下船，可还是捉住它麻利地杀死了。看到这只鸟血肉模糊地伏在脚下，阿尔瓦伦加的怒火忽然消散了，他感到一阵愧疚。无论在陆上还是海上，阿尔瓦伦加都是一名猎人，可他对休闲娱乐性质的打猎毫无兴趣。在墨西哥的时候，有一次同事们硬拉着他去看斗鸡，他对那种不可理喻的血腥爱好深恶痛绝，愤然离去。

他打量着小岛，第一反应就是下船游上岸，考虑到虎视眈眈的鲨鱼，再加上对自己的力气没有把握，他打消了这一念头。他掂量着目的地的真实性。幻觉不可能延续如此长的时间，难道他的祈祷终于应验了吗？他的头脑里迅速闪现出多个灾难场景：海风将他吹离航线，往来的方向漂去，以前就发生过这样的事。或者小岛最终只是一场噩梦，折磨着他衰弱的灵魂。他盯着小岛，力图从岸上找到一些蛛丝马迹。这座岛太小了，虽然只看到小岛的一面，但他估计它只有足球场那么大。他寻找着棚屋、公路和小船——只要有这些东西，就肯定有渔民。但看起来这是座荒岛，没有公路、汽车和住宅。

阿尔瓦伦加又向船后撒了一些羽毛，然后调整前进路线。这里正是海浪最为平稳的地方。他看不见近岸浪和白沫——它们的存在说明有岩石和珊瑚礁。阿尔瓦伦加祈求上帝让海浪把他冲上岸。"我一直提醒自己，实际距离比看上去更远，路上会有动物、鲨鱼或者锋利的岩石，我得稳住。我不停地告诫自己要冷静，寻找合适的机会。"

眼前的景象让他难以置信，很快就会得救这个事实让他既紧张又兴奋，只好靠吃东西来分散注意力。他拾起脚下的死鸟，剥皮，撕掉结缔组织，保留宝贵的鸟肉，然后一边急不可耐地把鸟肉塞进嘴里，一边打量着小岛。扳机鱼干是更实惠的零食，可阿尔瓦伦加不想让自己的双手闲下来。拔毛只需重复单一的动作，能帮助他消解压力，平复心情。杀鸟、清理、吃鸟肉的全套流程，阿尔瓦伦加一气呵成，他眨眼间就吃掉了一只，然后吃第二只，随后又是第三只。

又漂过来一个瓶子，底部沉淀着奇怪的木屑样的东西。虽然又辣又苦，阿尔瓦伦加还是把这种渣滓和少量液体吞下肚。这种瓶子里的东西好像胡椒粉，那股辛辣让他精神为之一振，就像喝了一杯咖啡。然后，他开始切一天前捉到的海龟。他放开肚皮，大口吃喝，不再顾忌食物和水的每日配额。两只海龟下肚，他吃得饱饱的，钻进冰柜里躲雨。

他最不应该在这个时候打盹。现在他用不了半天就能漂到岸上，或是遇到其他船。如果海流有变化呢？如果一觉醒来漂出几千米远，他怎么才能游到岸上呢？但阿尔瓦伦加还是肚子溜圆地爬进冰柜，仰面朝天，呼呼大睡。他梦见了鲜美的螃蟹，梦见自己在岸上与人谈天说地。

这次午休不到一小时，他一醒来就冲出冰柜，被眼前所见惊呆了。他距离小岛更近了，不过1千米左右。他用刀割断拖着浮标的参差不齐的绳索，这一举动有点冒险。浩瀚大海里，如果没有海锚，遇上一般的热带风暴，他会轻易翻船落水。可是海岸线看得一清二楚，他决定求快，放弃求稳。

一个小时之内，他应该会被海浪裹挟着冲上海滩——尽管登陆点看起来不甚平坦。他曾经驾着满载战利品的渔船和近岸浪较量过数百次，现在他打算在最后一刻弃船。在墨西哥，有些倒霉的渔民没有躲过诡诈的近岸浪，头部受到重击，死在了家门口。阿尔瓦伦加可不想功亏一篑。

刚过下午，阿尔瓦伦加就在向海岸靠拢。他觉得自己好像一

第 13 章 雄鸡啼晓 173

名冲浪者,尽管一小时还移动不了3千米。距离海岸还有几个足球场远,他按捺不住,打算下水游上岸,可又担心体力耗尽而溺亡,就放弃了这一计划。雨还在下,雨点冰冷地敲打着身体。在这翻滚怒海之上几千米的高空,水汽受冷凝固,变成巨大的雨点,仿佛小冰块一样落下来。阿尔瓦伦加开始打哆嗦,但他打起精神,不敢寻找地方躲避。

经过半天的期待,他终于离岸边只有不到10米了。阿尔瓦伦加坐在栏杆上,准备往下跳。翻滚的浪花好像能席卷一切。他像高台跳水运动员那样护着头,举起双臂,纵身一跃。他的双手撞到了水底的石头,但仍然紧紧倒攥着那把刀,刀锋贴着小臂。他站起身来哈哈大笑,这里水深只到腰部。不远处,他的小船撞击着海岸,差点被掀翻。蓝桶漂出去很远。他捉来的那些鸟惊叫着,惊慌失措。阿尔瓦伦加竟然忘了把船拖回来,而是蹚着水径直朝岛上走去。他的双脚不够坚实,双腿软弱无力,在水里根本走不动,于是他漂在水上,试图游过这段最后的距离。到处都是水母,蜇得他浑身刺痛,一阵浪头回落,把他往回推,他以为又要被冲回海里了。他走了几步,调整姿势,又开始漂浮,脸露出水面,"像一只海龟一样划水",最后,一道大浪把他像浮木般高高抛起,扔到海滩上。潮水退去,阿尔瓦伦加面朝下卧在沙滩上。"我趴在沙滩上,足足趴了一分钟。手里抓着一把沙子,像抓着宝贝一样。"他说。

他手脚并用,越爬越高,爬向干燥的沙地。他没有回头。他爬得非常慢,腿上、胳膊上满是鼻涕虫,肚子上也是,他感觉它们就像吸血的蚂蟥。"我身上有十多条。"他用尽全身的力气爬到高出水面五六米的地方，在棕榈树下避雨。他极目四望，看见小船顺着海岸被海浪冲出很远。救命的蓝色塑料桶不见了，之前抓到的两只鸟逃走了。它们扑棱着折断的翅膀，沿着海滩蹒跚地走，虽然一瘸一拐，但是恢复了自由身。

阿尔瓦伦加身心俱疲，脑中一片混乱，索性倒头大睡。"感觉得救在望，看到救生船开过来，这种情形之中，人们会如释重负。"迈克尔·提普顿教授解释道，"长期紧张之后，一旦突然放松，人会瘫倒在地，血压及身体状况会显著恶化。"

阿尔瓦伦加醒来时，发现身上又爬满了蚂蟥和鼻涕虫，他愤怒地把它们扯下来扔掉。他的躯体只剩下一个空壳，双脚和新生儿一样软，腿部肌肉萎缩，孱弱无力，无法支撑身体，也无法提供足够的力量保证血液回流至心脏。对宇航员太空失重后果的长期研究表明，被强迫"卧床休息"4 周后，哪怕是训练有素的运动员也不能起身站立。"长期缺乏半个小时的步行或普通的身体活动，对心血管系统状态、骨矿化作用、有氧代谢能力和血压控制都会造成巨大影响。"提普顿说，"长期限制在狭小空间里，这些情况都会恶化。你想站起来的时候，有可能会一头栽倒，失去知觉。"

阿尔瓦伦加像婴儿一样向小山坡爬过去，决心在天黑之前离大海越远越好。他爬过坚硬的地面，停下来祈祷。经历了那么多次九死一生，他深信冥冥中有一只神圣的手在发挥作用。他用木棍、石头和野花搭了一个祭坛，祈求虚弱和肿胀的双腿恢复力量。然后他就把野花吃掉了。

阿尔瓦伦加听着远处的海浪声，观察着新环境，四周都是在肥沃的火山灰中茁壮生长的茂密的棕榈树。这里的勃勃生机让他感到惊愕。对他来说，树枝里流淌着的是无尽的卡路里。鸟巢建在高高的棕榈树冠上。他用心记忆着飞鸟的运动轨迹，以琢磨出一套方法来抓住它们——只要是活着的，能飞会动的，都是潜在的食物。阿尔瓦伦加像吃草的山羊一样在坡上流连。他一边爬，一边抓起植物和海滩上生长的草塞进嘴里，他不管味道如何，一味大口咀嚼着。他吃着草，品味着这个新奇的世界。他以海龟血、生水母和自己的指甲为生了这么久，这些花花草草又算得了什么，至于是不是有毒，还是吃了再说吧。

几乎全身赤裸的阿尔瓦伦加只找到了一个斜坡，就像野兽一样爬了上去。只要爬上山顶，他就安全了，而且还可以登高远眺。他恨死了像慢动作一样的爬行，真想一口气冲上山顶，但这是不可能的。即便是缓慢爬行都快让他吃不消了。中途，他爬到树下，听着动人的天籁，美美地睡了一觉。不再有海浪枯燥乏味地拍打船体，现在回荡在他耳边的是植被繁茂的小岛上雨打芭蕉的交响乐。有棕榈树遮风挡雨，他可以高枕无忧了。

醒来时，阿尔瓦伦加感到一阵惊恐。他得抓紧时间行动。他以为这些都是幻象，害怕自己只要停止前进，这些美景就会消失殆尽，而他会在无边无际的海上的那条小船上醒来。他决心想尽一切办法找到回萨尔瓦多的路。他得与家人团聚，得兑现去拜见科多巴母亲的诺言。但现在他置身于无人岛，光着身子，又冷又饿。"我就像人猿泰山一样赤裸裸地爬进了丛林。"他说，"我悄悄地爬向鸟窝，打算掏鸟蛋。我想，我白天可以爬到树上，等它们晚上回窝。"

小岛上遍地都是绿油油的椰子，要是阿尔瓦伦加细心查看的话，应该能发现新近的刀痕，那是人们收椰子时留下的痕迹。"我行动不便，还是拼着力气收集身边的椰子。我用石头敲开一个椰子，开始喝椰子水。这下肚子有福喽！我感到全身上下都舒服了。我已经很久很久没有吃过这种东西了。"

阿尔瓦伦加爬上山顶，急切地想体验这座"小山"（实际上，那不过是个高出海面3米的土堆）顶上一览无余的视野。趴在"山顶上"，他看到了五彩缤纷的植被、地形轮廓和在此地栖息的动物。终于不用再跟水打交道了，他松了一口气，可是没能把船拉回来是个大大的遗憾。为什么不把"泰坦尼克"号拉上来呢？如果必须离开这个小岛又该怎么办？他用什么再次踏上征程？他一边看着太阳下沉，一边寻找着各种线索来加深对新环境的理解。他在哪儿？这里有人居住吗？岛虽小，可两边都是更大的岛屿，这些岛屿串起来，形成了直径40千米的圆环，中间藏着一口平静的潟湖，从高处看起来宛如一枚巨大的婚戒。阿尔瓦伦加没有见到一条船，但眼前的景色让他满怀希望。潟湖里肯定能打鱼。但用什么做鱼钩呢？他决定第二天一大早就沿着小岛找金属废料，"工欲善其事，必先利其器"，这样才能开启新生活。但首先要做的就是拉回小船。

阿尔瓦伦加呼呼大睡，大约早上4点，他在拂晓之前醒来，浑身又湿又冷。他勉强站起身，一眼就看见附近的小岛上有一簇灯光。文明社会就在身边，可如何到达那里？他以为那又是幻象，没有多想，随即又倒头睡去。噩梦缠身，他梦见自己还在船上，醒来后头痛欲裂。他花了一个小时环顾四周，最后才确认自己不

第 13 章 雄鸡啼晓

是在梦里。

雨很冷，尽管气温是舒适的 24 摄氏度，但阿尔瓦伦加依然浑身颤抖。他怀念冰柜里安全、熟悉和温暖的环境。为什么不把船拖上岸呢？为什么不留下以前捉的鸟呢？他一门心思想上岸，甚至把常识都抛在脑后。谁也不会轻易让一条能够乘风破浪的小船漂走，尤其是在这荒陬之地。如果不得不匆忙弃岛，他该怎么办？如何逃脱？游泳吗？的确，他是游上岸的，他还可以游到几个小时前看到有灯光的远处。但这个做法是不是太傻了？他连在地上爬都很吃力，何谈长距离游泳？阿尔瓦伦加脑海里闪现一个又一个方案，随即又否定了它们。他的大脑仿佛被劫持了，十多种声音争执不休，每一个都在阐述一种悲惨场景。

幻象与现实之间的界线格外模糊，但阿尔瓦伦加看见了一条水沟和一块沙地，他觉得后面的山谷适合安家，于是顺着山坡向后爬去。他打算游到那个大一点的岛上去。突然间，他注意到一个红色的东西。他愣了几分钟才发现那是一件男式衬衫，一件红色的短袖衬衫，挂在晾衣绳上。他心头狂喜，小岛上有人！然后他听见了"世界上最壮丽的声音"，一只雄鸡的报晓啼鸣。

阿尔瓦伦加被冲上岸

太平洋

埃尼耐托克岛

埃邦潟湖
（受到保护）

埃米和拉塞尔的家
（阿尔瓦伦加在此获救）

埃米在此发现
阿尔瓦伦加

河道

泰尔岛
（无人岛）

阿尔瓦伦加的
海上路线

阿尔瓦伦加在此上岸

泰尔岛最高处（大约3米），
阿尔瓦伦加上岸后第一夜
在此度过

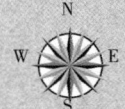

0　　200　　400 英尺
0　50　100 米

第 14 章　海上来客

"救命！救命！救命——"阿尔瓦伦加高喊。这个忍饥挨饿的渔夫在湿淋淋的棕榈叶、锐利的椰壳和香气扑鼻的野花之间匍匐而过。他从坡上爬下来，一点一点地朝一个木棚挪过去，那里有一群鸡和一头猪。穿红衬衫的是谁呢？那个男人危险吗，有刀或者枪吗？食人族会养公鸡吗？阿尔瓦伦加一通胡思乱想。他习惯了潮起潮落、摇晃起伏的海上生活，踏上坚实的地面后竟有些眩晕。在这块地面上，他感到不怎么踏实。

这位曾经充满自信的远海渔夫连几秒钟都站不住。"我是彻底垮了，成了纸片人。剩下的就是内脏，一层皮包着骨头。我的胳膊上没有一点肉。大腿像麻秆，又瘦又难看。"

正常情况下，强壮的阿尔瓦伦加会像一阵风一样冲下山，用不了几秒。现在，他就像一个醉汉一样，得扶着树干一步一步地挪，从一棵树挪到另一棵树得用好几分钟。他的双脚跟随大脑的指示向前拖，但就是不听指挥。上肢相对有点力气，但不能爆发出力量，跟昔日在墨西哥那群健壮的渔民中开展的举重大赛上打遍全场无敌手的那个阿尔瓦伦加不可同日而语。

阿尔瓦伦加的心脏也很虚弱，无法让足部血液上流。他感到头昏目眩。他坐在潟湖边上的沙滩上，潟湖看上去面积不小。他现在在哪里？他祈求上帝把他冲上岸，上帝倒是显灵了，但丝毫没有想象中的舒适生活。深深的焦虑蚕食着他的信心。现在，任何比狗大的动物都能把他扑倒，一个人若是想伤害他，更是轻而易举。

在海上漂了这么长时间，当绝望和希望争夺阿尔瓦伦加的心智控制权的时候，他都能让它们暂时休战。无论是通过视觉还是听觉判断，他所站立的地方都是一个小村庄的外围，在这样的地方，头脑中的恶魔是不可能跳出来将他打倒在地的。冲上这个小岛简直就是不可思议的绝处逢生，然而海上劫难留下了无法抹去的创伤，让他无法想象如何脱离这种创伤，重新回到正常的生活轨迹中。他着实陷入了一种临床上的创伤后遗症状态，而且他太久没有与人接触过，已经完全不适应这种情况了。

正对面，在河的另一端，红衬衫挂在晾衣绳上。阿尔瓦伦加向前挪过去。他能跨过浅水吗？站起身，哆哆嗦嗦地试图渡过两岛之间的15米宽的河道。他用西班牙语喊："有人吗？有人吗？"

河道对面的木棚里，刚吃完早饭的埃米·李波科米托听到有人在喊。"我站起来张望。我朝另一个小岛看过去，发现那边有个白人。"埃米说，她在这个岛上收椰子，"他只穿着内裤，在那里大喊。他看起来很虚弱，很饿。我的第一个念头就是，这个人是游过来的，他肯定从船上掉下来了。"

阿尔瓦伦加看见埃米，大吃一惊。"我吓坏了。我告诉自己，这里没有人在。怎么会有人在呢？如果没有人在，这里怎么会有人呢？我竭力保持头脑清醒。是的，是的，我是在人间，这不是幻觉。"阿尔瓦伦加几乎陷入了癫狂。在海上漂了这么久，在将近一年后再一次遇见同类,那些求生的本能竟然暂时失效了。

埃米不敢相信自己的眼睛。这个披头散发的白人朝她走来。"我丈夫拉塞尔非常害怕,一个劲地让我们回到屋里躲起来。"埃米说,"可我不怕。看到这个人的外表,我就很可怜他,于是拉着我丈夫,让他给我搭把手。"

双方相向前进。阿尔瓦伦加小心翼翼地试探着水流,担心被冲回大海里。埃米和拉塞尔同样谨慎地前行。"走近一看,发现他手里拿着一把刀,我们就都站住了。"埃米说,"拉塞尔很担心,想掉头回去,可我总觉得这个人肯定有什么地方不对劲,我觉得他需要我们帮一把,就告诉拉塞尔这个人我们必须帮。另外,我在心里衡量了一下,这个人看上去没什么力气,而且我们是两个人,如果他有什么坏心眼,我们两个打一个,肯定打得过。"

埃米指指阿尔瓦伦加的手,指指长刀,用英语喊道:"把刀放下!把刀放下!"一边喊一边模拟着放下刀的动作。阿尔瓦伦加往后退了退。他得用这把刀切椰子,剁那些野味。这把刀看着旧,但阿尔瓦伦加用得很顺手,在过去一年里,这把刀曾经十多次使他免遭不测。他怎么能抛弃这件救命的家什呢?这是他唯一的工具了。对面的女人又一次以不容置疑的口气喊了起来。她的同伴孔武有力,阿尔瓦伦加知道这个男人不费吹灰之力就能把他打倒,而这名身材矮小的女人看上去也不会妥协。拉塞尔常年干体力活,在热带地区采集和砍剁椰子,长得剽悍精壮。他不断打着手势提示阿尔瓦伦加,让他放下刀。阿尔瓦伦加明白了他们的意图,尽管这把刀是他的心爱之物,他也没有精力辩解了。他把刀扔到了河里。刀在晶莹的水里下沉,最后沉到了一米深的水底。没有了武器，阿尔瓦伦加浑身乏力，茫然无措，脚下一软。他跪了下来，开始祈祷。

埃米大受感动，连忙赶过来。"我认为这一举动意味着他同样是有信仰的，他肯定经历了大灾大难，这打动了我，我们必须帮他。"

阿尔瓦伦加很幸运，当时落潮缓慢，水也不深，刚刚没过腰部。埃米和拉塞尔涉水向他走来。阿尔瓦伦加跪在沙里，身体来回摇晃，明显虚弱不堪。他歇斯底里地指着邻近小岛的另一头，用西班牙语喊道："我的船，我的船。我的船在那儿。"可埃米夫妇听不懂。埃米夫妇来到阿尔瓦伦加面前时，他不敢直视他们，也可能是因为他的眼神已经涣散了。埃米夫妇靠近他的时候，他垂头躲闪。

拉塞尔上前搀扶起这个惊恐万状的人，发现他正筛糠一般地颤抖。拉塞尔脱下自己的衬衫，从阿尔瓦伦加的头上套进去，然后帮他把枯瘦如柴的胳膊伸进袖子里。拉塞尔发现这个人连路都走不稳，就把他背起来，蹚水回屋。阿尔瓦伦加长长的胡子搭在拉塞尔身上。"我们把他背回屋里。我递给他一杯水，他几口就喝光了。我又给他倒了一杯，提醒他慢点喝，不然会肚子疼。"埃米说。

终于脱离厄运，身边就是救命恩人，阿尔瓦伦加再也抑制不住，呜咽起来。埃米和拉塞尔陪着他一起哭。"我让丈夫拥抱他，拍着他的后背安慰他。"埃米说，"像白人那样做。"

埃米夫妇找来拉塞尔多余的运动衫、短裤和鞋袜，给这位客人穿上。身体倒是暖和了，可阿尔瓦伦加还是感到恐惧。"我不想见人。我不愿意见人。一有人近身,我就捂脸抱头。我不愿意看到他们,不愿意他们接触我。我想他们说不定会把我吃掉。"

拉塞尔看出阿尔瓦伦加非常饿,就让妻子烙几张饼,而他出去找椰壳回来生火。埃米试着让阿尔瓦伦加洗澡,他拒绝了,说他太冷了,还把椅子朝火堆搬得更近了一些。埃米和面的时候,他用脚去撩火。这是他一年以来第一次看见火。火苗飞舞,他看了看埃米,两人相视而笑。

埃米夫妇慷慨大方,对阿尔瓦伦加来说,他们虽然来自一个对他而言神秘的部落,但他对他们有一种天然的亲近感。这些岛屿位于文明的边缘,屋里到处都是储存的淡水,阿尔瓦伦加不由得想起"泰坦尼克"号上他小心呵护的 73 个水瓶。埃米生火的时候只用一根火柴,而不浪费第二根。阿尔瓦伦加对这种节俭很有共鸣,他当然明白小小一根火柴的价值。

"火势减弱的时候,我开始烙饼。我记不得烙了多少,可是只要一出锅,他就开始吃。到最后我和拉塞尔一人只剩下一个。有时候他把放烙饼的盘子推过来,示意让我们吃。我们推回去,说:'不,还是你吃吧。'"

埃米又拿出几盘鲜椰肉和几杯椰奶,拉塞尔又点着火准备煮米饭。阿尔瓦伦加打着手势说他们可以吃家禽,就从那只大公鸡开始。"它很凶,个头又大。我想:'鸡汤肯定很好喝。'可公鸡对我警觉得很,我没抓到它。"阿尔瓦伦加就说服拉塞尔挑一只鸡杀掉。拉塞尔杀完鸡后拔毛清理,而阿尔瓦伦加还在不停地吃。"埃米剥多少椰子,我就吃多少。我吃了那么多,埃米都看傻眼了。"

吃过饭,阿尔瓦伦加恢复了力气,他吃饱喝足了,也没有被食人族剁成肉馅。不过另一种恐惧随之而来：他害怕自己停下来。在阿尔瓦伦加眼里，移动才能带来健康。好动的本性促使他放弃了新家的庇护。"我不能老是待着不动。吃完早饭我就开始溜达。我走到水边，害怕自己会淹死。太恐怖了。我都迈不开步了，是他们扶我回来的。"阿尔瓦伦加说。

阿尔瓦伦加在埃米夫妇家中待了差不多 3 个小时，而主人们已经开始屠宰家养动物，准备第二顿大餐了，他们给阿尔瓦伦加倒了一杯又一杯椰子水。阿尔瓦伦加不知道，他登陆的这座小岛名叫泰尔岛（Tile Islet），是面积更大的一座环礁——埃邦环礁（Ebon Atoll）的一部分。埃邦环礁位于由 1 156 个岛屿构成的马绍尔群岛共和国的最南端，这也是地球上人烟最稀少的地区之一。这里几乎没有航空服务，走海路向东北航行 6 500 千米才能到达阿拉斯加，向西南航行 4 000 千米才能到达澳大利亚的布里斯班。如果阿尔瓦伦加错过了埃邦环礁继续漂流，很可能会从澳大利亚北边漂过，在巴布亚新几内亚搁浅，但可能性更大的是继续漂出 4800 千米，直抵菲律宾东海岸。

"分享食物是马绍尔群岛由来已久的传统。"杰克·尼登塔尔（Jack Niedenthal）说，他是一名纪录片制片人，1981 年随维和部队来到马绍尔群岛并在此安家。"周期性的长期干旱和边缘性的岛屿文明使得岛民既是坚韧不拔的求生专家，又是慷慨大度的主人。很多文化是与食物有关的，有时候一些人会揭不开锅，于是所有人都解囊相助。这是他们的文化中的头等大事。我去其他岛屿的时候会吃到各种稀奇古怪的东西，都是当地人给我的。有人给你食物时，你千万不要拒绝。拒绝就好比在说'我恨你'。"

饱餐之后，阿尔瓦伦加试图与主人们聊天。他指手画脚地说他以前留短发，也没有胡子。他还说自己过去强壮多了。他做出鸟飞翔的动作，指了指火，又做出无法生火的动作，试图说明自己生吃了很多鸟。阿尔瓦伦加画了一条船、一个人和海岸，后来就放弃了。他能凭简单的图形说明自己在海上漂了 9 600 千米吗？他的耐心耗尽了，开始沮丧地用西班牙语大吼大叫。上帝指引他来到这座热带绿洲；可为何连基本的交流都如此困难？活了这么久，西班牙语帮他化解了诸多困境，比如应付警察，可现在他连最基本的信息都传达不了。他需要药品，需要看医生。"止痛药，给我点止痛药。"阿尔瓦伦加哀求道。埃米夫妇只是微笑着，和气地摇摇头。"我们都听不懂对方说的是什么，我还是说个不停。我说得越多，我们的声音越大，有时候还放声大笑。我不明白他们为什么笑。我笑，是因为我得救了。"

埃米拿出一个垫子和一块单人床大小的泡沫，铺上一张床单。她把泡沫床放到有屋顶遮蔽的地面上。雨已经停了。潮水退却，露出洁白细腻的沙滩。埃米递给阿尔瓦伦加一个枕头，让他休息。"我的心里乐开了花。我心想，正常日子就是不一样。"阿尔瓦伦加有了屋顶、枕头和牢靠的地面。"多美妙啊。我闭上眼睛。把整个世界都挡在外面。"他在睡梦中被憋醒了，就起身走到一棵树下小解。"我看着自己的尿，想起了喝尿解渴的时光。"

虽然是大白天，阿尔瓦伦加还是要求关掉挂在那张临时床上面的灯。"我睡了又睡！多么奢侈！终于不用枕着大海睡觉了。睡醒后，我求他们出去把那条停在岸边的小船找回来，可他们就是不明白我的意思。"

阿尔瓦伦加用笔在纸上画了一条小船。"一旦明白他表达的意思，拉塞尔就出门朝他指的方向走过去。"埃米说。

埃米准备了一盘鸡肉米饭，示意阿尔瓦伦加祷告，感谢上帝赐予食物。阿尔瓦伦加祈祷完，将一把盐倒在米饭上。不论埃米拿来何种调料，他统统浇到盘子里。"我不用叉子和勺子，太不舒服了。我用双手抓起饭送进嘴里。她给我做了两顿午饭，我还是没吃够。"阿尔瓦伦加说。

短短6个小时里，阿尔瓦伦加吃了三顿饭，吃完第三顿后，他又喝了一杯咖啡。埃米担心这个野人这样一直吃下去会撑破肚子，就劝他少吃点。阿尔瓦伦加看见一袋烟，就要了一些烟叶，卷成一支粗大的雪茄；这可是他离开科斯塔阿祖尔潟湖以来吸到的第一口烟，他惬意地吐着烟圈，几乎晕厥。埃米惊奇地看着他。

拉塞尔回来后告诉埃米，小船沿着海岸被冲到下一个小岛那里了，他得等到涨潮时再把小船拉回来。"吃完饭，我找出几张纸和记号笔，示意他写点东西。我的意思是我们拿着他写的东西交给地方政府，证明我们接待了一个被冲上岸的人。"

拉塞尔和艾米能看出这个外国人大字写不了几个。字母很大，歪歪扭扭，就像一年级的学生写的。他们给他一支更粗的黑色记号笔，让他把字写得更大，这样更容易辨认。阿尔瓦伦加信笔涂鸦，拉塞尔夫妇就算懂西班牙语，也认不出阿尔瓦伦加俳句一样的字迹。

阿尔瓦伦加写完，拉塞尔就拿着信踏上小帆船，起航送信去了。好在风不算小，不到一个小时他就到了埃邦——埃邦环礁最大的镇子和港口。拉塞尔一到埃邦,正好看见一个少年骑着自行车经过,就把信递给少年,让他赶紧送给警察局长或者镇长。拉塞尔告诉小邮差:"告诉他们,有一个人被冲到岸上来了。"

小邮差找到了镇长,转交了这封信。艾奥尼·德布勒姆(Ione DeBrum)镇长打开一看,一眼就认出了西班牙语"朋友",可她认识的西班牙语常用单词并不多。作为一名接受过培训的营养师,德布勒姆担心这个海上流浪汉会有生命危险,她认为这个人肯定饿得前胸贴后背,就准备了一个有静脉输液用具的急救包,带上椰奶和香蕉,以便稳定病人的体征。"岛上有一名警察,我把他叫上,考虑到这个人会非常虚弱,我又带上了一名护士。"德布勒姆和警察在去船坞的路上顺便邀请了奥拉·菲尔斯塔德(Ola Fjeldstad),他是一名挪威人类学家,正在埃邦环礁实地考察。他们备船动身的时候,海上来客的消息已经传遍了岛屿。一个海上流浪汉引发了各种各样的猜想。他是走私毒品的吗?他是因为帆船出事而落单了吗?

阿尔瓦伦加懒洋洋的,对坏天气闷闷不乐。风很大,天很冷,而且又下起了瓢泼大雨。"我的骨头,我的身体,整个都散了架。漂了这么长时间,我处于营养不良状态。"

埃米递给阿尔瓦伦加一桶水、一块肥皂和毛巾。"我臭死了,身上有油渗出来,就像鱼油一样。"他搓着软塌塌的皮肤,不无疑惑地看着肥皂。"我真想把它吃了。没有洗发水,我就用肥皂洗头。可是没法洗,头发都卷成一团了。我把脸和胡子好好洗了一遍。"

洗完澡,他坐在椅子上想:"怎么才能离开这儿呢?"他开始冥思苦想。他得问问自己的直觉，那就意味着大声地自问自答。埃米听不懂这个人声情并茂的自言自语，可她能感觉到他很陶醉，于是哼唱起来。

埃米悦耳的歌声抚慰着阿尔瓦伦加的心灵，暂时舒缓了他的绝望。他伴着歌声打量着这个完全陌生的世界。埃米走到近前，和善又好奇地看着他。她抬起手来，想抚摸他的头发。阿尔瓦伦加向后退缩。"我说不，她还是想摸我的头发。"埃米伸手摸他的头发，阿尔瓦伦加躲闪着，两人僵持了一会，阿尔瓦伦加的表现终于让她停手了。"我还没准备好被人碰。"

阿尔瓦伦加照镜子时和埃米发生了唯一的一次争执。镜子中的自己让阿尔瓦伦加震惊不已，他突然暴怒，把镜子丢到了地上。镜子碎了，埃米生气地斥责了阿尔瓦伦加。但阿尔瓦伦加倒是格外开心，他总算摆脱了屋里唯一的镜子。

阿尔瓦伦加梦见自己深陷汪洋大海的包围中，翻船落海，拼命挣扎。他惊叫着醒来。"我在哪儿？我的船呢？我的船不见了！我的冰柜呢？我的柜子！"他对自己的行为焦躁不安。"我花了一个小时才明白这里是现实。我回到了人间。"他反复唠叨，希望这不是假的。

阿尔瓦伦加正在欣赏树上的鸟儿时，海边传来的一阵骚动吸引了他的注意，埃米又跳又叫。他转过头，看见一条动力艇开过来。船上有四个人，其中一人身着制服，貌似警察。阿尔瓦伦加心头一阵恐慌，他们是来抓他的吗？警察和另外三个衣着讲究的人急急忙忙下船，向阿尔瓦伦加走来。他闭紧双眼。一看到警察，他就感到不妙。即使他没有犯罪也是一样。他想，蹲监狱的外国人从来都没有好下场。他知道很多萨尔瓦多和危地马拉的移民在进了墨西哥监狱后便有去无回了。

但是他们所做的第一件事并不是逮捕他,而是给他体检。护士给他量了血压,简单地检查了他的生命体征。他看起来很虚弱,但并无大碍。体检过程中,拉塞尔回来了。拉塞尔招呼大伙都去看一条渔船,他在回来的路上发现了这条渔船,并把它拖了回来。"瞧。"拉塞尔指着船里的东西说。镇长、人类学家、埃米和警察围着小船看,没有人出声。小船就像电影中的道具一样,甲板上布满薄薄一层绿霉,发动机七零八落,整条船表面陈旧,油漆斑驳,看不到任何一处发光的地方。甲板上,两只像鸡一样大、已经被拔完毛的鸟发着微光,肉色粉红,还算新鲜。甲板肮脏不堪,到处都是水,墙壁、座位上和水中满是海鸟的羽毛。海锚已经用了很久,乱糟糟地系着蓝白色的尼龙绳。一条被吃掉一部分的死海龟躺在一个空龟壳旁边。整条船弥漫着死亡的气息。"这条船又脏又乱,肯定在外面有些日子了。一看见这条船,我们基本都明白发生了什么。"菲尔斯塔德说。

官员们忙着收拾阿尔瓦伦加小船上的残局,他迅速做出决定:绝对不会再回到海上。警察示意他上船,阿尔瓦伦加拒绝了。菲尔斯塔德试图用蹩脚的西班牙语解释,说他们一起去医院,他们会送他到市里精心照料。阿尔瓦伦加的视线不曾离开水面。还得坐船?没门。他刚从水里出来不到24小时,他们又让他回到船上去?

尽管阿尔瓦伦加很固执,警察和菲尔斯塔德还是把他拽到几乎与"泰坦尼克"号一模一样的另一艘砍刀形状的船上。他没有挣扎,也没有逃跑,这个陌生而崭新的现实占据了他的脑海。这些都是什么人?他们说的话他一句都听不懂。这是哪个国家?这些肤色黑黝黝的土著住在大海中央,以椰子为生,他们是谁?他们与外界有联系吗?阿尔瓦伦加看着自己的小船,依依不舍。他握着栏杆,跟与自己情同手足的小船道别。"我对它千恩万谢。我在这条小船上活了下来。后会无期,我不知道什么时候还能再次用到它。它对我恩重如山。"

公务船发动引擎,掉头,驶过潟湖。满腹狐疑的阿尔瓦伦加又回到了海上。"不敢相信我又上船了。自行车,轿车,什么都行,只要别坐船。"

"我们先坐船回来,路上他左顾右盼。他说的话里,我就听懂了'警察,警察'两个字。我试着告诉他别管警察,我们带他去别的地方,那里条件更好,他能受到更好的照顾。"德布勒姆镇长回忆。

菲尔斯塔德递给阿尔瓦伦加一个小笔记本。"我试着问他,你从哪里来?出来多久了?你的目标是什么?没什么有用的信息。他太累了,也没力气交流。他只说西班牙语,我们没办法谈话。我们基本上都不懂西班牙语,就开始打手势。他也没反应。他好像被掏空了,只有一个空壳。"

"我可以画船,画飞机,就是无法用语言沟通。我只想哭。"阿尔瓦伦加说。

小船在潟湖上飞驰,警察观察着眼前的流浪汉。虽然他洗过脸又洗过澡,但无法掩饰的是,这个人在海上漂了很长时间,他的头发就像灌木丛一样,胡子拉碴,双手焦黄,上面有一道道新留下的横七竖八的疤痕。他的脚踝肿胀，手腕很细，勉强能行走。关于他的一切就是一个谜。他的眼神说明他遭受了令人无法想象的磨难。他从不回头看，总是用手捂脸。他肯定经历过死里逃生的漫长旅程。他的旅途不管情况如何，已经给他留下了黑暗的印记。他饿得能吃掉一头牛，他吃起东西来就像野兽一样，香蕉、三明治，放在他面前的任何食物都会被他一扫而光。他用双手抓起食物塞进口中，把肉撕碎，连骨头一起嘎吱嘎吱地吃掉。对身边的人，他没有丝毫暴力倾向和敌意，就是跟人打交道时愣头愣脑的。36 岁的阿尔瓦伦加思想单纯，与人打交道时没什么心机。待人接物的技巧，他一窍不通。

阿尔瓦伦加躺在船上，旁观一名船员钓鱼。当那个人从潟湖里钓上一条 60 厘米长的鱼的时候，阿尔瓦伦加喜形于色。他竖起大拇指——那是一名渔民对同伴的祝贺。然后他蒙头大睡。他不知道自己睡了多久，只是估计这条船开了大约 12 个小时。太阳一点点下落，他们离潟湖另一侧越来越近。阿尔瓦伦加看着宽阔的水面，很不自在。水对他的精神健康没什么好处。几个月过去后，他才得知那条船开了不过 15 分钟。

阿尔瓦伦加的脑子就像进了水一样，再加上语言不通，他处于一种恍惚的精神状态，失去了对时间的概念。漂在海上的时候，他看着一弯新月越来越圆满皎洁，月圆之时深海怪兽更加活跃，之后归于沉寂。28 天一轮回对他来说很自然，但小时和天数是个谜。而分钟又是如何计算的呢？阿尔瓦伦加坚信他在热心肠的恩人埃米和拉塞尔家里待了 3 天。他整个晚上都在睡觉，吃了好几顿早饭，晚餐更是让人难以忘怀。实际上，他在那里仅仅停留了不到 12 个小时。

阿尔瓦伦加还得和广场恐惧症做斗争。对他来说，广阔的空间总伴随着危险，他的状况急速恶化为"与幽闭恐惧症对立的另一个极端"，这是《唤醒猛虎》（Waking the Tiger）一书的作者彼得·莱文（Peter Levine）的说法，他曾经对几千名创伤后应激障碍患者进行过研究。他发现很多人"经历创伤后记忆不再连贯，情绪、意象和感觉的碎片无法聚合统一，因此这些人的意识中无法形成连续的时间线……我猜想，在走进某个人的家门的那一刻，阿尔瓦伦加的记忆就开始混乱了"。

阿尔瓦伦加与文明社会的接触越来越令他感到紧张。在海上，他想要什么东西，无须经过别人同意，他想干什么就干什么。适应社会让他很不舒服。阿尔瓦伦加宁可一个人生活，几千平方千米的荒凉大海全部归他所有。逼仄的空间和在他身边转来转去的人们足以摧毁他最后的健康防线，警服尤其让他感到万分惊恐。他为什么被他们囚禁起来了，又是谁把他抓进来的？他的自由时光一去不复返。但是他能够逆转一切，逃跑是有可能的。阿尔瓦伦加已经扛住了风吹日晒和惊涛骇浪，骗过几个动作慢悠悠的人又有何困难？只是时机还不到而已，他需要恢复体力。他现在身体虚弱，这没有办法，但他可以观察，可以谋划出逃计划。

阿尔瓦伦加不知道的是，他的奇迹将被载入史册，他的征途将成为史上最壮观的航海经历之一。没有动力，没有帆，没有桨——他只能随洋流漂行。他无力改变航线，唯有以水为基础建设一个能让自己生存下去的世界，然后进一步绞尽脑汁地改善自己的精神健康。他极其不走运，同时又极其幸运。"如果说有人从秘鲁海岸漂到了密克罗尼西亚，那是不可能的，没人会相信。"知名气候学家谢尚平说，"在南半球洋面上，没有雨水能够维持生命，在秘鲁遭遇海难而失踪的人不会有机会存活。"但看着赤道以北的云带，谢尚平对阿尔瓦伦加的成就没有异议："我们是否有运气活下来，都是大自然决定的。"

　　孤身漂过太平洋，独赏月圆月缺，闲看潮起潮落，萨尔瓦多·阿尔瓦伦加战胜了孤寂、颓废和自绝人寰的冲动，同时依靠白日梦来维持心智的正常。野生动物、逼真的幻觉和与世隔绝的静谧为他构建了一个奇幻世界，但他能在其中生存下来，并不意味着他会对成为火遍推特的热点人物、猎奇对象和嘲讽靶子的未来有所准备。

第 15 章　迷失人间

阿尔瓦伦加来到埃邦环礁遥远的另一端时,天色已晚。他依稀看见人们聚集在海滩上。当地人摩肩接踵,吵吵嚷嚷,争相围观这个神秘人的到来。四个大汉把衰弱无力、饱经日晒的阿尔瓦伦加抬下船,抬到一栋大楼的二层,阿尔瓦伦加认为这是一座政府办公大楼。他看到隔壁的几个房间里有穿制服的人和通信设备,包括手持的无线电话。"这里看上去是警察局。"他心想。

在二楼,人们在菲尔斯塔德住的房间和存放警用装备的房间之间临时搭了一张床。阿尔瓦伦加对自己的新家毫无概念。他体力不足,最远只能走出十步去卫生间。菲尔斯塔德搀扶着他的胳膊,但他挣脱了。独立和毅力是他生存下来的内在基础。他可以接受陌生人的慷慨帮助,但是要想活下去,必须自身行动自如。

阿尔瓦伦加躺在地板上,岛民送来了拉面、椰子和蚊香。不断有陌生人进入房间,用手机拍照,然后转身消失。镇长的儿子充当了非官方翻译。他小时候看《爱探险的朵拉》(Dora the Explorer)入了迷,剧中的朵拉环游世界,剧外的几百万儿童学会了西班牙语。在这一点上,阿尔瓦伦加应该感谢朵拉,感谢她弥补了文化与语言的鸿沟。

但这种沟通仍然是杂乱无章的,让阿尔瓦伦加一头雾水,他怀疑自己能不能找到真正通晓西班牙语的人。他急着找药。"我背痛，需要止痛药。我得拿点药止痛。我不停地找他们要药，药，药！他们根本听不懂。"阿尔瓦伦加说。

阿尔瓦伦加在埃邦环礁镇政府瓷砖铺就的坚实地面上安顿下来；镇政府位于四面环岛的内陆潟湖上，环境安全，远离狂风恶浪。这里只有一条航道，供大型船只进出埃邦；星星点点的陆地由小沟渠连通，水位随着潮起潮落而变化。

国有马绍尔群岛航空公司的航班每周一班，从马朱罗（Majuro）起飞，向南飞往埃邦；马朱罗有5万人，是马绍尔群岛共和国的首都，位于埃邦以北400千米的太平洋上。但埃邦的跑道很短，飞机老旧，服务很不规范，当地人戏称其为"没准航空"。岛上唯一的电话以太阳能和车载电瓶为动力，往往到中午就没电了。两个无线电话务员负责与外界保持联络，发布政府信息和公务呼叫，但普通的岛民与外界几乎没有联系。

这里的岛一般面积很小，长宽不过几百米。群岛平均高出海面2米，在3 500年前就已成形，原住民与大海朝夕相处，对其了如指掌，并怀有敬畏之心。他们习惯了船上生活，对大海的狂暴习以为常，对遭遇风暴滞留海上的情况早就有所准备。这里辈出技艺超群的航海家，在整个地球上都是出类拔萃的。驾驭着瓦拉普——当地一种配备舷外支架和船帆的小型独木舟，岛民可以从容闯荡太平洋，甚至远航400千米到达夏威夷。早在指南针和六分仪问世之前，这里的航海家就能精确计算坐标，航行一个月去远方的小岛了。时至今日，岛屿之间的基本交通工具依然是瓦拉普这样的小船。能够躲避太平洋风暴的地方为数不多，马绍尔群岛就是其中之一。凶猛的冬季风暴期间，帆船和商业捕鱼船往往会在此停靠数月。世界各地的游艇主纷纷在此系泊，等待狂风骤雨的退却，躲避9米的涡旋，此时，连岛与岛之间距离最短的行程都是极端危险的。

"我在马绍尔群岛上住了很多年，有几十个岛民在基里巴斯的小岛间往返的时候，发动机出了问题，要么迷路，要么被大风吹走了，不得不在海上漂了几个星期甚至几个月。"当地一家报纸的编辑基夫·约翰逊（Giff Johnson）如此写道，"当然，一些人如同石沉大海，杳无音信。但是也有一些人坐着小船漂到了马绍尔群岛，其中一些人还有几口气，另一些人的身体状况相对不错。但他们的故事都不可思议，这些故事大同小异，基本上是真实的，他们都说自己是靠海龟、鲨鱼和海鸟活下来的。"

这里海水纯净湛蓝，是潜水圣地，海滩可以用作旅游杂志的封面，海洋生活非常丰富（其间散落着第二次世界大战的遗迹）。尽管如此，来埃邦游玩的国外游客仍然很少，像阿尔瓦伦加这样的墨西哥游客可谓百年一遇。阿尔瓦伦加好比从海里打上来的一条罕见的大鱼，很快就作为稀有动物吸引了大众的目光。第一晚他睡在陶瓷地板上，身边是别人捐赠的食物和菲尔斯塔德的速写本，来探视他的人络绎不绝。"每个人都瞧瞧看看，指指点点，有说有笑，十分好奇。"菲尔斯塔德回忆道，"埃邦人从骨子里就充满了好奇心。阿尔瓦伦加当时的状态并不适合外人打扰，但埃邦人急着去围观他。"阿尔瓦伦加发现当地人会咀嚼一种小坚果，等嚼到没味道后就把残余物吐到地上或者瓶子里。他突然想起漂在海上的时候，他捡到过好多同样的瓶子，津津有味地喝掉里面的东西，瓶里的正是这种残留物。一想到这一点，他就恶心得想吐。

阿尔瓦伦加不确定自己是否被关进了监狱。大楼里驻扎的警察似乎并不阻止这些观众，阿尔瓦伦加认为警察是在看着他，防止他逃跑。"人们走进来对我笑，笑得可带劲了，尤其是小孩子，笑话我这个海上来的长毛怪。我又瘦又没力气，真想找个地方躲起来。"阿尔瓦伦加惊恐而无助。为什么所有人都把他当成畸形动物？他感谢那些礼物，知道他们没有丝毫恶意，可他最需要的是不受打扰地回家并回归日常生活。

"最近大家都在讨论所谓的'复原力'，这一术语最近很流行。"生存生理学家约翰·利奇说，"人们天生具有复原力，因此你在经历了恶劣环境的打击后，会有一个反弹的过程。而我的观点是，如果你有过求生的经历，比如待过战俘营，或者曾经被绑架过，或者历经海难，在活着回来后，你是不可能再弹回原状的。你无法完全恢复原样，因为你已经不是同一个你了。如果你认为自己还是原来的样子，那么你会遇到麻烦的。你的经历已经改变了你。另外，你回归的世界和社会看待你的方式也发生了改变，他们不知道该如何接纳你。一般情况下，大多数幸存者首先希望被当成正常人对待，但其他人可不会这样做。"

阿尔瓦伦加感到越来越紧张。他很困惑，努力寻找一些线索，试图认清眼前的困境。"怎么才能离开这个国家呢？我得适应这里的环境，给他们打工，成为这个部落的成员吗？"阿尔瓦伦加觉得自己要在埃邦环礁困上几年，在梦里，他变成了一个老头，他想象着自己死在埃邦的情景。这个噩梦让他逃离这里的渴望越发急切。阿尔瓦伦加感到身陷囹圄，他感到窒息。他习惯了浪尖上的自由，漂在海上，没有墙壁的拘束，抬头就是熠熠星光，而月亮是日历。

"没有星星,就好像有人拔掉了这个世界的插头一样。"阿尔瓦伦加如此描述睡在室内的最初几晚。"在海上漂泊的时候,只要看见星星,就说明一切正常。一看到屋顶,我就浑身不舒服。"

"有人用无线电向马朱罗汇报了情况,"菲尔斯塔德说,"说这里来了一个人,不知道从哪里来的,但在海上漂了很长时间,说这个人需要治疗。"

马朱罗当局不以为然。菲尔斯塔德回忆说,埃邦的官员坚持说这个流浪汉身体很差,"马朱罗那边的人就说,量量血压。我们量了,血压极低。但那些人说:'他会好起来的。我们不会去接他的。'"虽然官方表示不会派人救援,关于海上流浪汉阿尔瓦伦加的消息仍然在马朱罗传播开来。

马朱罗方面无法对阿尔瓦伦加起到什么实质帮助,菲尔斯塔德对此很是沮丧,他决定动用自己最后的人脉。他向他唯一认识的记者、《马绍尔群岛日报》的约翰逊大发牢骚。"我觉得他能通过地方媒体在某些方面推动政府,让政府知道发生了什么。可是,这个消息一下子就传遍了全世界。"

关于阿尔瓦伦加的第一篇报道由约翰逊执笔,简要概述了阿尔瓦伦加震撼人心的传奇,于 2014 年 1 月 31 日由法新社发出,一时间激起了各国媒体的兴致。夏威夷、洛杉矶和澳大利亚的记者纷至沓来,采访这名所谓的漂流者。世界各国的记者打来电话,试图从这位挪威人类学家口中套出各种吸引眼球的细节,埃邦唯一的电话快被打爆了。在菲尔斯塔德第一手报道的基础上,阿尔瓦伦加的故事开始成形:两名渔民从墨西哥出发,他们在太平洋上漂流,以海鸟维持生命。一个人死于极度饥饿,另外一个熬了

14个月,其他细节都是空白,但可这难不倒媒体。他们添油加醋,无中生有,编造了一个神乎其神的精彩传说,可以同电影《少年派的奇幻漂流》(Life of Pi)相媲美。但这个故事有理有据,甚至还可能包含同类相食的素材,这个阴暗的罪恶主题让世界媒体兴奋不已,并为之蠢蠢欲动。

有坚实有力的证据证明阿尔瓦伦加的故事并非杜撰:一开始便有两人的失踪报告;墨西哥渔民曾经展开搜救;根据洋流情况推断出的漂流路线与到达埃邦时的细节结合,可以看出他的身体极度虚弱。世界各地的新闻编辑部和聊天室热火朝天地争论不休,这究竟是自欧内斯特·沙克尔顿(Ernest Shackleton)[①]以来最非凡的幸存者,还是自伪造的希特勒日记出版以来最大的骗局?现在的阿尔瓦伦加劫后余生,身在穷乡僻壤,无法对自己的伟大征程提供只言片语的信息,这又加深了人们的怀疑和困惑。

阿尔瓦伦加可不知道自己正在成为话题人物,在政府大楼里"关"了两天以后,他就有点受不了了。他渴望满天星辰,四围的墙壁让他焦躁不安。"他们什么时候来接我?"他问,"这是我头一次听说'马绍尔'这个词。他们告诉我,一条船会从马绍尔来接我。"

阿尔瓦伦加不再消极等待,他制订了一个秘密计划,他要逃出去。"我要去山里,那里才自由。在这里我觉得自己就是个囚犯。"阿尔瓦伦加说,"困在这间屋子里,还不如待在冰柜里。"

可是警察和官员老是在身边转来转去,他什么也做不了,只

---

① 英国探险家。他于1914年乘船前往南极,途中被困于浮冰之中长达10个月,船沉没后,他带领船员在浮冰上度过了5个月并登上荒岛。他带着两名船员徒步前往捕鲸站求援,并在8月成功解救了困在岛上的同伴。——编者注

能一连几个小时和菲尔斯塔德待在阳台上，享受陆地生活的种种愉快之处。菲尔斯塔德回顾道："他看着空中发呆，或者快活地叹气，这时候，他很高兴。我们坐在屋里，孩子们在屋外嬉戏，他说：'听，听。'当然是用西班牙语，边说边打手势。他说的应该是：'哦，孩子们在玩游戏！'"

菲尔斯塔德想了一个提高交流效率的法子，他在手机上打出阿尔瓦伦加能看懂的西班牙语单词。上岸后第二天，阿尔瓦伦加的呆滞就开始缓解。"他对周围的环境和他自己认识得更清楚了。他逐渐意识到他现在安全了。我们告诉他现在是 2014 年 1 月，他就不断地重复说给自己听。他摇着头，说：'我在海上一年了。'"

以月为钟的阿尔瓦伦加与这个依靠太阳计时的刻板世界格格不入。一切都是那么匆忙、紧张和随心所欲。他渴望与日出日落的自然节奏和夜晚宁静的月光为伍。趁着菲尔斯塔德出门买鲜鱼，公务员去吃午饭，阿尔瓦伦加抓住机会逃走了。"我走下楼梯，走出大厅，朝着大门走去。我谁都不看，若无其事地走着，双眼直视前方。"他的计划是到隔窗相望的青山绿林里讨生活。树林里不缺食物，那里地势更高，距离大海更远，心理上更有安全感。大门之外就是外面的世界，自由只有几步之遥，这时，一名警察上前，拦住了他的去路。警察挽着他的胳膊，把他送回楼上。"他们抓着我，好像我是恐怖分子之类的。他们给了我枕头，给了我床，还附送了一个看守。"阿尔瓦伦加抱怨。

出逃无果的次日，一艘巡逻艇来到埃邦，接走了这名漂流者。阿尔瓦伦加不知道他们要把他带到哪里。众人簇拥着阿尔瓦伦加走向巡逻艇的时候，埃邦 692 名岛民几乎全体出动，夹道相送。马绍尔群岛的居民普遍性格含蓄，他们大多与阿尔瓦伦加握手告别，很少拥抱。"我是最后一个跟他告别的，他满眼泪花，对我确实很感激。我想他是被人民的爱感动了。"德布勒姆镇长说。

"阿尔瓦伦加以为我们是来抓他的。他双手并拢交给我，好像让我们给他戴上手铐。"德尼斯·希瓦斯船长说，他是"罗默尔"号巡逻艇的船长。希瓦斯船长对这个可怜的渔民深表同情。"我带他去的第一个地方就是冷藏室，问他想吃点什么，他竖起大拇指表示同意。"

阿尔瓦伦加被安顿在军官宿舍，这里床垫柔软，舒适温馨，没有舷窗，看不见大海，不会让他回忆起痛苦的经历。一路颠簸，阿尔瓦伦加就待在底层甲板上的一个房间里，推开门就是通往厨房的走廊。希瓦斯说："我亲自过去看了几次，每次都看见他吃得忘乎所以：鸡肉，排骨，沙拉配米饭，拉面，饼干，值班厨师做什么他就吃什么。我很惊讶。我之前还担心他会晕船。"

23个小时之后，阿尔瓦伦加注意到外面一阵骚动。他透过甲板上的窗户望去，看到了停泊的几条船。"哇！一个真正的港口。"他心说。他已经抵达了马朱罗。"外面就是总部码头，他看到那么多人在等着见他，很是担心。"希瓦斯船长说，"我知道他不喜欢抛头露面。"这些人都是干什么的？阿尔瓦伦加感到自己又要暴露在众目睽睽之下了，而这正是一心想逃脱的囚犯避之不及的。

在马朱罗，会说西班牙语的人很少。美国大使馆的副大使诺曼·巴斯能说流利的西班牙语，他提出要为阿尔瓦伦加做翻译，马绍尔官员欣然应允。巴斯不仅是翻译，而且充当了审讯官。连日来，媒体一直在怀疑阿尔瓦伦加事迹的真实性，现在到了发表官方声明的时刻。阿尔瓦伦加的故事是真的吗？这个天方夜谭般的故事背后隐藏着什么不可告人的骗局和罪恶？一个人真有可能在太平洋上漂了近1万千米，还能活下来亲口讲述自己的经历吗？

如果是在华盛顿、布鲁塞尔或日内瓦，马绍尔群岛的官员不可能找到巴斯这样合适的人来解开谜团。巴斯身着鲜艳的夏威夷衬衫、棒球帽和卡其短裤，戴着圆边眼镜，好像一名无知的游客，但任何马脚都逃不过他的眼睛。

在为美国国务院工作的过程中，巴斯曾在墨西哥主持过3万次签证面试。他同签证申请人面谈，判断他们是骗子还是合法的难民和移民。这样一个和墨西哥人打过多年交道的签证官可不是好骗的。"他说漂流了一年，那么我就想，这个人会不会是冒名顶替的？是不是恶作剧？像我这样的人会很自然地想到这些问题。"巴斯说，"我了解各种欺诈手段，听过各种各样站得住脚但听上去不可思议的故事。"

巴斯、美国大使汤姆·安布鲁斯特、马绍尔的几名外交部官员和马绍尔群岛移民局局长达米安·杰克利克走进巡逻艇上狭小的军官宿舍。这种场面仿佛是检举人、法官和陪审团都到齐了，把阿尔瓦伦加围在中间，好像众星拱月。

巴斯用西班牙语温和开场。"我说：'欢迎来到马朱罗，今天是你重生的第一天。'我想他怎么也得寒暄几句吧，可他一言不发。"几分钟的客套过后，巴斯开始"拷问"阿尔瓦伦加。"有一些疑问。他不能提供自己的出生日期，对自己的年龄也含混不清，说要么36岁要么37岁。"巴斯问他的全名，阿尔瓦伦加甚至不能准确拼写。阿尔瓦伦加说："你懂的，怎么拼都可以。"

第15章 迷失人间

"他的名字对我非常关键。"巴斯说,"我想,我不清楚这个家伙会不会写字。我认为他不知道怎么拼写自己的姓。"阿尔瓦伦加直勾勾地盯着巴斯,巴斯已经问了三遍,又问了第四遍,到底是"A-L-B-A-R-E-N-G-A"还是"A-L-V-A-R-E-N-G-A"。"骗子总是会利用错误拼写的把戏来蒙混过关,这就是我要他正确拼出自己名字的原因之一。"巴斯说。

阿尔瓦伦加告诉巴斯,他在墨西哥南部打工,是一个捕鲨鱼的渔民,老板名叫威利。他不知道老板的姓氏、公司名称及其他相关细节。"我想,你的经济基础是捕杀鲨鱼还是另有其他?你把鲨鱼卖给这个叫威利的人,1千克1.5美元?也就是说你得卖出100千克鲨鱼肉才能赚150美元?这样看不过是在贫困边缘挣扎,他的工作刚刚够维持生存。这又是一个关键点。"

"我看得出他的身体有些地方很疼。"目睹巴斯讯问的杰克利克说,"他活动困难,关节有问题,膝盖不能屈太深,也不能弯曲肘部。我能看到他进入了一种状态,试着还原整件事情的原委。他得花点时间才能明白发生了什么。我知道他在重新体会当初的感觉,从头到尾回忆一遍,然后试图用语言描述出来。"

阿尔瓦伦加开始疑神疑鬼,他以为自己是违反了移民法的罪犯,殊不知在马朱罗港口的这条警用船上,各部门官员围着小桌子正襟危坐,充满敬意地看着他,随着他的叙述,他们的惊叹越来越深。比起逮捕这个长发披肩的幸存者,他们更想向他要签名或者与他合影。阿尔瓦伦加的故事充满艰辛,无须粉饰,尽管日期和细节含混不清,但整体上经得起推敲,是千真万确的。他们感觉自己是这段历史的首批见证人,是在受命听取沙克尔顿的任务进展汇报。

第16章 "蟑螂"之灾

2014年2月3日,马朱罗港口,萨尔瓦多·阿尔瓦伦加在巡逻艇上接受问讯,岸上看热闹的人越聚越多,都想一睹传奇人物的真容。起先是一小群游客,后来是好奇的旁观者,其中有一些来自波士顿的志愿教师、两名来此考察的人类学家和一些躲避季风的资深游艇玩家。过去几天,一名墨西哥渔民登陆埃邦的消息沸沸扬扬地传遍了全岛。第一篇国际报道零零散散地讲述了阿尔瓦伦加空前绝后的航程,瞬间引爆了世界媒体,很快涌现了几百篇文章,争相呈现这一震撼人心的事件。抵达马朱罗的每架飞机上都有一两名记者,接受的任务就是报道阿尔瓦伦加的漂流奇迹。

透过舷窗,阿尔瓦伦加看见码头上骚动的人群在等着他现身。人们告诉他该下船了。他握着一瓶可口可乐,拖着脚走向跳板。一名男护工搀着他,可跳板太窄,阿尔瓦伦加只好一个人走。刚走几步,疑问、呼声和喊叫声就此起彼伏。"你手里拿的是百威吗?"一名看客嚷道。

阿尔瓦伦加套着一件布袋一样的褐色运动衫,掩盖着麻秆样的身体;他一步三歇地下船上岸,没有借助他人的搀扶。借用一个旁观者的话,圆脸、满脸络腮胡须的阿尔瓦伦加看起来就像"一个摇摇晃晃、高高兴兴的圣诞老人"。人们本来以为会看到一个骨瘦如柴、死气沉沉的可怜虫，没料到阿尔瓦伦加是这个样子的，与想象中相差太大，瞬间掀起了一股怀疑的声浪。阿尔瓦伦加强颜欢笑，对着镜头挥了挥手。他须发如草，几名看热闹的人甚至想起了汤姆·汉克斯（Tom Hanks）在《荒岛余生》（Cast Away）中的角色。这名长着大胡子的渔民蹒跚上岸的图片像病毒一样四处疯传。转眼之间，阿尔瓦伦加变成了家喻户晓的人物。

阿尔瓦伦加躺上担架，被抬进救护车，一群摄影记者围过来拍照。"闪光灯打在我脸上，我要疯了，就像闪电一样。我索性装睡。"阿尔瓦伦加说，"我逃过了大海，可是当时心想，我真要当场死在这里了。我回答不了任何问题。我连走路都得拿出吃奶的力气。"

肖恩·考克斯当时正住在岛上志愿教英语。他身高1.95米，曾经在派驻巴拿马的维和部队当过志愿者，精通西班牙语，听说来了一个墨西哥漂流者，料想自己应该有用武之地，就来到安保措施稀松平常的医院，找到了阿尔瓦伦加的床位。还没等到天黑，他就成了阿尔瓦伦加的翻译、值得信赖的伙伴、媒体挡箭牌和可以帮他买垃圾食品的跑腿。"我并不喜欢聚光灯。我能看出他在海上经历了这么大的磨难之后，根本就不想被一堆人苍蝇状围在身边，更不想成为什么热门话题。"考克斯说。他当时是世界教学组织（World Teach）的志愿者，那是一家位于波士顿的非营利性机构，从很久以前就开始向马绍尔群岛输送志愿者。"他受不了。"

根据巴斯的报告，马绍尔方面开始联络墨西哥。识别阿尔瓦伦加身份的最可靠线索是他的船名——"海岸捕虾船 3 号"及其注册号码 0701343713-3。打给位于墨西哥城的渔业部的电话被转到了其设在南部城市托纳拉的下属部门，接电话的人一听就知道那是威利的船。威利有几条渔船，这个爱唠叨又大方的船东在托纳拉和帕雷东一带无人不晓。墨西哥方面证实，这条船的确属于一个墨西哥小渔村科斯塔阿祖尔，马朱罗的官员们不由得都愣住了。

马朱罗的官员收到了越来越多的证据，虽然一些关键细节还是空白的，但已经能证明阿尔瓦伦加所言非虚。名单上他的名字不是"萨尔瓦多"，而是"西里洛"，这是阿尔瓦伦加的小名。但《卫报》一针见血地指出："墨西哥的官方信息往往有误。"《卫报》的墨西哥通信员乔·塔克曼采访了恰帕斯搜救指挥员杰米·马罗金，马罗金首先向《卫报》确认了搜救任务，然后一五一十地说明了当时是如何冒险搜寻阿尔瓦伦加和科多巴的。他说："风急浪大，我们仔细搜了两天，但是能见度太差了，只好放弃空中搜救。"

天快黑的时候，墨西哥官员找到了阿尔瓦伦加上司的联系方式，拨通了米诺在科斯塔阿祖尔的电话，接电话的是米诺的父亲夏洛楚。"他们问 3 号船的注册号码是多少。我说了号码，他们告诉我船找到了，一个船员还活着。"夏洛楚回忆道。夏洛楚年纪大了，跑不动，就沿着土路疾走，告诉儿子这个天大的好消息。"米诺！米诺！米诺！你的船在地球另一头找到了，有一个人还活着！"

米诺一听，就什么都明白了。他知道活下来的就是他的伙计禅查,他魂牵梦绕的禅查。米诺喜出望外,连忙跳进皮卡,风驰电掣地一口气开了 56 千米,路上碰到不少检查车辆人员是否携带可卡因的军警哨卡,破天荒地用了 30 分钟。他冲进位于海边的托纳拉公民保护办公室。值班官员说,阿尔瓦伦加的消息属实,"海岸捕虾船 3 号"在马绍尔群岛共和国被发现了。谁都不知道这个地方在哪里。打开谷歌一搜,大家看着浩瀚的太平洋,心中肃然起敬。米诺走出办公室,开车回科斯塔阿祖尔。他忍不住高兴。除了禅查,活下来的还能有谁?

在马朱罗,医护人员忙着给这位孱弱的渔民进行一系列检查。一名护士准备抽血,阿尔瓦伦加很不乐意。"我对她说,应该给我输血而不是抽血。"阿尔瓦伦加太虚弱了,医生决定给他输液。"他受到的心理刺激太大了。"富兰克林·豪斯说。他是一名来自得克萨斯的医生,因为精通西班牙语而被选中作为阿尔瓦伦加的主治医生。"他看起来仿佛不知道该如何应对周围发生的任何事。他的腿和胳膊上伤痕累累,这点让我印象深刻。"

那天晚些时候,豪斯又回去检查病人,一推门发现阿尔瓦伦加在大快朵颐,盘子里还有一块鸡胸和一个大鸡腿。"鸡肉好吃吗?"豪斯问。

"好吃极了,最棒的还不带毛!"阿尔瓦伦加答道。

"什么意思?"豪斯不明所以。

"过去 13 个月里,你不知道我吃了多少只鸟。我吃那些鸟的时候得连毛带肉一块吃。"阿尔瓦伦加轻描淡写地说。

2 月 4 日,CNN 委派的记者杰克·尼登塔尔和苏珊娜·楚塔洛早早起床,在早上 7 点半以前赶到医院,架设起机器,准备采访阿尔瓦伦加。"他的腿细得像铅笔一样，瘦得就像一张纸。他的状态很不好。头发那么长，胡子一大把。他看起来就像婆罗洲的野人。"尼登塔尔说。

不等访谈开始，尼登塔尔就相信了这个战战兢兢、满脸胡子的人不会说假话。"他连领夹式麦克风都不认识，不知道怎么用。如果这是个精心计划的骗局，他肯定不会什么也不知道。整个采访过程中他都糊里糊涂的。"尼登塔尔说。阿尔瓦伦加慢慢打开了话匣子，谈起海上生活。他原原本本地讲述了自己是如何吃生鱼和活鸟，如何跟鲨鱼周旋，如何照顾科多巴并给他送终的。故事的起源是一个经验丰富的捕鲨渔民遇到了发动机故障，被迫在海上漂流。阿尔瓦伦加还提到了自杀，做出了用刀架脖子的动作，说当时只要手一抖就能割开喉咙。采访进行45分钟后，阿尔瓦伦加说："我说不下去了。"然后扯掉了麦克风。他对记者说他想回病房。"他在门上挂起'恕不见客'的牌子。访谈终止了。"尼登塔尔说。

尼登塔尔和楚塔洛完成了45分钟的独家专访，勾勒出阿尔瓦伦加海上求生经历的轮廓。尼登塔尔把录像带送回亚特兰大，但并未得到意料之中的回复。CNN的制片人们怒气冲天，因为翻译的声音淹没了阿尔瓦伦加的回答，整盘带子几乎都不适合播出，于是只播放了几个片段。篇幅过短，无助于向全世界证明阿尔瓦伦加故事的真实性，这让尼登塔尔格外郁闷。尼登塔尔是一名深谋远虑的电影制片人，他制作了一些宣传马绍尔群岛的纪录片，本来希望不惜一切代价深入挖掘阿尔瓦伦加的传奇故事，在碰壁之后，他开始反思。"阿尔瓦伦加不适合出镜，他没有镜头感。他从来都不想出名,也不想要什么明星待遇,他只想回家。一被镜头对准,他就紧张不安。他不喜欢人多的地方,最不想接触的就是记者。"

在很短的时间内,移民局局长杰克利克成了阿尔瓦伦加的知己,他加班加点地保护阿尔瓦伦加免受媒体的纠缠。"何塞(即阿尔瓦伦加)一开始就说他不要接受任何采访,也不想拍照,什么都不要。"杰克利克说,"我尊重他的意愿,自始至终保护他不受媒体骚扰。要是有人来采访,必须通过我。当然,所有采访申请都被我打发掉了。"

2月6日,阿尔瓦伦加出院了。医疗小组认为阿尔瓦伦加状况好转,后来才发现这个诊断太草率,并且存在偏差。他用化名住进了一家宾馆。"我什么都记不起来,脑子里满是消极想法。我想让我的脑子恢复正常。记者总让我做我不想做的事情,所以我就请他们换位思考,想象他们如果是我,现在会怎么做。我病倒了。我会把整个过程告诉他们的,但不是现在,请给我一点时间。"阿尔瓦伦加说。

杰克利克请了一名理发师为阿尔瓦伦加上门理发。理发师又剪又剃,阿尔瓦伦加慢慢露出了真面目。理发结束时,他不由得笑了起来,焕然一新的面貌带来了小小的骄傲。理发师递来一面镜子,阿尔瓦伦加带着敬意抚摸着自己的脸,就像重新获得了身份认同一般。

尽管客房面对潟湖,阿尔瓦伦加仍然感到束缚。"他拉开窗帘,看着湖面,露出鄙夷的表情,说:'真难看。'他猛地拉上窗帘,说:'我看够了。'"肖恩·考克斯说。

在阿尔瓦伦加的请求下，人们给他送来了巧克力、雪茄和薯片。"我知道他的胃肯定会不舒服。我知道这么吃下去对他不是什么好事，但他要什么我都会给他的。"考克斯说。

有关阿尔瓦伦加的又一波新闻浪潮席卷全球，在萨尔瓦多共和国加里塔帕尔梅拉海边的一户人家，一名14岁女孩在上网时注意到了何塞·萨尔瓦多·阿尔瓦伦加这个名字，她的表姐法蒂玛也姓阿尔瓦伦加。这时，法蒂玛正隔着一条走廊和奶奶一起做饭。"法蒂玛，快来看看，这个人跟你同姓。他们说这是你爸爸。"她喊道。

法蒂玛半信半疑，她的妈妈反复看着图片，"认出了他的手"。法蒂玛失声痛哭。"上帝听到了我的祈祷！我终于知道爸爸的消息了。这真是太可怕了，我心想。我看着爸爸的照片，想起他在海上受的罪，哭了一遍又一遍。"

几天后，阿尔瓦伦加精神焕发地走出客房，被接到政府办公室，准备和家人通过视频见面，他的家人已经抵达萨尔瓦多首都的外交部。阿尔瓦伦加上一次见到父母，还是在7年前一次匆忙的探访中。他的女儿法蒂玛跟着母亲生活。阿尔瓦伦加离开的时候，法蒂玛才1岁，此后14年不曾见面。岁月飞逝，法蒂玛已经长成了少女。想起要和女儿见面，他就泪如泉涌。要是她不原谅他怎么办？她对这个与自己关系疏远、一跃而世界闻名的父亲的第一反应是什么？在女儿眼里，他是个父亲还是个懒汉？"我说不出话来，我有点受不了。我妈妈、爸爸和女儿都在。我不敢相信自己的眼睛。"阿尔瓦伦加回忆起亲人们在Skype上露面的瞬间时说。

另一头，法蒂玛同样迟疑地看着他。这是她爸爸吗？"他的头发和胡子收拾得很干净,他打了一声招呼就开始哭了。"法蒂玛说,"我不敢相信,真的是他。我的梦想成真了。"亲人相见哭成一团,都无暇叙旧,气氛让每个人都感到难堪。这次历险已经让阿尔瓦伦加对世界有了新的认识,但他还没有做好准备接受下一个冲击。"一切都太可怕了。我感到恐惧,哭了好多次。"阿尔瓦伦加说。现在有一群狗仔记者在跟踪他,他把这些媒体人称为"蟑螂"。在离开宾馆之前,他对照看他的人说:"看看门外,我觉得附近有蟑螂。"

《海上漂流》的作者史蒂夫·卡拉翰乘着充气的小救生筏漂过大西洋返回美国之后也遇到了同样的烦恼。他说:"媒体有点像嗜血的鲨鱼。先是围着你打转,对你兴趣盎然,然后咬一小口,随后就跑了,从此再也没有消息。他们抛下你,就像丢掉一块被拧干的可怜兮兮的破布。"

阿尔瓦伦加的身体状况持续恶化,他的腿和脚越来越肿。医生怀疑他的身体组织脱水太久,导致现在过度吸收水分。他的膝盖后方肿得很厉害,让他无法行走。一名给阿尔瓦伦加按摩腿脚的志愿者说:"他的皮肤就像芭比娃娃一样,按摩的时候感觉是塑料,都不像是真的。这个可怜人走不了路,特别可怕。"

在马绍尔群岛疗养了 11 天后,医生确信阿尔瓦伦加的健康状况稳定下来了,可以返回家乡萨尔瓦多。美国大使馆提供了全程 VIP 服务,包括直接登机、免安检、经停夏威夷和洛杉矶时的医疗服务。这次旅行包括 15 小时的飞行和 15 小时的转机,即使是经常坐飞机的旅客也会感到难熬。"这是我第一次坐飞机。我不想上飞机。我刚从海上捡了条命回来,现在又要去冒险。"阿尔瓦伦加说。

乘客排队登机时,一群记者寻找机会,企图得到更多的新闻素材。阿尔瓦伦加走路都不稳,脑子混乱,如坠云雾,记者们全然不顾,一心想从这个半瘫痪的渔民嘴里撬出独家新闻。半个月以来,没有消息更新,记者们更加疯狂,他们凑过来拍照录像,把请勿打扰的请求当了耳旁风。

阿尔瓦伦加头戴耳机,右边坐着一名货真价实的保镖,一群记者在旁边虎视眈眈。一听到飞机的轰鸣,他差点从座位上跳起来。他浑身颤抖,吓得心都提到了嗓子眼。"他惶恐不安。轮子离开地面的时候,他紧紧靠着自己的座位。"接阿尔瓦伦加回家的萨尔瓦多外交官迭戈·道尔顿说。

飞机冲向天穹,窗口闪现一片陆地,接着是广阔的大海。阿尔瓦伦加凝望窗外,担心自己再次落入大海的魔爪。飞机掉进水里怎么办?看到阿尔瓦伦加如此惶恐,道尔顿就拉起遮光板,放起音乐。出于恐惧和好奇,阿尔瓦伦加还是忍不住向窗外看。"我想到了在海上漂流的日子,脑子晕乎乎的,开始出现幻觉,看见我的船就在下面。"

客机在夏威夷稍作停留,然后飞往洛杉矶,阿尔瓦伦加在洛杉矶一家宾馆住了一晚。大多数媒体不清楚他的行踪,只是在最后一次转机的时候,有两名记者恰好站在他隔壁的通道上。阿尔瓦伦加一上飞机,他们就开始摄像。道尔顿提醒他们不要侵犯隐私,说阿尔瓦伦加身体虚弱,需要安静,但这两名记者拒不停止摄像。道尔顿就向机长卡洛斯·达尔达诺求援。"听着,你们是在商务舱,那么最重要的是,你们的言行举止应该配得上商务舱的标准。"达尔达诺把记者们骂得哑口无言,"我真想把你们踢下去,才不管你们是不是自掏腰包买的商务舱机票。老实点,别去打扰人家。"

经过媒体的狂轰滥炸,阿尔瓦伦加已经精疲力竭。什么时候才能清静下来?什么时候才能回归正常人的生活?他宁可做无名小卒,也不愿像现在这样为声名所累。他在一夜成名后成为无情的媒体产业的牺牲品,与此同时,他也渴望找回自我,找到自己的社会位置。和许多战后老兵和身心遭受打击的幸存者一样,他处境尴尬。

最后一站是萨尔瓦多,近乡情怯的阿尔瓦伦加感到越来越不安。"他很焦虑。"道尔顿说。跨越太平洋的 30 个小时旅程接近尾声,阿尔瓦伦加不仅要面对疯狂的记者,还得想好如何回答女儿法蒂玛犀利直率的质问。法蒂玛 1 岁大的时候,他就对她不管不问了。在阿尔瓦伦加心目中,法蒂玛是个充满未知因素的女儿,而他是个没有尽到养育责任的父亲。在海上漂流的时候,他以幻想为武器,依靠对未来的美好憧憬熬过了最为艰辛的时刻。他发誓抛弃花花公子的过往,做一个称职的好爸爸,尽享天伦之乐。但他幻想出这样的角色,是为了应对极端沉重的精神压力。现在他必须脱离幻想,面对不无狼狈的现实:到机场后,他甚至无法从接机的人群中辨认出 14 岁女儿的面孔。

第 17 章 海的呼唤

和原定计划不同,阿尔瓦伦加在萨尔瓦多落地后并未与家人团聚,而是直接去了医院重新检查。第一个星期困在埃邦,第二个星期在马绍尔群岛和媒体上演捉迷藏之后,他不再是个言听计从的病人了。他还是那个永不安分、万事不求人的阿尔瓦伦加。在自己的家门口,所有人都说西班牙语。无论是思考、行走还是说话,他都可以随心所欲。"他们想把这些镜头对着我,我说不行。我永远不会让他们这么对待我。"阿尔瓦伦加说。同样,他也拒绝接触那些形形色色的管子。"在马绍尔群岛,他们告诉我我不需要那些管子了。再接上这些仪器,我就完蛋了。"

阿尔瓦伦加讨厌医生问诊。他讨厌记者。他知道痛苦的根源:他只想回家,想逃避这些穿工作服的专家,他们白天问情况,晚上叫他吃药,饭菜也一点都不可口。医院是给病人住的,人们总是拿他当残疾人看待,他很无奈。只要回家,一切都会迎刃而解。母亲做的饭会让他迅速恢复精神,女儿的陪伴会让他觉得生活有了盼头。

阿尔瓦伦加认为用不着医生诊断哪里出了问题,他的问题就是一年没吃到玉米饼了。漂在海上时,他对香喷喷的玉米饼朝思暮想。在马绍尔群岛停留的那两个星期,他经常要玉米饼,得到的答案总是让他等,因为那里没有吃玉米饼的习惯。可回到了萨尔瓦多,他再也不缺玉米饼了。住进圣特克拉医院几个小时,阿尔瓦伦加就像叫外卖一样发号施令,要一摞热乎乎的玉米饼。"他们不给我。"阿尔瓦伦加愤愤不平地说。这简直是侮辱他的民族自豪感——一个萨尔瓦多人在自己的家乡怎么会满足不了自己一出生就享有的权利呢?阿尔瓦伦加开始咆哮:"玉米饼!给我玉米饼!"护士们哄堂大笑,乐不可支地给他端来一小盘米饭。

医生们没有被阿尔瓦伦加的虚张声势蒙蔽,没有满足他对玉米饼的要求。他们怀疑阿尔瓦伦加出现了心理问题,类似创伤后的心理失调,幻觉的出现、噩梦和负罪感使得本已混乱的精神雪上加霜。

经过几个小时的等待,医生终于允许阿尔瓦伦加的母亲玛丽亚来探视儿子了。她一边祈祷一边步入病房,感谢上帝让她儿子从毁灭的边缘神奇地归来。她坚信唯有上帝的仁慈才能解释儿子的死里逃生。这是玛丽亚几年来第一次见到儿子,母子二人相拥而泣。"我像个哑巴,说不出话来。"阿尔瓦伦加说。他全心全意地感谢上帝。虽然没有高声祈祷,也没有大张旗鼓地宣扬自己信奉上帝,阿尔瓦伦加感觉到了上帝的庇护。现在他和母亲一样信仰坚定。在海上,虔诚的同伴伊齐基尔引燃了他的宗教信仰,他逐渐开始相信冥冥中自有天意。同伴死后,对上帝的信仰始终伴随着他,他不知该怎样定义那种忠诚,但极少对其产生怀疑。

在近一个小时里,母子二人默然相对。母亲祈祷,儿子感恩。然后就是父女相认的时刻。法蒂玛进来的时候,阿尔瓦伦加还是说不出话。法蒂玛抚摸着父亲的手,看着他粗糙的皮肤、五颜六色的文身和深深的疤痕静静地发呆。"她没埋怨我。我说了几个词就再也说不出话来了。她摸着我的头，我的脚，我很开心。有她在身边，我非常感动。"阿尔瓦伦加说。

法蒂玛怯生生地和父亲握手拥抱。"他笑得很灿烂，可我总觉得他是我的幻觉，觉得他在下沉。"她说。看到爸爸的双腿"肿得发亮"，她有些害怕。但心头狂喜。"我的祈祷都得到了回应，现在我有爸爸了。"她心里有很多问题想问父亲。她好奇他在海上的时光。他都吃什么？怎么睡觉？可怕吗？他见到美人鱼了吗？

萨尔瓦多的医生清楚阿尔瓦伦加的精神状态很不稳定，因而严格限制探视时间。阿尔瓦伦加的病房外有一名警察站岗。在卧床休息后，阿尔瓦伦加恢复了一些精力。他给媒体留言，请求他们给他安静的空间，但依然有记者闯进他半私密的病房里拍照。一名记者伪装成医生模样混进病房，从阿尔瓦伦加口中套出了一点情况。他不再对狗仔的做法感到惊奇。"我记得很清楚，就是那个大高个，他说他是心理学家。但他其实是想从我这里套出一些话。"阿尔瓦伦加说，"他说如果我把自己的经历告诉他，他就给我一部手机。我没答应。他就加码，说会给我一台冰箱。"

阿尔瓦伦加住了9天医院。医生诊断他患上了贫血，怀疑他因为总是生吃海龟和海鸟，肝部出现了寄生虫。阿尔瓦伦加觉得寄生虫可能会爬到头部袭击自己的大脑，他不再可能睡得深沉了。

他一睡着就开始做噩梦，梦见自己回到了家乡的小村子，几年前，他就是在那里遭到暴打的。"我梦见有人追杀我。我不知道是谁，也不知道什么原因，他们就是想要我的命。"他还梦到了鸟。"在梦里，我跟那些鸟说话，然后把它们吃掉，接着就病倒了。"

吃鸟后病倒的场景是科多巴之死的重现。阿尔瓦伦加不时会想起这个小伙子。任何人都想问清楚科多巴是怎么死的，而这是阿尔瓦伦加最不愿意触及的痛处。他和科多巴在患难中发展出了深厚的友情。巨浪滔天，冷雨浇身，两个人忍饥挨饿，同舟共济。对科多巴的死，阿尔瓦伦加并不内疚，只是扼腕叹息。要是这个年轻人吃得下生鸟肉，肯定死不了，那样的话，两个人就能一起庆祝新生了。独自庆祝和两人同享，性质完全不同。阿尔瓦伦加明白自己能活下来，科多巴的功劳不可磨灭。他从科多巴那里学会了祈祷，为了激励死气沉沉的科多巴，他学会了幻想美事，成了故事大王，而恰恰是白日梦让他没有被严苛的环境逼疯，让他能够独自一人坚持漂流10个月。他想尽快履行诺言，向科多巴的妈妈安娜·罗萨报告情况。罗萨住在墨西哥的一个名叫埃尔福庭的小村庄里，就在阿尔瓦伦加曾经定居的科斯塔阿祖尔的北边。阿尔瓦伦加发过誓，一定要亲自去那里见罗萨。等到身体恢复，他就去墨西哥，把科多巴弥留时的情形告诉他妈妈。

2月19日，萨尔瓦多·阿尔瓦伦加终于回到家里，他的家是空心砖建成的五间平房，亲戚朋友在门口列队迎接，音乐放得震天响，记者们围在旁边不停拍照。他的前女友，也是法蒂玛的母亲艾尔丽·巴雷拉惴惴不安，不清楚自己在这个民间英雄的新生活中该扮演什么样的角色。两人轻轻相拥。阿尔瓦伦加看见法蒂玛就一把抱住她，高声宣告："我爱你，我不会放手的！"法蒂玛更加用力地拥抱父亲。

但是阿尔瓦伦加还没有适应回家后的生活。"我打开喷头，水一流下来，我就跑开了。心理阴影太重了，我宁可用水桶洗澡。"阿尔瓦伦加如此描述适应简单日常生活时遇到的困难。如果洗澡的水桶里掺杂着红色粉末，他就惊叫着跑得无影无踪。他还是分不清桶里的是混有红颜料的水还是新鲜的海龟血。

最初几天，他基本没跟法蒂玛说过话。法蒂玛坐在他的床边，凝望着他的双眼，想知道他是怎样在海上漂了一年的。他只是笑笑，几个星期后才打开话匣子。最后他鼓起勇气，厘清思路，向女儿敞开心扉。"我知道我没有尽到养育你的责任，这么多年都没有关心过你。但是爸爸现在回来了，以后会给你建议，帮你分辨好坏的。"他说。

法蒂玛半信半疑："那你以前为什么不来找我呢？你是不是不记得我了？"

阿尔瓦伦加解释说，他能在海上活下来都是因为她，他历尽千辛万苦就是为了见到她，为了在她的成长中尽自己的责任。"我祈求上帝让我跟你团聚，祈求上帝让我们一起生活。"

法蒂玛反驳说，在他海上失踪之前，那么多年他都过得很安稳，也没想过来找她。"你为什么丢下我不管？"

"我吃喝玩乐，酗酒嗑药，我的情况很不妙。"阿尔瓦伦加直言不讳，但是没有明说那次斗殴差点让他丢掉性命，只得远走他乡。

重新成为父亲的男人和他十几岁的女儿拥抱了彼此。没有他们想象中亲情重筑的神圣瞬间，但那至少不再是幻想了。经过尖锐的诘问和痛苦的回答，两个人都为父女相认而如释重负。"我叫他'爸爸'。"法蒂玛说。她知道自己的生父与生母离别在即。她必须做出抉择，要么随即将搬到危地马拉的母亲生活，要么跟父亲留在萨尔瓦多。她早已做出决定，要跟随爸爸生活。

一连几个星期，阿尔瓦伦加依然有些呆滞，勉强能与人交流。"他就像个陌生人。"法蒂玛说。"他的腿肿着，凑合着能走路。他总是容易累。他可以一动不动地呆坐在床上，风扇对着脸猛吹。他连说话都觉得累。你跟他说话，无论多慢，也总有一些话他听不懂。我从没见他哭过，但我想他晚上肯定会哭。"迎接父亲归家后最初的欣喜变成了恐惧："如果他总是这个样子，我又得一个人孤零零的了。但是他一点一点地好转了。"

有人问法蒂玛：这么多年没有爸爸，如今重新和爸爸在一起了，有什么感受？法蒂玛想了想，说："最开始他像二号爸爸。爷爷里卡多是我的第一个爸爸，他是我的第二个爸爸。"过了一个又一个星期，阿尔瓦伦加逐渐走出了痴呆状态，两个人共处的时间越来越多，阿尔瓦伦加也逐渐开始关注日常生活。法蒂玛会和父亲并肩对着手机看 YouTube 视频，提起这一场景，法蒂玛说："我们笑得可欢了。"法蒂玛还说："我最喜欢的游戏就是吓唬他。我躲在化妆台后面或者角落里，弄出一些动静。然后我猛地跳出来，把他吓得直打哆嗦。"法蒂玛从来不懂，她天真的恶作剧能给父亲带来切切实实的恐慌。

"我有一大堆问题想问，不知道爸爸能不能回答。"法蒂玛承认，"我一问起他在海上的情况，他就神情严肃，但我知道在内心深处他无比痛苦。他低着头，浑身绷紧，脸色都变了。"

海难的余波仍在，周围略有变化，他就成了惊弓之鸟。听见有东西相互碰撞，他就以为是海龟。"我总觉得自己像鱼一样臭。"

他坦言。但是他不再恐惧大海，甚至打算重操旧业。"我可以捕虾，他们一般会开到距离海岸 20 千米的地方。就算发动机坏了我也能回来。"

法蒂玛不认为这是个好主意。"我跟他说不行。他要是再丢了，万一回不来怎么办？"

阿尔瓦伦加和法蒂玛会到海滩散步，有摄影师拍下了这一瞬间，他一脸自豪。"我挺喜欢在海边散步，她不敢相信我能恢复到这种程度。"阿尔瓦伦加一边说一边抱了抱法蒂玛。

一个举世闻名的父亲让法蒂玛在学校的生活更加轻松。同学们经常问她爸爸是如何吃海鸟、空手抓鲨鱼和从自杀的阴影中脱身的。"我现在朋友更多了。"法蒂玛说，"我有点内向，但别人以为我性格冷傲，就不跟我说话。现在我还像以前一样，可他们更喜欢跟我搭话了。"同学们都喊她"漂流者"，以向她的父亲致敬。

法蒂玛描述着父女二人的生活时，在他们的家里，一名工人正在用桶倾倒水泥，另一名工人在用 2×4 英寸规格的木板推平地面。阿尔瓦伦加仔细看着：这不是一般的地面，而是舞厅的地面。不久后，舞厅里就会挤满热爱参加派对的人，摆满鲜花和美食，回荡着音乐声。法蒂玛 15 岁了，在中美洲，女孩到了这个年龄后，完全可以举办一场像婚礼一样豪华的宴会。她有礼服，正在练习跳华尔兹，而且最重要的是，她还有一位尊贵的客人：她的父亲。

在阿尔瓦伦加的物质财产中，最令他爱不释手的当属他的第一辆汽车——2005 年产的雪佛兰乐风。他三天两头擦车，计划重新喷涂车身，喷上赛车样的条纹，再配合绚丽的色彩。尽管没有驾照，他每天都要开几个小时。他开得非常慢，时速保持在8千米，摇下车窗，音乐响亮，不时跟老朋友或者崇拜者说笑几句。他开车兜风的速度比骑自行车还慢，追求的不是速度而是动感。阿尔瓦伦加仿佛对漂流上了瘾，速度不是问题，他得动起来。绕村一周也不过7千米，然后他会开到父母的磨坊外，这是他的疗养方式。法蒂玛有时候会跟着他，骄傲地给他押运，她会嘲笑老爸一遍一遍地兜圈子，还有那些十年如一日的老笑话。

在许多方面，阿尔瓦伦加对法蒂玛的保护过了头。他看不得法蒂玛跟同龄男孩说话或者发短信。这些少年要是敢到家里来，阿尔瓦伦加就粗暴地把他们轰出去，法蒂玛说他们只是朋友，但不管如何辩解，阿尔瓦伦加就是不信。但他同样教给她一些生存技能。她最喜欢吃的是"腌鳌头"，主要的课后活动就是陪父亲开车。在大男子主义盛行的萨尔瓦多，女性活动受到限制，很多女性都不会开车。阿尔瓦伦加打破传统，教女儿学会独立。

他将车开到村外石路上，把方向盘交给女儿。看着法蒂玛开启自动挡，阿尔瓦伦加微微一笑。引擎开始运转，可法蒂玛还在转动钥匙，一遍遍地打火轰响。车发动起来，加速器又卡住了。沙石四溅，尘土飞扬。法蒂玛笑呵呵地向左转了一个大弯，避开一根柱子。"我很有信心。真的，信心十足。"她说，"我喜欢开快车，可爸爸担心过马路的牛，怕我刹不住车。"阿尔瓦伦加转而赞赏起女儿的勇往直前的信心。一条路还没有铺好，她在坑坑洼洼的路面上熄了火，然后再次打火发动车子，发动机轰隆作响。看着女儿如此折腾自己的爱车，阿尔瓦伦加似乎并不介意。他的女儿不会在陆地上开车又有什么关系呢？他的征途是大海，搏击风浪，体会远离俗世的静谧。

等身体恢复到一定程度，阿尔瓦伦加决定回墨西哥。此行有两个任务。第一，实现对科多巴的承诺。困在海上的时候，他发誓要向科多巴的家人详细说明科多巴是怎么死的，告慰他的在天之灵。第二，他得去那个小渔村拜会老同事。尽管腿脚还是不利落，他觉得有义务完成自己的使命。

2014年3月，上岸6个星期之后，阿尔瓦伦加再次搭乘飞机，这次是短途飞行，飞往墨西哥的塔帕丘拉。他的渔民朋友们都出来迎接，但在简短的碰面之后，他还得赶路。他急于见到科多巴的妈妈，传达科多巴的遗嘱。没有交通工具，他就跟记者一起挤进一辆厢式货车，记者开车送他去见安娜·罗萨——科多巴悲痛的母亲。

埃尔福庭是一个凋敝的小村庄，就在科斯塔阿祖尔北边。那里尘土弥漫，电和淡水都算奢侈品，几乎没有人有汽车，只有一天两趟的厢式货车，很难开车出入。和恰帕斯海岸的其他村庄一样，这里人们的生活和工作都以大海为中心。

茂密的红树林保护着埃尔福庭，这里居住着几百名勇敢的渔民，他们要么在潟湖里撒网，要么冒险出海。科多巴的兄弟们都是渔民，他们在平静的潟湖里捕捞蝠鲼，或者一整天都在远海捕鲨。

在阿尔瓦伦加等候与安娜·罗萨见面时，科多巴的兄弟们摩拳擦掌，向这个科多巴生命最后的伙伴表现出赤裸裸的挑衅。阿尔瓦伦加没有和他们争吵的意思，但他也很难维持笑容。他来到那里，带去了噩耗，是死神的信使。他必须向死去的伙伴兑现诺言。他得跟科多巴肝肠寸断的母亲私下交谈。

阿尔瓦伦加和安娜·罗萨推心置腹地谈了两个小时，他向她详细说明了科多巴漫长的死亡过程。罗萨仔细盘问了一番。她儿子受了很大的苦吗？阿尔瓦伦加说科多巴走得很安详。"后来她就不再听我说她儿子是怎么死的了。她总是哭，问我是怎么处理尸体的，我如实相告。"

科多巴的兄弟们不相信。他们质疑阿尔瓦伦加的话，对他不依不饶。他邀请他们跟他坐一个小时的车回帕雷东渔民总部。他们如果想知道科多巴的死亡细节，就跟他一起去，但没有人接受这个提议。阿尔瓦伦加急于离开这个是非之地。他已经知无不言，言无不尽，已经向安娜·罗萨传达了消息，而且至关重要的是，获得了她的祝福。"听我说完，她说不怪我，我的良心终于安定下来。她说她从来都没有是我把她儿子害死的念头。"阿尔瓦伦加说。

完成他对科多巴的义务之后，阿尔瓦伦加的精力转向他的个人目标：搞清楚致命风暴发生的第一天同行们没有找到他的原因。他怀疑他们都无动于衷。他最后一次呼叫的时候，离岸边只有30千米，当时他们怎么不快点出发，把他救回来呢？

在回帕雷东的路上，他满腔怒火。要是他们搜救及时的话，他根本用不着漂这么远，用不着受这份罪。阿尔瓦伦加一回到帕雷东渔村，他的老板和直接上司——威利和米诺就满脸笑容地出门迎接。阿尔瓦伦加很生气，他铁青着脸，也没拥抱他们，劈头盖脸就是一顿指责。

"你们以为我没用了吗?"阿尔瓦伦加愤怒地问他的前上司米诺。

"嘿,禅查,可别这么说。我知道你心里在想什么。"米诺说。

"好吧,给我说明白。我洗耳恭听。"阿尔瓦伦加说。

"我们找了你 3 天。"米诺一五一十地说起当时的情形。总共有 4 条船出海搜寻,可是阿尔瓦伦加和科多巴无影无踪,没有发现一片残骸或者设备。米诺把整个救援过程巨细靡遗地讲了一遍,包括船和飞机是如何出动的。看到阿尔瓦伦加还是耿耿于怀,米诺就从他屋里拿出搜救报告,公文一份不缺,甚至从恰帕斯首府图斯特拉古铁雷斯调过来执行空中搜救的飞行员的名字都赫然在列。

了解过具体情况之后,阿尔瓦伦加感到很愧疚,就向米诺和威利汇报了自己的情况。"我把你的船弄丢了。"他对米诺说。他说自己把渔船留到了世界另一头,留给埃米和拉塞尔当礼物了。"别提船的事了。"米诺说。米诺的慷慨声名远播,即使手头拮据,他仍然待人大方。"你还活着,这是最要紧的。船,我们有的是。"

在米诺家中,渔民们办了一个小型聚会。乐声悠扬,高朋满座,人们尽情畅饮朗姆酒、米酒和啤酒。阿尔瓦伦加滴酒未沾——自从回到陆地以来,他直到现在还没有完全恢复,脑子还是晕晕乎乎的。不管是雪茄还是大麻烟卷,他碰都没碰。他想方设法地让自己安定下来,不再刺激已经失常的大脑。

看着老伙计们推杯换盏,阿尔瓦伦加提到了另一个敏感话题。他们都参加了他的葬礼吗?阿尔瓦伦加感觉受到了背叛。他还活着,他们怎么能给他安排后事呢?他们为什么没有继续相信他还活着?

"他们告诉我,他们把鲜花扔到海里,还喝了咖啡(渔民葬仪中的传统做法)。"阿尔瓦伦加说,"我原以为他们对我满怀信心,可他们竟然在我的葬礼上喝咖啡。我气得发抖。我恍惚地想着他们给我送葬的场面。'他们给我送葬的时候喝咖啡!'"

阿尔瓦伦加难以置信。"我在海上受罪,"他对老伙计们说,"你们这些家伙不管我的死活,在这里兴高采烈地喝咖啡?我饿得要死,你们在这里抽大麻!"

"是的,我们在你的葬礼上喝了咖啡,禅查。"特鲁姆皮洛承认。

"你们应该给我送吃的。"阿尔瓦伦加说。

"我们抽烟,我们喝酒,我们怀念你。"特鲁姆皮洛说。

"光怀念怎么行,你们应该把我救出来。"阿尔瓦伦加不快地说。

阿尔瓦伦加表面上愤愤不平,实际上,老友重逢,他内心深处难掩喜悦。坐在鱼棚里,耳畔海浪澎湃,唤起的不再是漂流的噩梦,而是驱使他回归海洋的召唤。虽然这些渔民在外人眼里一派不法之徒的模样,但是他们有一套严格遵守的规则,只不过这些规则从未形成文字,也从未被出版和公之于众。阿尔瓦伦加的葬礼就属于这些规则。他们已经按照规则用鲜花、蜡烛和咖啡向阿尔瓦伦加致敬过了,因此无法理解阿尔瓦伦加的愤怒。这就是传统,它凌驾于任何人之上。

吃了好几盘腌鲯鳅之后,阿尔瓦伦加找回了往日无人不知无人不晓的勇猛。他虽然走起路来还像残疾退伍兵那样步履蹒跚，但毕竟已经回到岸上 6 个星期了，现在他神志清醒，足以分清敌我。有老友相伴，他开始大讲特讲海上求生的心得。"我现在一点粮食都不会浪费。过去，我会用玉米饼当鱼饵，朝海里一扔就是 1 千克。在海上漂流的时候，我反思了很多。现在要是看到有人肚子饿，我就会给他玉米饼。我可知道没得吃没得喝是什么滋味，知道玉米饼意味着什么。"

几名捕鲨的渔民坚称既然阿尔瓦伦加能活下来，他们照样也能做到。阿尔瓦伦加的回答充满警告："我是为你们着想，希望谁都别受我这份罪。你们会哭的，会痛不欲生，那可不是人受得了的罪。"

阿尔瓦伦加的朋友们抽着大麻，喝着龙舌兰酒，空啤酒罐成堆，阿尔瓦伦加继续高谈阔论。他口若悬河，总能让人听得入神。现在他可是一名讲述者，拥有举世无双的经历。这里没有禁忌，没有一个旱鸭子。没有人比捕鲨高手更倾慕阿尔瓦伦加前无古人后无来者的漂流壮举了。如果说哪些人最有可能在海上遇难并漂流求生，那么他们肯定都在这间屋子里。阿尔瓦伦加明白这些身手矫健的人一旦遭遇海难，体能不成问题，于是把重点转向不为人重视的方面：心理健康。"千万别放弃希望，保持冷静。"他向他们呼吁，"还有什么比我遇到的事更糟糕吗？我一直在想，天无绝人之路。还有什么比这更难的吗？我一直都没有放弃。"他的朋友欢呼着，夸赞着，拥抱着他们景仰的禅查。禅查仿佛一个从过往中走出的幽灵，来给他们讲述劫后重生的故事。朋友们一瓶又一瓶地开启龙舌兰，为禅查的归来而狂欢庆贺，阿尔瓦伦加则一遍又一遍不厌其烦地让朋友们描述他的葬礼。

禅查还活着!

捕鲨高手们桀骜不驯的形象中有不少杜撰的成分。他们早就习惯了无常的生活,知道自己随时可能遇难。他们制作诱饵,估测天气,杀死鲨鱼和金枪鱼,他们的世界混杂着死亡、危险和壮丽。捕鲨,是人类与大海延续几个世纪的关系的一种呈现方式,也是一项传统,而捕鲨高手就是这一传统最后的继承者。渔业资源逐渐枯竭,他们作为最后一代捕鲨者,被迫在大海上越走越远。很多人都意识到,用不了十年,他们都得高挂鱼钩,转而回到陆地上谋生,原因很简单,海里再也没有那么多鱼了。他们中没有人希望后代继承自己的职业,但是至少现在他们还是捕鲨高手,一个无畏的部落,在海上的时光多于在地上的,他们饱尝海上生活的壮美和艰辛,忠实地维系着部落的生命。

威利、米诺和阿尔瓦伦加的一个密友普尔加把阿尔瓦伦加拉到一旁,再三强调那艘拉不回来的渔船无关紧要,对他的壮举大加褒扬,还往他的口袋里塞了一堆橙色的 500 比索[①]的现钞。"回来吧。"他们催促着,"你打的鱼比谁都多。"阿尔瓦伦加掂量着这份好意。一条船,一份工作,还是老样子。口袋里的 15 000 比索[②]百般诱惑,要他再续粗犷不羁的海上生涯。米诺、普尔加和威利都盼着他回来。大海在召唤,难以割舍。如果他接受了,他的母亲要怎么生活?如果不接受,他自己要怎么生活?他是大海的儿子,可他更是一个父亲。现在,他决定在陆地上试试运气了。

[①] 约合 170 元人民币。——编者注
[②] 约合 5 300 元人民币。——编者注

作者后记

在采访萨尔瓦多·阿尔瓦伦加的一年间,我亲历了他的蜕变。他从了无生气的获救者逐渐变成了充满干劲的父亲,最初,他不仅对大海,连对水声都怀有深深的恐惧。他开着灯睡觉,身边时常需要人陪伴。现在,他可以坐船短时出海,无惧颠簸摇摆。

他宠爱女儿法蒂玛,只要有时间就陪着她,给她讲笑话,教她开车。这并不意味着过去的痛苦了然无痕。暴雨和电闪雷鸣照样让他胆战心惊。但是在我频繁来到萨尔瓦多与他共度的几个星期后,他变得爱笑了——大笑,发自内心的笑,还有一个和睦的家庭。重新找回自己的生活,成为一个称职的父亲、一个孝顺的儿子和一个忠实的朋友,他的这些梦想已然成真。

过去一年里,我需要厘清很多事情。首先,我必须确定他的传奇是否属实。说实话,一开始我怀疑这个故事的真实性。在海上活了14个月?只有好莱坞编剧才写得出这种大团圆的故事。但是随着我挖掘得更深,各种证据都为阿尔瓦伦加的奇迹提供了支持。他的背景故事是毋庸置疑的,他是一个广为人知、备受喜爱的海岸渔民,有过在困难的条件下成功求生的经历。在科斯塔阿祖尔这个小渔村,有数十名证人亲眼看见他离开海岸,开始原定的跨夜捕鱼。在 2012 年 11 月中旬，他被一场狂烈的暴风雨困住，向岸上发出了一条绝望的求救信息。我沿着海岸找到那些目击者，对他们一一进行了采访。因为他没有回到岸上，他们展开了持续数日的搜救行动，为了找他，甚至出动了飞机。

  我没有找到任何证明阿尔瓦伦加的故事为杜撰或者骗局的蛛丝马迹。何况在几千千米以外的马绍尔群岛乘着他出海时用的同一条船登陆时，阿尔瓦伦加毫不犹豫地拒绝了采访和媒体关注，甚至在病房门上张贴告示，乞求记者们离开。成名心切的骗子不可能是这种态度。在深度调查的过程中，我不止一次地发现，他是一个谦逊的人，他的诸多朋友和同伴争相描述他惊人的生存技能、活泼的幽默感和不屈不挠的意志。

  和阿尔瓦伦加在一起，是一次令我难以忘怀的冒险，我也从中学到了很多东西。他获救后的一个下午，我们沿着萨尔瓦多的太平洋海岸开着车，拐了一个弯，随后进入了一个郁郁葱葱的峡谷。他看到动荡不安的云团膨胀、变黑，竟然喜极而泣。我百思不得其解，问他是怎么了。"那些云，那些云……就是那些云带给我水喝。一看到它们，我就知道自己有水喝了，死不了。"

  见微知著，我看到了海上求生经历留给阿尔瓦伦加的累累伤痕，也看到了它在他身上的升华。他的漂流生存是一段残酷的岁月，但又折射出人性的光芒，铸就了一个非凡的他。"我现在很知足。想想吧，一年多没见过一个人！也没有树，没有水果，更没有玉米饼，要知道，玉米饼可是我的最爱。一张玉米饼都没有。"阿尔瓦伦加告诉我。

  我们中有多少人能体会到小小玉米饼带来的喜悦？

但在过去一年的交往中,让我印象最深刻的是在我问他为何配合我写这本书时他的回答。当然,我们都希望这本书能赚一笔,但除此而外还有什么动机驱使他一连好几个小时陪着我,回顾自己历险经历的每一个细节?以下回答并没有经过任何加工。

"在这么长的时间里,我受了这么大的罪。也许人们在读这本书的时候会意识到既然我挺过来,他们也能。许多人为心魔所困,而我不仅如此,还在肉体上饱受摧残。我没有吃的,没有喝的。如果我能坚持下来,那么你一样也能。如果一个抑郁的人看了这本书后能放弃自杀的念头,那么这本书的目的就达到了。

"保持强大。正面思考。你要是朝坏处想,那么必败无疑。想着如何活下来的时候,你的头脑必须放松。别考虑死亡的事。如果觉得你很快就会死,那么你肯定逃不了。你必须活下去,放眼未来,生命是多么美妙!你怎么舍得了结自己的生命呢?人生中免不了会遇到挑战和惩罚,你必须和它们战斗!"

关于时间和地图的说明

萨尔瓦多·阿尔瓦伦加以月亮的圆缺计时，他始终清楚地记得自己漂流了几个月。本书结合他的记忆，并通过研究洋流和搜救官员提供的档案制定了漂流日志。夏威夷大学的尼古拉·马克西门科、简·哈夫纳和美国海岸警卫队的阿特·艾伦不辞辛苦地再现了阿尔瓦伦加的征程，在此表示特别感谢。

关于西译英和粗口的说明

科斯塔阿祖尔的捕鲨高手们满口俚语，粗话连篇，为了更生动地贴近他们的生活，我在将其翻译成英语时力求传达要义，而非逐字逐句直译。尽管我在南美生活了17年，并熟练掌握西班牙语，但在试图将墨西哥渔民的土话译成英语时依然感到力不从心，无法彻底地表达他们的幽默与粗口的韵味，对此我表示遗憾和歉意。

致　谢

过去一年里，在经过对各种领域的研究后，我写成了此书。我不仅足迹遍布中美洲几乎所有机场，而且有幸走进了墨西哥沿海渔民的世界。这是一片野蛮和贫瘠的领域，也是一个讲求信义、慷慨大度的高贵世界。

对于这场奇特的经历，我只是执笔人而已。《马绍尔群岛日报》把萨尔瓦多·阿尔瓦伦加称为"创造奇迹的人"，这个称号再恰当不过了。我为这个伟大的幸存者鼓掌欢呼。

年轻的时候，我总是梦想有朝一日能够拜会因其 1969 年的自传而轰动世界的法国囚犯帕皮永（Papillon）。自传记载了他在被囚禁于法国设在南非的流放地时进行的无畏逃亡与艰苦反抗。多年后我才知道帕皮永只是虚构人物，这是法国传奇出版商罗贝尔·拉封（Robert Laffont）临终前亲口透露的。现在我获得了与帕皮永的真人版相处一年这个千载难逢的好机会；他是一名穿越太平洋的普通渔民，凭借机智、信仰和无尽的乐观而得以生还。

我要感谢我的 7 个女儿，她们能容忍父亲一连几个星期不回家，能毫无怨言地支持我，为我写出一本好书而献计献策。我觉得用不了多久，我就会编辑你们撰写的手稿了。亲爱的弗兰西斯卡、苏珊、马西埃尔、金姆、艾米、佐伊，还有我的小阿基拉，爸爸想念你们。还有我相敬相爱的伴侣托蒂，你任劳任怨地送我去机场，忍受信号不良的Skype，是我们一家人的情感纽带。

巴德·泰森堪称本书的大管家，没有他，本书不会如此完整扎实。无论是寻找研究海龟的专家还是世界级气象学家，巴德总是先行一步，格外周到。他的穿针引线是我能够写成本书的基础，我感激不尽。

同样感谢读者拉里·肖莱、查理·格雷伯、詹姆斯·班德勒、萨缪尔·洛根、史蒂文·伯德金及所有阅读本书并提供反馈的朋友。律师杰夫·马森奈克和马特·休格曼斟酌了法律细节。西蒙与舒斯特出版公司旗下的阿特里亚图书公司一支兢兢业业的团队与我通力合作，尤其是我的编辑彼得·宝兰德，他对本书倾注了满腔热情，给了我很多鼓励。本书能够问世，出版商朱迪斯·卡尔、丹妮拉·多纳休、丽莎·凯姆、保罗·奥尔斯维斯基、大卫·布朗和丹妮拉·韦克斯勒功不可没。当然还有萨尔瓦多摄影师奥斯卡·马雄，他是一名豁达、可靠的搭档。

英克威尔图书代理公司的乔治·卢卡斯精明能干，他同我往来无数邮件，敲定了美国合同。我的代理人安娜贝尔·默鲁洛及其同事提姆·宾丁、雷切尔·米尔斯、劳拉·威廉姆斯，还有彼得斯·弗雷泽与邓洛普代理公司的团队，他们对我的激励贯穿本书始末。再次感谢独具慧眼的安娜贝尔！

最后我要感谢墨西哥的全体渔民及其家属，他们接受我的采访，为本书提供了珍贵素材，他们是：加洛克、帕卡、米诺、威利、纳乔、拉瓦卡、拉帕卡、普尔加、卡拉察、皮托亚、米娜、雷娜、爱迪、劳拉、因德拉、莱昂内尔、埃斯孔迪多港的乔、佩德罗·瓦斯克斯、奥马尔、雷伊还有在狱中服刑的"狼人"。墨西哥帕雷东的出租车司机何塞·安东尼奥·阿雷奥拉原封不动地送回了我忘在车上、写得密密麻麻的笔记本,否则本书的诞生将遥遥无期。多谢,何塞!

在采访阿尔瓦伦加期间,我同法蒂玛、里卡多和玛丽亚·阿尔瓦伦加一家人同吃同住了几个月,感激不尽。采访时,卡洛斯·古斯曼是一名无微不至的好后勤。

最后,再次感谢萨尔瓦多·阿尔瓦伦加。愿天下人在绝境中都能展现出阿尔瓦伦加的那种优雅、达观和仁慈。他是一名出色的老师,他在海上开船的技术比他在陆地上开车的水平高多了。

乔纳森·富兰克林
圣地亚哥,智利
2015 年 7 月

致谢名单

在本书的写作过程中,许多科学家、外交官和个人牺牲了宝贵时间,带我领略无情的太平洋,理解生存科学,体会大悲大痛,了解萨尔瓦多·阿尔瓦伦加的第一手经历,谨向以下诸位及其他未提及姓名的朋友致以深切的谢意:

阿特·艾伦	美国海岸警卫队
小约瑟夫·布奇·弗莱斯	HRS 咨询公司高级合伙人
	美国海岸警卫队前队员
罗伯特·门罗	加州大学圣迭戈分校斯克里普斯海洋学院公关主任
丹尼尔·多伊特曼	美国海岸警卫队飞行中队执行队长(已退役)
布莱尔·威瑟灵顿	佛罗里达大学阿奇·卡尔海龟研究中心博士
约翰·利奇	《生存心理学》作者,任职于英国朴次茅斯大学体育训练科学系
马里奥·阿吉莱拉	斯克里普斯海洋学院公关主任助理
达米安·杰克利克	马绍尔群岛共和国移民局局长
诺曼·巴斯	美国驻马绍尔群岛共和国大使馆副大使

埃米·李波科米托	埃邦岛民,阿尔瓦伦加的救命恩人
拉塞尔·莱基德里克	埃邦岛民,阿尔瓦伦加的救命恩人
简·哈夫纳	电脑程序员,任职于夏威夷大学国际太平洋研究中心
玛丽亚·艾琳娜·菲格罗阿	墨西哥查克乌伊塔尔社区负责人
汤姆·安布鲁斯特	美国驻马绍尔群岛共和国大使馆大使
富兰克林·豪斯	马绍尔群岛上的访问医生
谢尚平	斯克里普斯海洋学院的气候学家
肖恩·迪伦·考克斯	阿尔瓦伦加在马绍尔群岛的翻译和好友
史蒂夫·卡拉翰	《海上漂流》作者,《少年派的奇幻漂流》顾问
苏珊娜·楚塔洛	《马绍尔群岛日报》记者
劳伦斯·冈萨雷斯	《求生之谜:谁能活下来,谁会丧命,为什么?》(*Deep Survival: Who Lives, Who Dies, and Why*)作者
托德·穆尔罗伊	世界教学组织驻马绍尔群岛共和国主任
奥拉·菲尔斯塔德	在埃邦考察的人类学家,阿尔瓦伦加被解救后最初一段时间的室友
卢卡·琴图廖尼	物理海洋学家,斯克里普斯海洋学院全球漂流项目主任
丹尼尔·卡塔米尔	斯克里普斯海洋学院的海洋生物学家
杰克·尼登塔尔	居住在马绍尔群岛的电影人
迭戈·道尔顿	萨尔瓦多共和国外交官,萨尔瓦多共和国驻日本大使馆副大使

尼古拉·马克西门科	夏威夷大学海洋与地球科学学院国际太平洋研究中心资深研究员
迈克尔·提普顿	人类与应用生理学家,《海上生存守则》合著者
迈克尔·特勒普	马绍尔群岛共和国的文化人类学家
马特·雷丁	马绍尔群岛共和国的文化人类学家,阿尔瓦伦加到达马朱罗后最初几日的翻译
詹森·路易斯	全球探险家,作家
雅各布·尤里克	詹姆斯·库克大学的海洋生物学家,水下摄影师
伊万·麦克法迪恩	帆船运动员,赛车手,作家
艾奥尼·德布勒姆	马绍尔群岛共和国埃邦环礁镇镇长
乔迪·布莱特	太平洋海钓专家,船长
道格·路易斯	海钓爱好者,音乐家,作家
基夫·约翰逊	《马绍尔群岛日报》编辑
彼得·莱文	创伤治疗专家,《唤醒猛虎》作者
杰米·马罗金	墨西哥恰帕斯公民保护干事
德尼斯·希瓦斯	马绍尔群岛"罗默尔"号巡逻艇船长
拉斐尔·古铁雷斯	墨西哥埃斯孔迪多港地方救援调度

出版后记

438 天对普通人意味着什么？四季轮回一次有余，在国外拿到硕士学历，或是从怀孕开始计算到产假结束，一段看似不长，但足够完成很多事的时间。然而，普通人之所以不会对 438 天感到漫长，是因为舒适的生活麻木了我们对时间棱角的感知。438 天对只能在漂流中听天由命的海难生还者来说，注定比普通人要漫长多得多，他们要经历的身体折磨中只有一部分是普通人可以预料的，而精神折磨是不身临其境便几乎无法想象的。

本书中的两名因为发动机故障而迷失在太平洋上的渔民，从 2012 年 11 月 18 日起，便开始接受这样一段漫长的折磨。如果说这是一次对人类所能承受痛苦最大值的测试，那么本书主角阿尔瓦伦加的上限要比他的同伴科多巴高很多。在宇航员眼中也浩瀚无边的太平洋，让这两个人成为自然界中渺小的尘埃，他们闯进了一整套生态系统，必须挣扎着在其中找到能让自己活下来的手段，而不是被环境或心魔碾碎。但在这样的每天被饥饿、干渴、孤独、绝望和恶劣的气候折磨的生活中，持续痛苦的生存比一了百了的死亡更难。

阿尔瓦伦加奇迹般地活了下来。在他的叙述中，你能同时看到这种奇迹的偶然性与必然性。他是一个幸运儿，但他同时也具备适合极限求生的身体条件、能让自己填饱肚子的生存技能、绝不放弃的求生意志、在幻想中建立的精神避难所，以及支撑他坚持下去的未尽责任。他是一位最平凡的英雄。

服务热线：133-6631-2326　188-1142-1266

服务信箱：reader@hinabook.com

后浪出版公司

2017 年 8 月

图书在版编目（CIP）数据

438天／（美）乔纳森·富兰克林著；谭图译.—南昌：江西人民出版社，2017.10
ISBN 978-7-210-09514-9

Ⅰ.①4… Ⅱ.①乔… ②谭… Ⅲ.①纪实文学—美国—现代 Ⅳ.①I712.55

中国版本图书馆CIP数据核字(2017)第143607号

For the Work entitled 438 DAYS: AN EXTRAORDINARY TRUE STORY OF SURVIVAL AT SEA
Copyright©Jonathan Franklin 2015
Translation copyright©2017, by Ginkgo(Beijing) Book Co., Ltd
本书简体中文版由银杏树下（北京）图书有限责任公司出版。
版权登记号：14-2017-0314

438天

作者：[美]乔纳森·富兰克林　译者：谭图　责任编辑：冯雪松
出版发行：江西人民出版社　印刷：北京京都六环印刷厂
889毫米×1194毫米　1/32　8印张　字数173千字
2017年10月第1版　2017年10月第1次印刷
ISBN 978-7-210-09514-9
定价：39.80元
赣版权登字-01-2017-498

后浪出版咨询(北京)有限责任公司 常年法律顾问：北京大成律师事务所　周天晖 copyright@hinabook.com
未经许可，不得以任何方式复制或抄袭本书部分或全部内容
版权所有，侵权必究
如有质量问题，请寄回印厂调换。联系电话：010-64400019

何塞·萨尔瓦多·阿尔瓦伦加和他刚出生的女儿法蒂玛在萨尔瓦多的加里塔帕尔梅拉。
(阿尔瓦伦加家人供图)

从萨尔瓦多逃亡至墨西哥之前的阿尔瓦伦加。
(奥斯卡·马雄供图)

阿尔瓦伦加和科多巴躲避烈日用的蓝色冰柜。(马特·雷丁供图)

伊齐基尔·科多巴,年轻的渔民和足球明星,这是他仅存的几张照片之一。(詹姆斯·布雷登供图)

当地一户人家捞起阿尔瓦伦加那条伤痕累累、布满绿苔的小船,保存在家中院子里。(法新社供图)

埃邦环礁。2014年1月,萨尔瓦多·阿尔瓦伦加被冲上了这里的海滩。(奥拉·菲尔斯塔德供图)

萨尔瓦多·阿尔瓦伦加登陆后的第一张照片,摄于他上岸后不到48小时。(艾奥尼·德布勒姆供图)

萨尔瓦多·阿尔瓦伦加在埃邦环礁上岸后第一次使用无线电通信设施。他最终被救援人员接走并回到家人身边。(奥拉·菲尔斯塔德供图)

2014年2月7日出版的《马绍尔群岛日报》的头版。（《马绍尔群岛日报》供图）

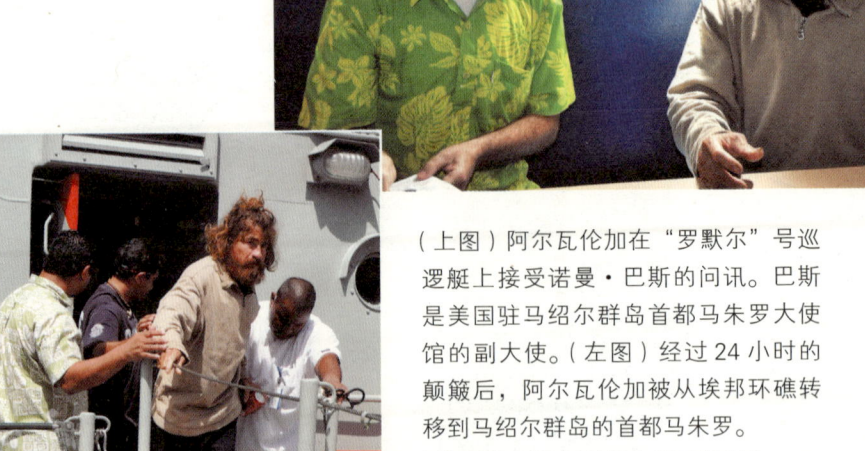

（上图）阿尔瓦伦加在"罗默尔"号巡逻艇上接受诺曼·巴斯的问讯。巴斯是美国驻马绍尔群岛首都马朱罗大使馆的副大使。（左图）经过24小时的颠簸后，阿尔瓦伦加被从埃邦环礁转移到马绍尔群岛的首都马朱罗。（美国驻马绍尔群岛大使馆供图）

阿尔瓦伦加接受访问医生富兰克林·豪斯的治疗。豪斯来自得克萨斯,精通西班牙语。(富兰克林·豪斯供图)

萨尔瓦多的加里塔帕尔梅拉,阿尔瓦伦加的女儿法蒂玛获悉他仍在人世。(奥斯卡·马雄供图)

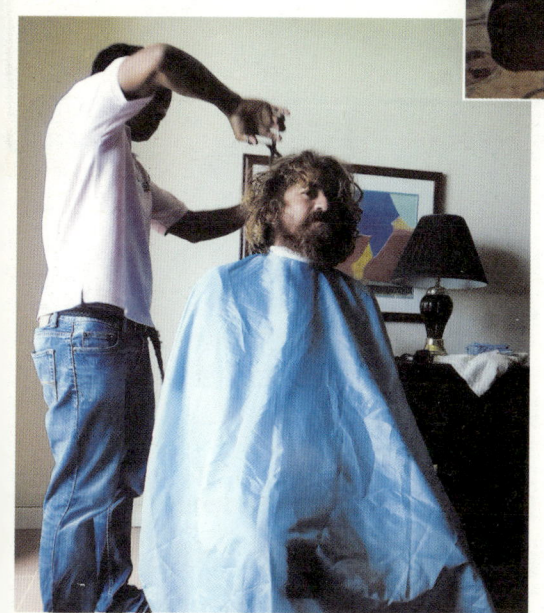

在马朱罗的一间宾馆房间里,阿尔瓦伦加上岸后第一次理发。(马特·雷丁供图)

阿尔瓦伦加在从萨尔瓦多首都机场回家的救护车上。(法新社供图)

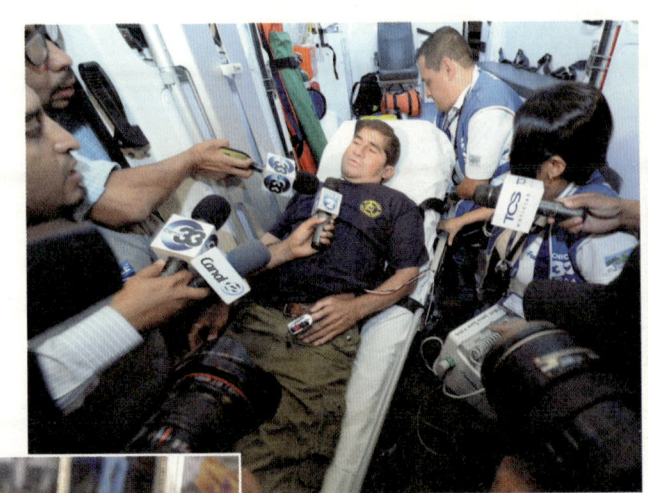

加里塔帕尔梅拉,阿尔瓦伦加和女儿法蒂玛重逢。(法新社供图)

萨尔瓦多首都圣萨尔瓦多,阿尔瓦伦加和父母重聚。(法新社供图)

阿尔瓦伦加实现了自己的承诺,拜访伊齐基尔·科多巴的母亲安娜·罗萨,向她说明了她儿子临终的情况。(法新社供图)

阿尔瓦伦加和本书作者乔纳森·富兰克林在加里塔帕尔梅拉。(奥斯卡·马雄供图)

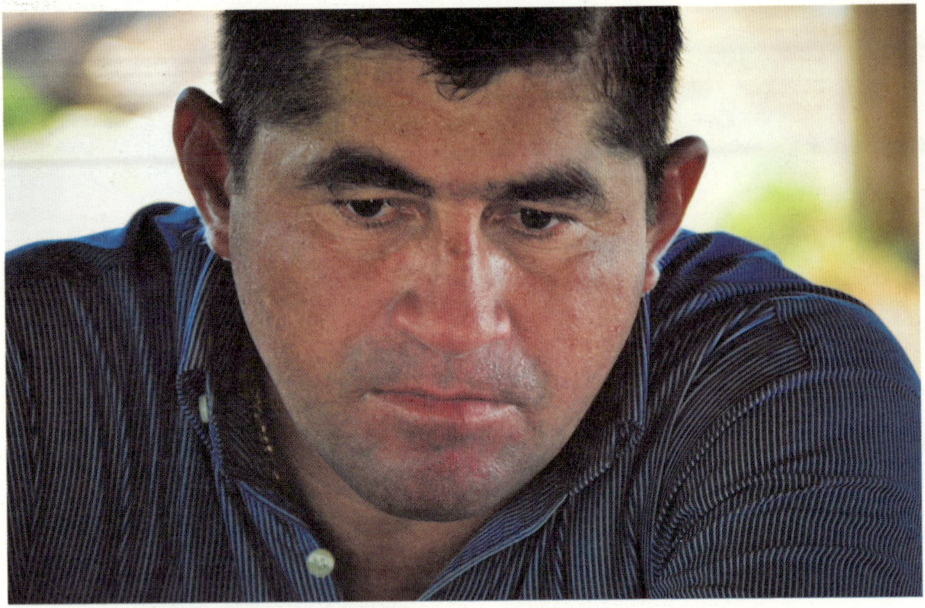

回家一年后的何塞·萨尔瓦多·阿尔瓦伦加。(奥斯卡·马雄供图)

阿尔瓦伦加父女两人在加里塔帕尔梅拉的海滩上散步。
(奥斯卡·马雄供图)